지킬 박사와 하이드 씨

지킬 박사와 하이드 씨

지킬 박사와 하이드 씨

Strange Case of Dr. Jekyll and Mr. Hyde

로버트 루이스 스티븐슨 소설선집

조영학 옮김

STRANGE CASE OF DR. JEKYLL AND MR. HYDE
by ROBERT LOUIS STEVENSON (1886)

이 책은 실로 꿰매어 제본하는 정통적인 사철 방식으로 만들어졌습니다.
사철 방식으로 제본된 책은 오랫동안 보관해도 손상되지 않습니다.

지킬 박사와 하이드 씨

문 이야기

변호사 어터슨 씨는 쉽게 미소 짓지 않는 엄한 남자였다. 어쩌다 대화를 하려 해도 말투는 어눌하고 어색하기 짝이 없었다. 감정을 내세우는 경우도 드물었다. 무뚝뚝하고 따분한 말라깽이 키다리가 바로 그였다. 그렇다고 매력이 아예 없는 건 아니었다. 특히 사교 모임의 와인이 입에 맞을 때면 지극히 인간적인 눈빛을 띠기도 했다. 대화에서는 절대 찾아볼 수 없는 것들이 식사 후에 은근히 표정으로 드러났고, 일상의 행동에서는 보다 빈번하고 눈에 띄게 나타났다. 생활도 거의 금욕 수준이었다. 혼자 있을 때는 진으로 고급 와인의 사치를 대신했으며, 연극을 좋아하면서도 지난 20년간 극장 문을 넘어선 적이 없었다. 하지만 타인의 행동에 대해서는 너그럽기로 정평이 나 있었다. 다른 사람들이 분을 못 이겨 길길이 날뛰기라도 하면 놀라워하면서 거의 질투에 버금갈 정도로 부러워했으며, 극단적인 행동에 대해서도 나무라기보다 돕는 쪽을 택했다.

「난 카인의 이단이 맘에 드네. 형제가 원한다면 악마에게도 보내 줄 수 있지.」 그는 이런 식의 기이한 얘기를 하기도 했다. 이런 성격인 탓에, 그는 곤경에 빠진 사람들에게 가장 마지막에 찾아가 최후의 자비를 구할 수 있는 사람이 되곤 했다. 게다가 행여 그런 사람들이 아무리 오래 변호사 사무실 주변을 얄짱거린다 해도 그의 태도에는 변화의 기색이 보이지 않았다.

물론 이것은 어터슨 씨에게 어렵지 않은 일이었다. 워낙 감정을 내비치지 않는 데다가 친분 관계 역시 비슷하게 너그러움이라는 훌륭한 품성을 바탕으로 형성되었기 때문이다. 운명이 정해 주는 대로 친구들을 받아들이는 건 소심한 사람들의 특징인데, 이 변호사가 바로 그랬다. 그의 친구들은 친척이 아니면 아주 오래전부터 알고 지낸 사람들뿐이었다. 애정은 담쟁이덩굴만큼이나 느리게 자랐고 특별히 대상을 가리지도 않았다. 먼 친척이자 마을에도 잘 알려져 있는 리처드 엔필드 씨와의 유대 역시 그런 식이었다. 그 둘이 서로에게서 매력을 느끼고 심지어 공유할 얘깃거리까지 갖고 있다는 사실은 많은 사람들에게 풀어야 할 수수께끼였다. 두 친구가 일요일에 산책하는 것을 지켜본 사람들은 둘이 아무 얘기도 하지 않아 기이할 정도로 심심해 보였고, 그 때문인지 다른 친구가 나타나자 크게 안도하며 반가워했다고 했다. 그럼에도 불구하고 이 두 사람은 이 산책을 한 주의 가장 중요한 일로 여겨, 다른 여흥거리를 제쳐 둘 뿐 아니라 업무 전화까지 끊어 그 누구도 방해하지 못하게 했다.

두 사람이 런던 번화가의 어느 골목에 들어선 것도 바로 이 정기적인 산책 중이었다. 길은 좁고 비교적 한갓졌지만 그래도 평일에는 상점들이 북적거리는 곳이었다.

장사도 그럭저럭 잘되는 듯싶었지만 다들 더 성공하고 싶은지라 앞다투어 치장에 투자했고, 그 덕분에 길 위에 늘어선 상점 진열대들은, 활짝 웃으며 줄지어 선 여점원들처럼, 손님을 유혹하는 분위기를 자아내고 있었다. 평상시의 현란한 매력을 감추고 상대적으로 한산한 일요일조차, 거리는 어두침침한 이웃 동네와는 대조적으로 숲을 태우는 불처럼 밝게 빛났다. 사실, 새로 칠한 덧문, 잘 닦아 놓은 놋쇠 문패, 그리고 전반적인 청결함과 들뜬 분위기만으로도 지나가는 사람들의 눈을 사로잡아 즐겁게 했다.

하지만 동쪽 방향 왼쪽 모퉁이로는 문이 두 개 보이고 불길한 느낌을 주는 한 건물이 박공지붕을 길가 쪽으로 쭉 내민 채 서 있었다. 안뜰로 들어가는 입구를 사이에 두고 다음 집들과 떨어져 있는 이 2층 집은 아래층의 문 하나와 위층의 색 바랜 벽뿐으로, 어느 모로 보나 오랫동안 더럽게 방치된 흔적이 역력했다. 여기저기 벗겨지고 얼룩진 출입문에는 초인종도, 노커[1]도 없었다. 후미진 곳에는 부랑자들이 숨어들어가 벽 아래 댄 널조각에 성냥불을 그어 댔고, 아이들은 계단 위에서 잡동사니를 팔기도 했으며, 학생들은 벽널을 깎아 보며 칼날을 시험해 봤다. 하지만 거의 한 세대가 지나도록 이런 불청객들을 내쫓는 사람은커녕, 깨끗하게 수리하려는 사람도 없었다.

엔필드 씨와 변호사는 이 골목 건너편을 지나 저택의 입구에 다다랐고 엔필드 씨가 지팡이를 들어 건물을 가리켜 보였다.

「저 문을 본 적이 있습니까?」 그가 물었다. 친구가 그렇다고 대답하자 그가 덧붙였다. 「저 문은 아주 기막힌 이야기와

---

1 방문객이 내방을 알리며 두드리던 쇠 장식. 영국의 경우 노커는 중류층의 상징으로 통했다.

관련돼 있답니다.」

「그래? 어떤 이야기지?」 어터슨 씨가 억양까지 바꾸며 물었다.

「음, 얘기하자면 이렇습니다. 내가 어디 좀 멀리 갔다 돌아올 때였죠. 겨울밤 새벽 3시라 길에는 가로등 불밖에 보이지 않았습니다. 거리는 사열이라도 하듯 가로등을 훤히 밝혀 두었지만, 사람들이 모두 잠든 시간이라 교회만큼이나 썰렁했죠. 사실 갑자기 더럭 겁이 나 경찰이라도 한 명 있었으면 싶더군요. 그런데 그 순간 두 사람이 나타난 겁니다. 한 남자가 밤 산책이라도 하듯 성큼성큼 걷고 있었고, 다른 사람은 교차로를 따라 죽을힘을 다해 달려오고 있었는데 그건 기껏해야 여덟에서 열 살쯤 돼 보이는 여자아이였습니다. 둘은 자연스럽게 모퉁이에서 마주쳤죠. 그런데 그때 아주 끔찍한 일이 일어났답니다. 남자가 느닷없이 아이의 몸을 짓밟아 버리고 가버린 거예요. 물론 아이는 바닥에 쓰러진 채 엉엉 울었죠. 얘기만 들으면 별일 아닌 듯싶지만 실제로는 정말로 끔찍한 장면이었습니다. 아무래도 빌어먹을 술주정뱅이 같더군요. 그래서 내가 큰 소리로 사람들을 부른 다음 달려가 그자의 목덜미를 잡아 끌고 왔죠. 그 자리에는 벌써 몇 사람이 비명을 지르고 있는 아이를 둘러싸고 있었습니다. 그자는 저항도 하지 않고 너무도 태연했지만 언뜻 흘겨보는 눈빛이 어찌나 섬뜩하던지 전 마라톤이라도 한 듯 땀을 쏟아야 했죠. 모인 사람들은 아이의 가족이었습니다. 의사도 곧바로 나타났는데 알고 보니 아이가 의사를 부르러 다녀오는 길이었다더군요. 음, 의사 말에 따르면, 아이는 다쳤다기보다는 겁에 질린 상태였습니다. 아, 얘기는 아직 끝난 게 아닙니다. 그때 무척이나 기이한 상황이 일어났으니까요. 나는 그 남자의 인상이 맘에 들지 않았고 그건 아이 가족도 마찬가지였답니다. 그건 뭐, 당연한 일이겠죠. 하지만 저를 놀라게 한 것은 의사의 경우였어요. 그는 평범한 외모에 다른 의사들처럼 차가운 사람이었죠. 에든버러 억양을 썼지만, 백파이프처럼 감정을 드러내지 않는 터라 도무지 나이나 성격을 짐작할 수 없더군요. 예, 그도 우리와 마찬가지였습니다. 내가 잡아 온 자를 볼 때마다 새하얗게 질리는 게 정말로 죽이고 싶어 어쩔 줄 몰라 하는 것 같더군요. 그의 심정은 이해할 수 있었습니다. 나도 마찬가지였으니까요. 하지만 죽일 수는 없어서, 우리는 차선책을 택하기로 했습니다. 우리는 그자를 위협했죠. 이 사건을 소문내 런던의 끝에서 끝까지 그자의 악취 나는 이름으로 진동하게 하고 친구나 명예가 있다면 모두 잃게 만들 거라고 말입니다. 불같이 몰아세우는 동안에도 우리는 여자들이 그자 가까이에 가지 못하도록 했답니다. 다들 크게 흥분했거든요. 그렇게 흥분한 사람들은 본 적이 없답니다. 그자는 사람들한테 에워싸여 있었는데, 어딘가 겁에 질린 듯하면서도 여전히 모두를 비웃듯 냉정하고 오만한 표정이었죠. 그가 이렇게 말했습니다. 〈여러분이 이번 일을 이용해 돈을 좀 마련해 보겠다면 저로선 어쩔 도리가 없군요. 신사라면 누구나 망신당하기를 원치 않을 테니까요. 액수를 말씀해 보시죠.〉 그래서 우리는 아이의 가족을 위해 1백 파운드를 제시했습니다. 그로서는 당연히 항변하고 싶었겠지만 분위기가 심상치 않은 터라 받아들일 수밖에 없었죠. 그런데 이제 돈 받는 일만 남았는데, 글쎄, 그가 돈을 주겠다며 어디로 데려간 줄 아십니까? 바로 저 문 쪽이었답니다. 그자는 열쇠를 꺼내 집 안으로 들어가더니 잠시 후에 금화 10파운드와 쿠츠 은행의 수표를 들고 돌아왔습니다. 소지자에게 지불하도록 사인까지 된 수표였죠. 그의 이름은 이 얘기의 핵심 중 하나지만, 발설할 수는 없습니다. 하지만 신문에도 이따금 등장할 만큼 유명한 이름이었답니다. 사실 수표는 적잖은 금액이었지만, 사인이 진짜라면 그 이상이라도 챙길 수 있을 것 같았죠. 우리는 그 사내를 향해 이게 무슨 터무니없는 짓이냐고 따져 물었습니다. 새벽 4시에 지하실 문으로 들어가 다른 사람의 수표를 들고 나오는 게 말이 되느냐면서 말입니다. 어쨌거나 1백 파운드에 가까운 돈이었으니까요. 하지만 그자는 태연하게 코웃음까지 치더군요. 〈마음 놓으셔도 됩니다. 은행 문이 열릴 때까지 여러분과 함께 있다가 내가 직접 현금으로 바꿔 올 테니까요.〉 그래서 우리 모두 내 집으로 가서 남은 밤을 지새웠습니다. 의사, 아이 아버지, 그 친구와 나까지. 그리고 아침 식사를 마친 후 함께 은행에 갔죠. 내가 직접 수표를 건네며 위조 같다는 말까지 했는데, 그게 아니었어요. 수표가 진짜였던 거죠.」

「쯧쯧.」어터슨 씨가 혀를 찼다.

「무슨 생각 하시는지 알겠습니다. 예, 대단히 불쾌한 이야기죠. 그는 정말로 상종 못 할 추잡한 위인이었으니까요. 그런데 수표를 발행한 사람은 대단히 점잖고 유명한 데다 더 최악인 것은 소위 선행이라는 것을 행하는 변호사님의 동료분들 중 하나였다는 겁니다. 필시 갈취한 게 틀림없었죠. 누군가 젊은 날의 방종으로 터무니없는 대가를 치렀던 겁니다. 결론적으로 말해 저 집은 공갈 협박의 전당이라는 얘기죠. 아, 물론 그것으로 모든 설명이 끝난 건 아니랍니다.」엔필드

14

가 이렇게 덧붙이고는 곰곰이 생각에 잠겼다.

　그는 어터슨 씨의 다소 갑작스러운 질문에 깊은 생각에서 깨어났다.

　「수표를 써준 자가 저곳에 살고 있는 건가?」

　「그럴 만한 곳 같지 않습니까? 하지만 얼핏 주소를 보았는데 어느 광장 근처에 살더군요.」 엔필드 씨가 대답했다.

　「그런데 저 폐가에 대해 묻지 않았다고?」 어터슨 씨가 물었다.

　「예, 그렇습니다. 나는 신중했어요. 너무나 하고는 싶었지만, 질문이란 게 워낙 최후의 심판과 비슷하거든요. 질문을 하는 것은 돌을 굴리는 것과 같답니다. 우리는 언덕 위에 가만히 앉아 있고, 돌은 멀리 굴러가 다시 다른 돌을 굴리게 되죠. 그러다가는 결국 뒷마당에서 일하던 애꿎은 노친네 뒤통수를 때리고, 가족은 커다란 슬픔과 당혹감에 빠지게 될 겁니다. 그래요, 제 신념은 이렇습니다. 기이한 일일수록 캐묻지 않는 게 좋다.」

　「아주 좋은 원칙이로군.」 변호사가 인정했다.

　「그래도 저 집을 조사하기는 했죠. 사실 집이라 부르기도 좀 그렇군요. 저 문 외에 다른 문은 없습니다. 그 사건의 남자가 아주 드물게 드나들 뿐, 저 문을 이용하는 사람은 없었습니다. 2층에는 안뜰을 향해 창문 세 개가 나 있고 아래층엔 하나도 없더군요. 창문은 항상 잠겨 있긴 해도 깨끗했습니다. 그리고 굴뚝에서 이따금 연기가 나는 걸 보면 누군가 살고 있는 것 같긴 합니다. 아, 물론 확신할 수는 없습니다. 골목 주변의 건물들이 너무 빽빽하게 붙어 있어 건물의 경계를 알아보기가 쉽지 않으니까요.」

두 사람은 한동안 아무 말 없이 걸었다.

「엔필드, 자네의 원칙은 아주 훌륭하네.」불쑥 어터슨 씨가 말했다.

「예, 저도 그렇게 생각합니다.」엔필드가 인정했다.

「하지만 그래도 묻고 싶은 게 하나 있네. 아이를 짓밟은 남자의 이름을 말해 줄 수 있겠나?」변호사가 고집을 부렸다.

「뭐, 그래도 상관은 없겠죠. 하이드라는 이름이었습니다.」엔필드가 대답했다.

「음, 생김새는 어떻던가?」어터슨이 다시 물었다.

「설명하기가 쉽지는 않습니다. 왠지 이상한 생김새였으니까요. 불쾌한 데다 역겹기 짝이 없었답니다. 그렇게 혐오스러운 사람은 처음이었는데 이유는 모르겠습니다. 어딘가 분명기형이기는 했어요. 그에게서 강하게 그렇다는 느낌은 받았는데, 구체적으로 어디가 기형인지는 말할 수가 없네요. 기이한 외모인 것만은 확실한데도 정확히 뭐가 이상한 건지 표현을 못 하겠어요. 예, 아무래도 안 되겠습니다. 어떻게 설명할 방도가 없네요. 기억이 가물거려서 그런 건 아닙니다. 지금도 눈앞에 선명하니까요.」

어터슨은 다시 아무 말 없이 걸었다. 깊은 생각에 잠긴 표정이었다.

「그가 열쇠를 사용한 게 분명한가?」그가 마침내 물었다.

「어째서 그런 질문을……」엔필드가 어찌할 바를 몰라 했다.

「그래, 알고 있네. 이상할 거야. 사실, 내가 다른 한쪽의 이름을 묻지 않은 건 이미 알고 있기 때문일세. 리처드, 자네 이야기는 적절하고 정확했네. 행여 부정확한 부분이 있다면 이참에 정확히 해두는 게 좋겠지만.」어터슨이 말했다.

「그럼 처음부터 그렇게 말씀하시지 그러셨습니까. 하지만 정확하게 말씀드린 겁니다. 그 친구한테 분명 열쇠가 있었죠. 그뿐 아니라, 지금도 갖고 있답니다. 불과 며칠 전에 사용하는 걸 목격했으니까요.」엔필드가 다소 뾰로통해서 대답했다.

어터슨은 깊은 한숨을 내쉬었으나 말은 하지 않았다. 결국 젊은이가 먼저 입을 열고 말았다.

「아무래도 괜한 말씀을 드린 모양입니다. 부끄럽게도 너무 많이 나불댄 듯싶군요. 이 이야기는 두 번 다시 하지 말기로 하죠.」

「그래, 그러세나. 그게 좋겠네.」변호사가 대답했다.

하이드 씨를 찾아서

 그날 저녁 어터슨 씨는 우울한 기분으로 독신자 숙소에 돌아와 맛없는 저녁 식사를 마쳤다. 일요일이면 늘 이랬다. 식사가 끝나면 난로 옆에 바짝 다가앉아 독서대에 무미건조한 신학서를 놓고 읽다가, 이웃 교회의 시계가 12시를 알리면 차분하고 경건한 마음으로 잠자리에 드는 것이다. 하지만 오늘 밤 그는 식탁을 치우자마자 촛불을 들고 서재로 갔다. 그리고 금고를 열어 가장 깊은 곳에 넣어 둔 서류를 꺼내, 잔뜩 찡그린 표정으로 앉아 내용을 살펴보기 시작했다. 지킬 박사의 유서라고 적힌 봉투였고 안에는 자필 유서가 들어 있었다. 이왕 작성된 터라 어쩔 수 없이 맡고 있기는 했지만, 작성 과정엔 전혀 관여하지 않았다. 내용은 이런 식이었다. 의학 박사이자 민법학자, 형법학자, 그리고 왕립 협회 회원인 헨리 지킬의 사망 시, 재산은 모두 〈친애하는 친구이자 은인인 에드워드 하이드〉에게 상속될 것이며, 또한 헨리 지킬이 〈3개월 이상 실종 또는 부재할 경우〉 상기한 에드워드 하이드가 여타의 지체 없이 상기 헨리 지킬의 지위를 대신한다고 되어 있었다. 이 경우 헨리 지킬의 가솔들에게 약간의 돈을 지불할지

언정 그 외의 어떠한 부담 및 의무로부터 자유롭다고도 되어 있었다. 오랫동안 어터슨의 신경을 거슬리게 한 서류였다. 변호사로서뿐 아니라, 건전하고 관습적인 삶을 사랑하며 기벽을 비도덕적이라고 여기는 보통 시민으로서도 그는 괴롭지 않을 수가 없었다. 그리고 지금껏 하이드 씨가 누구인지 모른다는 사실 때문에 분노했으나, 갑자기 그 사실을 알게 되니 더욱더 당혹스러웠다. 이름만으로도 충분히 역겨웠건만 이제 그 이름에 혐오스러운 특성들까지 덧칠된 것이다. 오랫동안 그를 괴롭혀 온 비실체적이고 비현실적인 안개 속에서 갑자기 끔찍한 악마가 뛰쳐나온 것과 진배없었다.

「미친 짓인 줄은 알았지만, 아무래도 치욕스러운 일이 될까 두렵군.」 그가 금고 안에 서류를 집어넣으며 투덜댔다.

그는 촛불을 끄고 외투를 걸친 다음, 의료의 중심지인 캐번디시 광장을 향해 걸음을 재촉했다. 그곳에 그의 친구인 위대한 래니언 박사가 병원을 하나 열고, 수많은 환자들을 맞이하고 있었다.

〈래니언이라면 알지도 모르지.〉 그의 생각은 그랬다.

심각한 표정의 집사는 그를 맞아 곧바로 식당으로 안내했다. 거기서 래니언 박사 혼자 와인을 마시고 있었다. 하얗게 센 산발에 붉은 얼굴을 한 박사는 친절하고 건강하며 말쑥한 신사로, 명랑하고 떠들썩한 성격이지만 그래도 결단력이 있었다. 그는 어터슨 씨를 보자마자 벌떡 일어나 두 팔을 벌려 환영했다. 다소 과장된 태도였으나 어터슨은 물론 그가 진심임을 알고 있었다. 둘은 오랜 친구였다. 중등학교와 대학교 시절에도 단짝이었으며, 자기 자신은 물론 서로를 존중하는 사이였다. 쉽게 짬을 내지는 못하지만 두 사람은 특히 함께 있는 시간을 좋아했다.

약간의 담소 후 변호사는 심각한 주제로 대화를 이끌었다.

「헨리 지킬의 지인 중 자네와 내가 제일 오랜 친구겠지?」 그가 말했다.

「친구야 젊을수록 좋다지만 어쨌든 틀린 말은 아니지. 그런데 왜? 그 친구는 요즘 거의 보지 못했네.」 래니언 박사가 키득거렸다.

「그래? 자네들 두 사람 관심사가 같다고 생각했는데……」 어터슨은 의외였다.

「그랬지. 하지만 헨리 지킬이 정도를 벗어난 지가 벌써 10년도 넘었어. 엉뚱한 짓이 도저히 감당 못 할 수준이었지. 물론 소위 옛정을 생각해 관심을 갖기는 하네만, 보지 못한 지는 꽤 오래되었네. 그런 식의 비과학적인 망상이라면 다몬과 피티아스[2]라도 등을 돌렸을 거야.」 의사는 갑자기 얼굴까지 붉혔다.

그의 가벼운 흥분은 어터슨에게도 위안이 되었다. 그저 과학을 바라보는 관점이 조금 다를 뿐이라고 여겼기 때문이다. 양도 증서에 관한 일 말고는 과학에 대한 열정이 전무하다시피 한 그에게, 그런 정도의 의견 충돌은 지금의 문제에 비하면 아무것도 아니었다. 그는 친구가 진정하도록 조금 뜸을 들였다가 근본적인 문제를 거론했다.

「그의 피후견인을 본 적이 있나? 하이드라고 하던데?」

「하이드? 아니 들어 본 적 없네. 한 번도.」

변호사는 결국 그 정도의 정보만을 얻어듣고 돌아가야 했다. 그는 어두운 침대 위에 누운 채 새벽 햇살이 밝아 올 때까지 뒤척여야 했다. 수많은 질문에 둘러싸이고 칠흑 같은 어둠

---

2 고대 그리스에서 목숨을 걸고 맹세를 지킨 두 친구.

속에서 방황하는 너무도 불편한 밤이었다.

인근의 교회 종이 6시를 알렸건만 그는 여전히 고민에 빠져 있었다. 더군다나 이전까지는 지적인 고민 정도였으나 이제는 상상력까지 개입하고 말았다. 아니, 그보다 상상에 매몰되고 말았다고 해야 할까? 깊고 어두운 밤, 커튼까지 친 방에서 몸을 뒤척이자니, 엔필드의 애기가 주마등처럼 머릿속을 스쳐 지나갔다. 도시의 밤, 가로등이 줄지어 서 있는 광장. 한 남자가 빠른 걸음으로 걷고 있다. 그리고 병원에 갔다가 집으로 달려가는 아이 하나. 이윽고 둘이 만난다. 인간 괴물이 아이를 짓밟더니 비명까지 외면하고 지나간다. 그리고 고급 저택의 방도 보인다. 거기에 누워 잠든 친구는 꿈을 꾼다. 그리고 꿈속에서 미소를 짓는다. 그때 방문이 열리고 침대의 휘장이 펄럭이며 친구가 깨어난다. 보라! 이제 그의 곁에 모든 권한을 부여받은 자가 서 있나니, 이 죽음의 시간에조차 자리에서 일어나 악인의 명령에 복종해야 한다. 이 두 장면 속의 인물은 밤새도록 변호사를 괴롭혔다. 이따금 깜빡 졸기라도 하면, 그자는 보다 은밀하고도 빠른 속도로 어두운 골목 사이를 누비고 다녔다. 가로등 밝은 도시의 보다 넓은 미로를 지나칠 때에는 현기증이 날 정도로 빨랐다. 그리고 거리 모퉁이마다 넘어진 아이가 비명을 질러 댔다. 괴물의 얼굴은 여전히 알아볼 수가 없었다. 비록 꿈속이었건만 그곳에서조차 그는 얼굴이 없거나 눈앞에서 일그러지고 녹아내렸다. 하이드의 실체를 보고 싶다는 바람이 통제 불능의 강한 욕구로 자란 것도 바로 꿈속에서였다. 한 번이라도 볼 수만 있다면 의문은 잦아들고 고민은 완전히 해결될 것만 같았다. 원래 오리무중의 사건이라는 게 그렇지 않은가. 그렇게만 된다면, 친

21

구의 기이한 애정, 혹은 속박에 대한 이유와 유서에 적힌 기이한 조항에 대한 의문까지도 풀릴 듯싶었다. 최소한 그자를 만날 가치는 충분했다. 자비심이라고는 손톱만큼도 없는 자. 오죽했으면 그 냉담한 엔필드가 지금까지 분노를 삭이지 못하고 저렇게 흥분하고 있단 말인가.

그 후로 어터슨 변호사는 상가 골목의 그 집을 빈번히 찾아갔다. 영업 개시 전, 골목이 북적거리는 정오, 드물게는 밤안개 짙게 낀 도시의 달빛 아래서, 혼자이든, 아니면 누군가와 함께 있든, 변호사는 밤낮을 가리지 않고 그곳을 찾아가 자기 자리를 지켰다.

〈그자가 하이드 씨라면 나는 시크[3] 씨가 되는 거야.〉 그는 생각했다.

그리고 마침내 성과가 있었다. 맑고 건조한 날 밤이었다. 바람은 꽁꽁 얼고 거리는 무도회장 바닥만큼이나 깨끗했으며, 바람에도 흔들리지 않는 가로등들이 그 위에 빛과 그림자를 수놓고 있었다. 10시쯤, 상점들이 문을 닫은 터라 골목은 한적했다. 사방에서 런던의 소음이 꿈틀거리고 있음에도 불구하고, 길 양쪽의 주택마다 사람들의 말소리가 들릴 정도로 고요했다. 통행인의 발소리가 멀리서부터 들려오는 것도 그 때문이었다. 몇 분 정도 서 있었을까? 갑자기 가벼운 발소리가 들려왔다. 소리도 기괴했다. 그동안 야간 감시를 해오면서 사람의 발소리가 내는 기이한 효과음엔 충분히 익숙해진 터였다. 윙윙거리고 덜거덕거리는 소음을 뚫고 갑자기 튀어나오는 발소리라니! 게다가 신경마저 전례 없이 예리하고 예

3 *hide and seek*. 숨바꼭질의 의미를 인용한 구문. 그가 숨는 자라면 나는 그를 찾는 자가 되겠다는 뜻이다.

민하지 않은가. 그가 안뜰 입구로 숨은 것도 이번엔 뭔가 걸리는 게 있을 것 같은 강렬한 예감 때문이었다.

발소리는 빠른 속도로 접근해 오더니 길모퉁이를 돌아들면서는 갑자기 커졌다. 입구에서 지켜보던 변호사는 자신이 어떤 존재를 다뤄야 하는지 확실히 깨달을 수 있었다. 키가 작고 평범한 차림새의 사내였으나 아직 먼 거리임에도 불구하고 그의 외모는 강한 반감부터 불러일으켰다. 그자는 뭐가 그리 바쁜지 길을 가로질러 곧바로 문을 향해 다가왔다. 주머니에서 열쇠를 꺼내는 모습이 영락없이 집에 다다른 사람이었다.

어터슨은 한 발짝 앞으로 나와 지나가는 사내의 어깨를 건드렸다.

「하이드 씨죠?」

하이드는 헉하고 숨을 삼키며 움츠러들었다. 하지만 그것도 잠시뿐, 비록 변호사의 얼굴을 보지는 않았지만 그의 대답은 무척이나 차분했다.

「예, 그렇습니다. 무슨 용건이라도?」

「귀가가 늦으시네요. 곤트 가에 사는 어터슨입니다. 지킬 박사의 옛 친구인데, 제 이름은 들어 보셨을 겁니다. 아무튼 이렇게 뵈었으니 잠깐 얘기 좀 했으면 좋겠군요.」

「지킬 박사는 안 계십니다. 외출 중이시죠.」 하이드가 열쇠를 보며 한숨을 내쉬더니, 여전히 고개를 숙인 자세로 되물었다. 「저를 어떻게 아신 겁니까?」

「우선, 부탁 좀 드렸으면 합니다.」 어터슨이 말했다.

「그러시죠. 어떤 부탁이신지요?」 하이드가 물었다.

「얼굴 좀 보여 주시죠.」 변호사가 부탁했다.

하이드는 머뭇거리는 듯했지만 다른 생각이 들었는지 갑자기 도발적으로 얼굴을 돌렸다. 두 사람은 몇 초 정도 서로를 뚫어져라 노려보았다.

「이제 다시 뵈어도 알겠군요. 도움이 되었습니다.」어터슨이 말했다.

「물론이죠. 만난 적도 있으니까요. 아무튼 이왕 이렇게 된 것, 여기 제 주소도 받으시죠.」사내가 소호의 주소를 건넸다.

〈이런, 벌써부터 유언장 생각을 한 건가?〉어터슨은 문득 그런 생각이 들었지만 내색하지 않고 조용히 주소를 받아 들었다.

「자, 그런데 어떻게 절 아셨습니까?」하이드가 다시 물었다.

「인상착의를 들었죠.」어터슨의 대답이었다.

「그게 누구죠?」

「우리 둘 다 아는 친구들이 있으니까요.」어터슨이 대답했다.

「둘 다 아는 친구들? 누구 말씀이신가요?」하이드가 되물었다. 다소 갈라진 목소리였다.

「예를 들어, 지킬이 있겠죠.」변호사가 대답했다.

「그 친구는 당신에게 얘기한 적 없습니다. 당신이 거짓말까지 할 줄은 몰랐소.」하이드가 버럭 화를 냈다.

「이런, 말씀이 험하시군.」어터슨이 따졌다.

하이드는 큰 소리로 난폭한 웃음을 터뜨리더니, 눈 깜짝할 사이에 문을 따고 안으로 사라져 버렸다.

변호사는 하이드가 떠난 후에도 한참을 그렇게 서 있었다. 당혹스럽기가 그지없었다. 이윽고 그는 천천히 거리를 오르기 시작했다. 너무나 기가 막혀 한두 걸음마다 발을 멈추고 손으로 이마를 짚었는데, 아무리 고민해 봐도 대책이 있을 것 같지는 않았다. 하이드라는 작자는 핼쑥하고 왜소했다. 기형의 느낌이 들기는 했으되 딱히 어디가 잘못된 것 같지도 않았다. 미소가 역겨운 데다 소심함과 대담성이 복잡하게 얽힌 성격인 것만은 분명해 보였다. 목소리도 거칠게 갈라져 전반적으로 호감을 불러일으키지 못했다. 하지만 그 정도로는 그를 보았을 때 느꼈던 기이한 혐오와 반감, 두려움을 설명할 수 없었다.

「뭔가 다른 게 있어. 꼬집어 말할 수는 없지만 분명히 뭔가 있는 거야. 오, 맙소사, 저자는 심지어 인간 같지도 않았어! 유인원이라면 모를까! 저자가 펠 박사[4] 같은 존재일까? 아니면 인간의 몸을 뚫고 들어가 외모마저 변형시키는 악령의 현현(顯現)이라도 된다는 말인가? 그래, 바로 그거야. 오, 불쌍한 헨리 지킬, 내가 누군가의 얼굴에서 사탄의 징후를 봤다면, 바로 자네의 새 친구라네.」 변호사가 하릴없이 중얼거렸다.

뒷골목 모퉁이를 돌자 곧바로 근사한 고택 지구가 나타났다. 지금은 대부분 영락한 터라 지도 조판공, 건축업자, 부패한 변호사, 지하 경제의 중재인들을 비롯해, 온갖 부류의 사람들이 세 들어 지냈으나, 모퉁이에서 두 번째 저택만큼은 여전히 버젓한 집주인이 살고 있었다. 부와 안락한 분위기를 흠씬 풍기는 출입문 위쪽 부채꼴 모양의 채광창에서 불빛이 새어 나오긴 했지만, 저택은 짙은 어둠에 잠겨 있었다. 어터슨 씨가 문을 노크하자 잘 차려입은 초로의 하인이 그를 맞아 주었다.

「지킬 박사 안에 계신가, 풀?」 변호사가 물었다.

4 로마 시에 나오는 인물로 모호한 증오의 대상을 뜻함.

「알아보겠습니다, 변호사님.」풀이 손님을 들이며 말했다. 문 안쪽은 지붕이 낮고 안락해 보이는 홀이었다. 바닥에는 판석이 깔려 있고 밝은 벽난로가 온기를 제공했으며 값비싼 오크 가구들도 즐비했다. 「여기 난롯가에서 기다리시겠습니까? 아니면 식당에 불을 켜드릴까요?」

「여기 있겠네, 고마우이.」변호사가 인사하고는 높다란 난로 울에 다가가 몸을 기댔다. 홀은 지킬 박사가 애용하는 공간이며 어터슨 자신도 런던에서 가장 쾌적한 곳이라고 입버릇처럼 말하곤 했었다. 하지만 오늘 밤은 마음이 무겁기만 했다. 하이드의 얼굴이 가슴을 무겁게 짓누른 탓에, 이런 적은 거의 없었건만, 인생의 염증과 메스꺼움까지 느낄 정도였다. 울적한 기분 때문인지 윤이 나는 장식장에 깜빡거리며 비치는 난로 불빛과 천장에 너울거리는 불안한 그림자에도 위협을 느꼈다. 부끄러운 얘기지만 잠시 후 풀이 돌아왔을 때는 마음까지 놓였다. 그는 지킬 박사가 출타 중이라고 했다.

「하이드 씨가 전에 쓰던 해부실로 들어가는 걸 봤네. 지킬 박사가 집에 없는데 그래도 되는 건가?」그가 물었다.

「괜찮습니다, 어터슨 씨. 하이드 씨께도 열쇠가 있으니까요.」풀이 대답했다.

「자네 주인께서 그 젊은이를 무척이나 신뢰하는 모양이로군.」변호사가 혼잣말처럼 중얼거렸다.

「예, 변호사님, 사실이랍니다. 그분께 복종하라는 지시도 있었습죠.」

「하지만 난 하이드 씨를 만난 기억이 없는데?」어터슨이 다시 물었다.

「오, 그러실 겁니다. 이곳에서 식사하시는 법이 없으시죠.

사실 거의 나타나지도 않는답니다. 늘 실험실로 드나드시거든요.」집사의 대답이었다.

「알았네. 그럼, 잘 있게나, 풀.」

「안녕히 가십시오, 변호사님.」

어터슨은 답답한 심정으로 집을 향해 출발했다.

〈불쌍한 헨리 지킬, 아무래도 깊은 수렁에 빠진 모양이야! 젊었을 때 제멋대로 놀더니! 물론 오래전의 일이긴 해도, 신의 법엔 공소 시효라는 게 없지 않은가. 그래, 그 때문일 거야. 과거의 망령과 감춰진 치욕의 암이 재발한 거라고. 마침내 기억도 사라지고 스스로도 과오를 용서했건만 복수의 화신이 돌아오다니.〉이런 생각에 더럭 겁이 난 변호사는 한동안 자신의 과거를 되새겨 보았다. 기억의 구석구석을 더듬자니, 도깨비 상자에 담긴 해묵은 죄 하나가 불쑥 튀어나올 것만 같았다. 그의 과거는 상대적으로 깨끗했다. 그보다 떳떳한 마음으로 인생의 기록을 읽을 사람도 거의 없을 것이나, 그럼에도 불구하고 그는 자신이 저지른 수많은 잘못으로 움츠러들었으며, 한편으로는 가까스로 실수를 피했던 수많은 일들에 가슴을 쓸어내리며 기뻐했다. 그리고 원래의 주제로 돌아왔을 때 그는 작은 희망의 불꽃을 보았다. 〈하이드라는 작자도 조사해 보면 뭔가 켕기는 비밀이 있을 거야. 그것도 아주 역겨운. 그자의 생김새를 보라고. 필시 그 죄에 비하면 지킬의 잘못은 차라리 햇살 같을 테니 말이야. 이런 식으로 두고 볼 수만은 없어. 그자가 도둑처럼 몰래 헨리의 침대에 다가간다는 생각만으로도 소름이 끼치는걸! 불쌍한 헨리, 깨어나면서 얼마나 놀랄까! 위험은 또 어떻고! 하이드라는 자가 유언장을 알게 된다면 당장이라도 상속받으려 할 거야!

아, 아무래도 분발해야겠어. 그런데 지킬이 허락해 줄까? 내가 나선다고 뭐라 하지는 않을까?〉 비로소 그는 유언장에 담긴 기이한 항목의 의미를 꿰뚫어 볼 수 있었다.

느긋한 지킬 박사

2주일 후 지킬 박사는 기분 좋은 저녁 식사를 마련했다. 가까운 친구 대여섯 명이 초대받았는데, 다들 지적이고 영명(令名) 높은 데다 와인에 대해서도 일가견이 있는 사람들이었다. 어터슨 씨는 갖은 핑계를 지어내 다른 사람들이 떠난 후까지 남기로 했다. 사실 과거에도 수십 번은 있던 경우라 특별할 건 없었다. 어터슨에게도 독특한 매력이 있기 때문에, 입만 가벼운 한량들이 문지방을 넘은 후에도 주인들은 이 무뚝뚝한 변호사를 붙들려고 했다. 그들은 이 무해하고 점잖은 손님과 느긋한 마음으로 앉아 고독을 음미하고 흥분을 가라앉히는 것으로 떠들썩한 긴장감이 가져다준 피로감을 달래고 싶어 했다. 이 점에선 지킬 박사도 다르지 않았다. 그는 난로 맞은편에 앉아 있었다. 올해 오십 줄에 접어든, 부드러운 표정에 크고 건장한 체격의 사내는 다소 멋을 낸 듯한 외관에 관용과 친절이 몸에 배어 있었고, 표정으로 보아도, 어터슨에게 진솔하고 따뜻한 애정을 품고 있음이 분명했다.

「자네한테 할 말이 있네, 지킬. 그때 작성한 유언장 기억하지?」 변호사가 먼저 화두를 꺼냈다.

눈썰미가 있다면 별로 달갑지 않은 주제임을 눈치챘겠지만 어쨌든 박사는 크게 내색하지 않았다.

  「이런, 이런, 어터슨, 나 같은 고객을 만나 고생이군그래. 내 유언장 때문에 자네처럼 고민하는 사람은 처음 보네. 하긴 그 고집불통 래니언도 내 과학 이론을 이단이라며 걱정하더군. 아, 인상 쓸 필요는 없네. 그가 좋은 친구라는 건 알고 있으니까. 아주 훌륭하고 언제 보아도 즐거운 친구임은 분명하네만, 그래도 고집불통은 고집불통이야. 무지하고 무분별한 현학자 같으니라고. 래니언만큼 실망스러운 친구도 없네.」

  「내가 자네 유언장에 부정적이라는 건 알고 있지?」 어터슨은 래니언에 대한 얘기를 묵살해 버리고 이야기를 이어 갔다.

  「내 유언장? 그래, 물론 알고 있지. 자네가 얘기했으니까.」 의사가 다소 신경질적으로 대꾸했다.

  「그래, 그 얘기를 다시 하고 싶네. 하이드라는 젊은이에 대해 들은 바가 있어서 그래.」 변호사가 말했다.

  순간 지킬 박사의 크고 잘생긴 얼굴이 창백해지더니 눈가엔 그림자까지 생겼다.

  「그 얘긴 그만두세나. 더 이상 거론하지 않기로 했던 문제 아닌가?」

  「너무 끔찍한 얘기를 들어서 그래.」 어터슨도 포기하지 않았다.

  「그래 봐야 달라질 것 없네. 자넨 내 입장을 이해 못 하니까.」 박사의 태도는 확실히 달라져 있었다. 「지금 아주 곤란한 처지일세, 어터슨. 아주아주 이상한 상황이지. 이런 대화로 어쩔 수 있는 수준이 아니라네.」

  「지킬, 나를 몰라서 그러나? 난 믿어도 돼. 자네 속을 후련하게 털어놓게나. 분명 곤경에서 빠져나올 수를 강구할 테니.」어터슨이 항변했다.

「어터슨, 이 친절한 친구 같으니라고. 고마운 얘기일세. 물론 고맙고말고. 어떻게 감사해야 할지 모르겠군그래. 물론 자네를 믿네. 이 세상 누구보다…… 아니, 선택이 가능하다면 나 자신보다 자네를 더 믿을 거야. 하지만 이건 자네가 생각하는 그런 문제가 아니라네. 그렇게 나쁘지도 않고. 그러니 그 선한 마음을 접어 두게나. 내 한 가지만 말해 두지. 내가 원하면 언제든 하이드 정도는 떨쳐 낼 수 있다네. 믿어도 좋아. 아무튼 그 마음만은 너무도 고마우이. 진심일세. 아, 하나만 더 얘기하지. 어터슨, 물론 이해해 주리라 믿네만, 이건 사적인 문제일세. 그러니 부디 신경을 접어 두기 바라네.」

어터슨은 불을 바라보며 잠시 생각에 잠겼다.

「그래, 당연히 자네 말이 옳겠지.」그는 마침내 이렇게 말하고 자리에서 일어섰다.

「음, 이왕 이야기가 나왔으니, 한 가지 다짐을 받고 싶은 게 있네. 부디 이런 얘기도 이번이 마지막이었으면 좋겠구먼. 솔직히 말하면, 난 하이드라는 그 불쌍한 친구에게 지대한 관심을 갖고 있다네. 나는 자네가 그를 만났다는 걸 알고 있네. 그가 말해 줬거든. 그가 무례하게 굴진 않았는지 걱정이군. 아무튼 나는 그 젊은이에 대해 많은, 아주 굉장히 많은 관심이 있어. 때문에 내가 떠나고 나면, 어터슨, 자네가 너그러운 마음을 발휘하여 그의 권리를 지켜 주겠다고 약속해 주게나. 자네도 상황을 알면 허락하리라 믿네만, 어쨌든 이 자리에서 약속해 준다면 나도 마음의 짐을 하나 덜게 될 걸세.」

「그자를 좋아하게 될 것 같지는 않군.」변호사가 대답했다.

「좋아하라는 게 아니라 공정하게 대해 달라는 얘길세. 내가 없더라도 날 봐서라도 잘 좀 도와주게나.」 지킬이 친구의 팔을 잡고 애원했다.

어터슨의 입에서 절로 한숨이 새어 나왔다.

「알았네, 약속하지.」

커루 살인 사건

　1년쯤 후인 1800년 10월, 런던은 극악한 범죄로 충격에 빠졌다. 희생자의 높은 신분 때문에 사건은 훨씬 더 커다란 충격을 던져 주었다. 실로 기이하고도 끔찍한 사건이었다. 강 근처에 혼자 사는 하녀가 11시경 잠을 자기 위해 위층으로 올라갔다. 새벽이 되면 안개가 도시를 뒤덮기 시작하겠지만 그래도 이른 밤에는 구름 한 점 없었고 휘영청 밝은 보름달로 훤하기까지 했다. 하녀는 낭만적인 성격이었는지, 창가 바로 밑에 세워 둔 상자에 걸터앉아 명상에 빠져들었다. 세상 사람들이 그렇게 사랑스럽고 세상이 그렇게 따뜻해 보인 적은 한 번도 없었다(그녀는 이 얘기를 하면서 눈물까지 흘렸다). 그렇게 앉아 있는데, 잘생긴 백발 신사가 길을 따라 올라오는 게 보였다. 그리고 아주 작은 사람이 백발노인을 만나려는 모양인지 그에게 다가가고 있었으나, 그녀는 처음에는 그다지 관심을 두지 않았다. 그런데 두 사람이 대화가 가능할 정도로 가까워지자(하필 하녀의 창문 바로 밑이었다) 노인이 고개를 숙이며 무척 공손한 태도로 상대에게 말을 걸었다. 중요한 얘기 같지는 않았다. 손으로 가리키는 것으로 보아 단순히 길을 묻는 것일 수도 있었다. 소녀는 달빛에 비친 노인의 얼굴을 흐뭇한 마음으로 지켜보았다. 사람 좋으면서도 고풍스러운 매력은 물론, 충분한 자신감까지 간직한 노신사였다. 이윽고 그녀는 다른 상대에게 시선을 옮겼다. 그리고 그가 하이드 씨임을 알아보았다. 언젠가 주인을 찾아왔었는데, 무척이나 기분이 나빴던 남자다. 그는 손에 든 지팡이를 만지작거리기만 할 뿐, 한마디도 하지 않았다. 노인의 얘기를 듣는 동안에도 얼굴엔 성마른 조바심이 그득했다. 그러던 그가 갑자기 버럭 화를 내더니, 발을 구르며 지팡이를 휘두르기 시작했다. 하녀의 표현에 따르면, 미친놈이 따로 없었다. 노신사가 한 걸음 뒤로 물러서며, 무척 놀란 데다 기분까지 상한 표정을 지었다. 그러자 하이드 씨는 완전히 이성을 잃고 결국 노인을 쓰러뜨리고 말았다. 그 후에도 그는 원숭이처럼 광분해 피해자를 짓밟고 지팡이를 마구 휘둘러 댔다. 급기야는 뼈 부러지는 소리까지 들렸다. 노인은 도로에 쓰러져 경련을 일으켰다. 하녀는 그 끔찍한 광경과 소리에 그만 의식을 잃고 말았다.

그녀가 의식을 되찾고 경찰에 신고한 건 2시나 되어서였다. 살인자는 오래전에 달아나고 피해자는 완전히 난자당한 채 길 한가운데 쓰러져 있었다. 그를 쓰러뜨린 지팡이는 아주 튼튼한 경목으로 만든 고급품이었지만 비정한 매질의 충격에 두 동강이 난 상태였다. 그래서 반쪽은 가까운 배수로에 버려져 있었고, 다른 반쪽은 살인자가 들고 간 듯했다. 희생자에게서는 지갑과 금시계가 나왔지만 명함이나 신분증 따위는 없었다. 다만 밀봉에 소인까지 찍힌 봉투 하나를 찾았는데, 우체국으로 가져가는 길이었는지 어터슨 씨의 이름과 주소가 적혀 있었다.

편지는 다음 날 아침 어터슨에게 전달되었다. 그가 아직 자리에서 일어나지 않았을 때였다. 그는 편지를 보고 상황 얘기를 듣더니 입부터 삐죽 내밀었다.

「시신을 본 후에야 알 수 있겠지만, 아무래도 보통 일은 아닌 듯싶군요. 옷을 갈아입을 때까지 잠시 기다려 주시겠소?」 그는 심각한 표정으로 서둘러 아침 식사를 한 뒤, 마차를 달려 시신을 보관 중인 경찰서로 향했다. 그는 시신이 놓인 작은 방으로 들어서자마자 고개를 끄덕였다.

「예, 아는 분이오. 유감스럽게도 댄버스 커루 경이로군.」 그가 말했다.

「맙소사, 어떻게 그런 일이?」 경관이 탄성을 질렀다. 그리고 다음 순간 그의 눈이 번뜩였는데 물론 직업적인 야심 때문이었다. 「아무래도 떠들썩해지겠는데요? 변호사님께서 범인을 잡도록 도와주셔야겠습니다.」 그가 이렇게 말하곤, 하녀의 목격담을 대략 설명하고 부러진 지팡이를 보여 주었다.

어터슨은 하이드라는 이름에 흠칫했으나, 지팡이를 보는 순간 모든 게 분명해졌다. 비록 부러지고 망가졌지만 그가 몰라볼 리가 없었다. 몇 년 전 그 자신이 헨리 지킬한테 준 선물이었기 때문이다.

「하이드라는 자는 덩치가 작다던가요?」 그가 물었다.

「하녀 말이, 아주 작고 사악해 보인대요.」 경관이 대답했다.

어터슨 씨는 곰곰이 생각하다 고개를 들었다.

「내 마차를 타시겠소? 그자의 집으로 모셔다 드릴 테니.」

그때가 아침 9시경이었는데, 거리엔 그 계절 들어 처음으로 안개가 자욱했다. 하늘에도 초콜릿 빛 구름이 낮게 드리워

저 있었다. 바람이 휘몰아치며 짙은 운무를 몰아내고 있었는데, 그 때문에 마차가 이 거리 저 거리를 누비는 동안, 형형색색의 빛과 어둠이 시시각각 변하는 과정을 볼 수 있었다. 한동안 늦저녁만큼이나 어둑어둑했다가 어느 순간 화재라도난 듯 밝은 갈색의 광휘가 터지곤 했다. 때로는 안개가 완전히 걷히며 휘감긴 구름들 사이로 수척한 햇살이 삐죽 내다보였다. 소호의 이 황량한 구역은 진창길과 지저분한 통행인들, 한 번도 꺼진 적이 없거나 혹은 다시 찾아든 이 음침한 어둠에 맞서 새로 불을 밝히고 있는 가로등들 때문에 흡사 악몽에 등장하는 어느 도시의 뒷골목처럼 보였다. 어터슨의 마음또한 어둡기 짝이 없었다. 변호사는 힐끗 동승한 경관을 보며, 법과 법을 집행하는 경찰의 두려운 손길을 의식해야 했다. 때때로 무고한 사람들까지 공격하는 손길 아니던가.

마차가 목적지에 다다를 때쯤엔 안개가 다소 걷혀 더러운 거리 풍경이 드러났다. 천박한 주점, 싸구려 프랑스 식당, 1회분의 탐정 소설이나 값싼 야채를 파는 소매상, 문가에 옹기종기 모여 있는 누더기의 아이들이 보였으며, 다양한 국적의 여자들이 손에 열쇠를 들고 아침부터 술을 마시러 가고 있었다. 그리고 다음 순간, 암갈색의 안개가 다시 내려앉으며 주변 환경을 완전히 가로막았다. 헨리 지킬의 전폭적인 관심을 받는 친구 집이 이 모양이라니. 그것도 25만 파운드를 상속받을 남자가.

상앗빛 피부에 은발의 노파가 문을 열었다. 사악한 표정을 위선으로 감춘 듯한 인상이었으나 태도만은 공손했다. 「예, 하이드 씨 댁이 맞습니다만 지금은 안 계십니다. 밤늦게까지 계시다가 나가신 지 한 시간도 채 안 되었거든요.」 그녀가 말했다. 그녀는 그것이 별로 특별할 것도 없다고 했다. 습관이 불규칙한 데다 종종 들어오지도 않는다는 얘기였다. 예를 들어, 그녀가 어제 그를 본 것도 거의 두 달 만의 일이었다.

「알겠소. 그럼, 그의 방이라도 봐야겠군.」 변호사의 말에 노파는 말도 안 된다며 따지고 들었다. 「여기 이분이 누구인지 알고 있소? 바로 런던 경찰청의 뉴커먼 경관님이오.」

그 말에 노파는 얼굴이 환히 밝아지더니 이렇게 외쳤다.

「아, 결국 문제가 생겼군요! 그래, 무슨 짓을 저지른 겁니까?」

어터슨과 경관이 시선을 교환했다.

「제집에서도 인기가 없는 모양이군. 어쨌든 아주머니, 이 신사분과 내가 방 좀 살펴봐야겠소이다.」 경관이 노파에게 말했다.

이 집을 통틀어 노파 말고는 아무도 없었다. 하이드는 두 개의 방만 사용했는데, 어느 방이나 고급 취향의 값비싼 가구들로 장식했으며 벽장은 와인으로 그득했다. 식기는 모두 은제품에 식탁보 역시 우아했다. 벽에 걸린 그림도 훌륭했다. (어터슨이 추측하기에) 아무래도 미술품에 일가견이 있는 헨리 지킬의 선물이었을 것이다. 카펫은 두터운 데다 주변과 잘 어울리는 색이었다. 하지만 얼마 전 급히 뒤진 흔적이 여기저기 남아 있었다. 의복은 주머니가 뒤집힌 채 바닥에 널려 있고 자물쇠가 달린 서랍들이 열려 있었으며 난로 위에는 회색 재가 한 무더기 쌓여 있었다. 서류를 닥치는 대로 태운 모양이었다. 경관은 잿더미를 뒤져 타다 만 녹색 수표책의 잔해를 끄집어냈다. 지팡이 반쪽은 문 안에서 발견되었는데 이로써 경관은 그의 혐의를 확정 지을 수 있었다. 은행에 가보니 살인자의 계좌엔 다행히 아직 수천 파운드가 남아 있었다.

「걱정 마십시오, 변호사님, 놈은 제 손안에 있으니까요. 지 팡이를 두고 간 것을 보니 크게 당황한 모양입니다. 무엇보 다 수표책을 불태우다뇨. 돈은 생명 줄이나 다름없죠. 이제 은행에서 기다리며 수배 전단만 배포하면 됩니다.」경관이 어 터슨에게 말했다.

하지만 수배 전단 만드는 것이 그렇게 만만한 일은 아니었 다. 무엇보다 하이드를 본 사람이 거의 없었다. 가정부조차 단 두 번 보았다지 않는가. 그의 가족도 어디 있는지 찾지 못 했고, 그는 사진 한 장 찍은 적도 없었다. 게다가 목격자들이 다 그렇듯, 그를 본 극소수의 인물들조차 인상 착의에 대한 설명이 판이하게 달랐다. 그들이 일치점을 보인 건 단 하나였 다. 막연한 기형의 느낌. 그 느낌만은 목격자들의 뇌리에 깊 이 박혀 있었다.

편지 사건

늦은 오후, 어터슨 변호사가 지킬 박사의 집을 찾았다. 그는 곧 풀의 안내를 받아 주방을 지나고 정원을 개조한 안뜰을 건너 어떤 건물로 들어서게 되었다. 실험실 또는 해부실이라고 불리는 곳이었다. 어느 유명 외과의의 상속인에게서 사들인 건물인데, 지킬 박사의 취향이 해부보다는 화학에 있던 터라, 아예 정원 지하 공간의 용도를 변경해 쓰고 있었다. 변호사도 그곳은 처음 와보았는데 창문 하나 없이 음침한 공간이었다. 그는 이 옛 해부실을 지나며 주의 깊게 주변을 둘러보았다. 낯설고 불편한 곳이라는 생각이 먼저 들었다. 한때 열정적인 학생들로 그득했을 강의실은 황량하고 쓸쓸하기만 했다. 탁자마다 화학 기구들이 즐비하고, 바닥엔 상자와 포장용 짚들이 여기저기 흩어져 있었다. 뿌연 둥근 천장 주위로 흐린 빛이 비치고 있었다. 안쪽 끝 계단을 따라 올라가자 붉은색 모직으로 덮인 문이 보였고, 그것을 지나자 비로소 박사의 서재가 나왔다. 사방에 유리 진열장이 놓인 넓은 방이었다. 그 외에 체경(體鏡)과 업무용 책상 등의 가구가 있고 더러운 창이 셋이나 되었다. 쇠창살로 가로막힌 창으로 안뜰이

내다보였다. 벽난로엔 불이 펴 있었고 굴뚝 선반엔 등이 하나 켜져 있었다. 집 안에까지 안개가 두텁게 깔리고 있기 때문이었다. 지킬 박사는 난로 옆에 앉아 있었는데 안색이 너무도 창백했다. 심지어 손님이 와도 일어나지 못하고, 그저 차가운 손을 내밀며 잔뜩 갈라진 목소리로 인사만 건넬 뿐이었다.

「그래, 소식은 들었겠지?」 풀이 자리를 비우자마자 어터슨이 다짜고짜 물었다.

박사가 몸서리를 쳤다.

「광장이 그 얘기로 가득하더군. 난 식당에서 들었네.」 그가 대답했다.

「한마디만 하지. 커루는 내 고객이고, 그건 자네도 마찬가지지. 어떻게든 상황을 알아야겠네. 설마 그자를 숨길 만큼 미친 건 아니겠지?」 변호사가 따져 물었다.

「어터슨, 신께 맹세코, 다시는 그자를 만나지 않겠어. 내 명예를 걸고 말하네. 이 세상에서 그와 다시는 엮이지 않을 걸세. 다 끝난 거야. 아무튼 그도 더 이상 내 도움을 원치 않네. 그자는 내가 잘 아는데, 더 이상 죄를 짓지도 못할 걸세. 절대로. 내 장담하지만 더 이상 그자 소식은 듣지 못할 거라네.」

변호사는 마음이 편치 못했다. 친구의 열띤 태도가 불길했기 때문이다.

「그자에 대한 확신이 대단하군. 그래, 자네를 위해서라도 그 말이 맞기를 바라겠네. 재판이라도 걸리는 날엔 자네 이름도 거론될 테니까.」

「장담할 수 있어. 자세한 얘기는 어렵네만, 그렇게 확신할 만한 근거도 있다네. 그보다, 자네한테 조언을 구할 일이 하나 있네. 편지를 한 장 받았는데…… 경찰에 신고해야 할지 몰라 그래. 어터슨, 편지를 자네한테 맡길 테니 자네가 알아서 판단해 주게나. 자네라면 얼마든지 믿을 수 있으니까.」 지킬이 말했다.

「그 편지 때문에 그가 잡힐까 봐 그러는 건가?」 변호사가 물었다.

「그건 아니야. 하이드가 어찌 되든 이제 상관없네. 나와는 끝났으니까. 내가 걱정하는 건 내 명예일세. 이 끔찍한 사건으로 벌써 내 이름이 오르내리고 있으니까.」

어터슨이 잠시 생각에 잠겼다. 친구의 이기심이 다소 놀랍긴 했지만 동시에 마음이 놓이기도 했다.

「알았네, 우선 그 편지부터 보기로 하지.」 마침내 그는 이렇게 대답했다.

편지는 지나치게 또박또박한 필체로 쓰여 있으며 〈에드워드 하이드〉라는 서명도 들어 있었다. 내용을 요약하자면, 은인 지킬 박사가 오랫동안 보여 준 무한한 자비심에 배은망덕해 죄송스러우며, 자신에게는 믿을 만한 탈출 방법이 있으니 그의 안전에 대해서는 걱정할 필요 없다는 얘기였다. 변호사는 편지 내용이 마음에 들었다. 둘의 관계 또한 우려할 정도는 아닌 것으로 보여 오히려 친구를 의심한 자신이 부끄러울 정도였다.

「봉투가 있나?」 그가 물었다.

「태워 버렸네. 아무 생각 없이 한 짓이지만 소인은 없었네. 인편으로 왔더군.」

「이 편지를 가져가 살펴봐도 되겠나?」 어터슨이 물었다.

「자네한테 모든 걸 맡길 생각일세. 이래서야 어찌 나 자신인들 믿겠는가?」 지킬의 대답이었다.

「그래, 깊이 생각해 보지. 하나만 더. 유언장에 자네가 실종되었을 시의 사항을 받아 적게 한 게 하이드였나?」변호사가 물었다.

박사는 현기증을 느끼는 듯했다. 그가 입을 굳게 다물고 고개만 끄덕였다.

「그럴 줄 알았네. 그자는 자넬 살해할 참이었어. 자네가 목숨을 부지한 건 천행이라네.」

「그 점에서라면 더한 것을 얻었지. 바로 교훈이라네. 오, 맙소사, 어터슨, 이게 웬 뼈저린 교훈이란 말인가!」그는 한동안 두 손으로 얼굴을 가렸다.

나가는 길에 변호사는 잠깐 풀을 만나 한두 마디 더 물었다.

「오늘 편지를 가져온 사람이 있다고 들었네. 그 사람 인상착의가 어떻던가?」하지만 풀은 인편으로 온 편지는 없었으며 〈우편물도 모두 광고지뿐〉이었다고 덧붙였다.

그 얘기에 어터슨은 다시 불안해졌다. 그건 편지가 실험실로 곧장 배달되었거나, 아니면 방 안에서 쓰였다는 뜻이다. 만일 그럴 경우 이 상황은 다른 관점에서 더욱 신중하게 접근해야 할 것이다. 신문팔이 소년이 쉰 목소리로 소리치며 거리를 지나고 있었다.

「호외요! 충격적인 국회 의원 살인 사건입니다!」친구이자 고객이기도 했던 사람의 부고였다. 그리고 그는 또 다른 친구의 명예가 추문의 소용돌이에 휩쓸려 들지도 모른다는 생각에 몸서리쳤다. 이제 어려운 결정을 내려야 했다. 평소 자신감이 충만한 그였으나, 문득 누군가의 조언이 필요하다는 생각이 들었다. 직접적인 언급은 안 되겠지만 넌지시 물어볼 수는 있을 것이다.

얼마 후, 그는 자기 집 난롯가에 앉아 있었다. 사무장 게스트 씨는 반대편에 서 있었는데 난로와 그 사이엔 어느 정도 거리를 둔 채 와인 한 병이 놓여 있었다. 지하실에서 오랫동안 숙성시킨 특별한 와인이었다. 여전히 짙은 안개가 도시를 뒤덮은 터라 여기저기 가로등 불이 자수정처럼 가물거렸다. 도시의 삶은 잔뜩 가라앉은 안개에 덮이고 짓눌린 채, 강력한 바람처럼 굉음을 내며 여전히 이 거리를 지나가고 있었다. 하지만 방은 아늑한 불빛으로 가득했다. 와인의 신맛도 오래전에 사라졌고, 점차 풍부해지는 스테인드글라스의 색처럼, 황제의 빛깔이라는 와인의 색 또한 세월과 함께 한껏 부드러워졌다. 언덕 기슭의 포도원을 내리쬐던 가을 오후의 뜨거운 열기가 사방으로 퍼져 나가 런던의 안개를 쓸어 낼 준비를 했다. 변호사도 마음이 느긋해졌다. 게스트는 그 어떠한 비밀이라도 털어놓을 수 있는 사내였다. 아니, 실은 비밀로 해야 할 내용조차 어느 틈엔가 그에게 흘러들기 일쑤였다. 게다가 지킬 박사의 집에도 자주 오간 터라 풀과도 잘 아는 사이였으니, 당연히 하이드가 그 집 주변을 알짱거린다는 얘기를 들었을 것이며 나름대로 결론을 이끌어 낼 수도 있을 터이다. 그러니 그 수수께끼의 편지를 살피는 것 또한 당연한 일이 아니겠는가? 무엇보다 게스트는 필체를 연구하는 훌륭한 학생이자 전문가였기에, 편지 감식을 당연한 단계로 여기고 있을 것이다. 더군다나 사무장도 법조인이 아닌가? 이토록 기이한 자료를 읽고 한마디 안 할 리가 없고, 어터슨 역시 그 논평을 통해 앞으로의 계획을 대략이나마 그릴 수 있을 것이다.

「이번 일은 슬프게도 댄버스 경 사건이라네.」 그가 말했다.

「예, 변호사님. 다들 애석해하고 있더군요. 어쩌다 미친놈한테 봉변을……」

「그 때문에 자네의 의견을 구할 일이 하나 있네. 나한테 범인이 쓴 편지가 있는데, 물론 비밀이라네. 아직 어떻게 처리해야 할지 모르는 데다 그다지 좋은 일도 못 되니 말일세. 어쨌든 여기 있네. 살인자의 자필 서한. 자네 전공 아닌가?」어터슨이 말했다.

게스트가 눈빛을 밝히더니 곧바로 자리에 앉아 열심히 편지를 살펴보았다.

「아니, 미친 건 아닙니다, 변호사님. 하지만 아주 기이한 필체로군요.」사무장의 첫 논평이었다.

「누가 봐도, 그걸 쓴 작자는 아주 이상하지.」변호사가 덧붙였다.

바로 그때 하인이 쪽지를 들고 들어왔다.

「지킬 박사님 편지죠? 그분 필체를 압니다. 비밀 내용인가요?」사무장이 물었다.

「그냥 저녁 초대장일세. 왜? 보고 싶나?」

「잠깐이면 됩니다. 감사합니다.」사무장은 종이 두 장을 나란히 놓고 찬찬히 내용을 비교해 나갔다. 그가 마침내 편지를 모두 돌려주며 말했다. 「고맙습니다. 아주 흥미로운 필체군요.」

잠시 침묵이 흘렀다. 어터슨은 초조해졌다.

「왜 편지를 비교한 건가, 게스트?」그가 불쑥 질문을 던졌다.

「음, 매우 비슷하기 때문입니다, 변호사님. 두 필체는 많은 점에서 동일합니다. 차이라면 살짝 빗겨 쓴 정도뿐이랍니다.」

「그거 이상하군.」어터슨이 말했다.

「예, 저도 이상하다고 생각합니다.」게스트가 말했다.

「알겠지만, 이 쪽지에 대해서는 얘기 않는 게 좋겠네.」 변호사가 지시했다.

「예, 변호사님, 알겠습니다.」 사무장이 대답했다.

그날 밤 어터슨은 혼자 남겨지자 곧바로 쪽지를 금고에 넣고 잠가 버렸다. 쪽지는 그곳에서 영원히 나오지 못하리라.

「맙소사! 헨리 지킬이 살인자를 위해 위조까지 하다니!」 온몸의 피가 얼어붙는 기분이었다.

래니언 박사의 놀라운 사건

시간이 흘렀다. 수천 파운드의 현상금도 내걸렸다. 사람들이 댄버스 경의 죽음을 공공의 위협으로 여겼기 때문이다. 하지만 하이드는 마치 존재조차 없었다는 듯, 경찰의 포위망을 피해 사라져 버렸다. 그의 과거 대부분이 오리무중이었으며 알려진 것도 추악한 내용들뿐이었다. 무정하고 무자비한 만행, 야비한 생활, 이상한 동료들, 그의 행적을 온통 물들인 증오심 등……. 하지만 그의 행방에 대해서는 아는 이가 아무도 없었다. 살인이 있던 날 아침 소호의 집을 떠난 이후로 그는 완전히 자취를 감춰 버렸다. 그리고 시간이 흐르면서 어터슨도 긴장을 늦추고, 조금씩 안정을 찾아 가기 시작했다. 댄버스 경의 죽음은 하이드의 실종으로 충분히 보상받았다고 자위하기로 했다. 그동안 목줄을 누르던 악마의 손이 사라지자 지킬 박사도 새 삶을 시작했다. 그는 마침내 골방에서 빠져나와 친구들과의 교제를 재개해, 다시 그들의 기꺼운 손님이자 주인이 되어 주었다. 이미 자선가로 유명한 그는 이제 종교인으로서도 이름을 날리기 시작했다. 그는 분주히 돌아다녔고 자주 모습을 드러냈으며 언제나 선행을 했다. 얼굴도 보름달처럼 훤해진 게 마음속 깊이 섬김에 대해 생각하게 된 사람 같았다. 지킬 박사는 두 달 이상 그렇게 평화로웠다.

정월 여드렛날, 어터슨은 몇 사람과 함께 지킬 박사의 집에서 저녁 식사를 했다. 래니언도 그 자리에 함께 있었는데, 주인은 그 옛날 삼총사 시절을 회상이라도 하듯 두 사람을 대했다. 그런데 11일, 다시 14일, 변호사가 지킬 박사를 찾아갔을 때 주인은 다시 문을 걸어 잠갔다.

「박사님께서는 아무도 안 만나시겠답니다.」 풀의 보고는 그랬다.

15일, 다시 시도해 봤지만 역시 문전 박대였다. 지난 두 달 동안 거의 매일 친구를 보아 왔던 터라, 변호사는 이번의 은둔에 더욱더 마음이 무거웠다. 닷새째에는 게스트를 불러 함께 저녁 식사를 했고, 엿새째 밤에는 래니언 박사의 집으로 향했다.

적어도 그는 변호사를 박대하지 않았으나, 집 안으로 들어간 후 어터슨은 래니언 박사의 달라진 외모에 놀라지 않을 수 없었다. 정말로 사형 선고라도 받은 얼굴이었다. 발갛던 안색은 백지장처럼 창백했고 피부도 거칠기가 짝이 없었다. 눈에 띄게 머리숱도 줄고 또 노쇠해 보였다. 하지만 변호사의 시선을 사로잡은 건 갑작스러운 신체적 노화가 아니라 눈빛과 태도였다. 그야말로 마음속 깊이 뿌리박힌 공포를 드러내고 있지 않는가. 박사가 죽음을 두려워할 사람은 아니지만 어쩌면 그럴지도 모르겠다고 어터슨은 생각했다.

〈그래, 어차피 의사잖아. 자신의 상태를 모를 리가 없겠지. 이제 얼마 남지 않았다는 생각에 견딜 수 없는 두려움이 일었는지도 몰라.〉 그러나 어터슨이 병색에 대해 물었을 때, 이제

47

죽을 때가 되었다고 말하는 친구의 목소리는 무척이나 담담했다.

「충격을 받았는데 회복하기 힘들 것 같네. 몇 주나 남았으려나? 그래, 즐거운 인생이었지. 사는 게 즐거웠네. 즐거웠고 말고. 모든 걸 알 수만 있다면 떠나는 게 더 기쁠 거라는 생각을 종종 한다네.」 그가 중얼거렸다.

「지킬도 좋지 않더군. 그를 만났나?」 어터슨이 물었다.

하지만 래니언은 인상을 찌푸리며 떨리는 손을 들었다.

「이제 지킬을 보는 것도 소식을 듣는 것도 싫네. 그 인간하고는 완전히 끝났어. 그러니 더 이상 언급하지 말게나. 나한텐 이미 죽은 친구니까.」 그가 떨리는 목소리로 언성을 높였다.

「이런, 이런.」 어터슨은 한참이나 할 말을 잃었다가 간신히 입을 뗐다. 「내가 할 일이 없을까? 래니언, 우리 셋은 죽마고우나 마찬가지 아닌가? 어디서 그런 친구를 만날 수 있겠어?」

「할 수 있는 건 아무것도 없네. 그러니 그 인간한테나 가서 알아보게.」 래니언의 대답이었다.

「그는 날 만나려 하지 않는다네.」 변호사가 말했다.

「그러겠지. 이보게, 어터슨, 내가 죽고 나면 자네도 뭐가 옳고 그른지 알게 될 걸세. 지금은 아무 말도 할 수 없구먼. 그러니 앉아서 다른 얘기나 하세나. 이렇게 부탁하네. 하지만 이놈의 저주받은 얘기를 계속 할라치면, 제발 떠나 주게. 도저히 참을 수가 없어서 그래.」

어터슨은 집에 돌아가자마자 지킬에게 편지를 썼다. 문전박대에 대한 유감 외에는 래니언과의 불행한 절연 이유를 묻는 내용이었다. 그리고 다음 날 답장이 돌아왔다. 매우 감상적으로 흐르다가도 어느 순간 불쑥불쑥 뜻 모를 수수께끼로 표류해 버리는 장문의 편지였다. 래니언과의 불화는 치유 불능이었다.

〈그 친구를 비난하지는 않겠네만, 두 번 다시 만날 이유가 없다는 데에는 나도 동감이라네. 이제부터는 철저한 은둔 생활을 고수할 참일세. 너무 놀랄 필요는 없네. 그리고 앞으로도 자네를 환영해 주지 못한다 한들 내 우정을 의심하지는 말아 주게나. 자네는 그저 내가 고행의 길을 가도록 놔둬야 하네. 나는 결국 뭐라 말할 수 없는 천벌과 위험을 자초하고 말았다네. 나야말로 죄인 중의 죄인이나, 가장 고통받는 것 또한 나 자신이라네. 나는 이 세상에 이렇게 끔찍한 고통과 두려움이 있을 수 있다고는 생각조차 하지 못했네. 어터슨, 자네가 이 운명을 달래 줄 방법은 오직 하나뿐이라네. 내 침묵을 존중해 주는 것 말일세.〉 어터슨은 당혹스러웠다. 하이드의 손길은 오래전에 사라지고, 박사는 예전의 생활과 친분을 회복했었다. 일주일 전만 해도, 즐겁고 명예로운 삶에 대한 기대감으로 한껏 웃지 않았던가. 그런데 어느 한순간, 우정과 마음의 평화는 물론, 인생까지 모두 한꺼번에 침몰해 버리고 만 것이다. 예기치 못한 급변이었다. 지킬이 미쳤을지 모른다는 생각도 들었으나, 래니언의 태도와 얘기로 미루어, 뭔가 다른 이유가 있을 것 같았다.

일주일 후 래니언 박사가 드러눕고, 그 후 2주도 채 못 되어 숨을 거두었다. 장례식이 있던 날 밤, 어터슨은 커다란 충격에 사무실 문까지 걸어 잠그고 촛불만 하나 켜둔 채 앉아 있었다. 이윽고 그가 편지 한 통을 꺼내 앞에 내려놓았다. 죽은 친구가 친필로 기록하고 봉한 편지였다. 〈친전(親展): J. G. 어터슨, 본인이 먼저 사망할 경우 개봉 말고 파기할 것.〉

봉투에 적힌 섬뜩한 문구 때문에라도 내용을 뜯어 보기가 두려웠다. 「오늘 한 친구를 묻었건만, 이 편지로 인해 또 다른 친구가 해를 입는 건 아닐까?」그가 중얼거렸다. 하지만 그는 이런 두려움 자체가 고인에 대한 모독이라는 생각에 밀봉을 뜯어냈다. 안에는 또 다른 봉투가 들어 있었다. 그곳에도 봉인이 있었는데, 그 위엔 〈헨리 지킬 박사의 사망 또는 실종 전에는 개봉하지 말 것〉이라고 적혀 있었다. 어터슨은 자신의 눈을 믿을 수가 없었다. 그렇다, 분명 〈실종〉이었다. 오래전에 주인한테 돌려준 정신 나간 유언장에서와 마찬가지로, 여기에도 다시 실종이라는 단어와 헨리 지킬의 이름이 나란히 등장했다. 유언장은 하이드라는 자의 존재로 비롯된 문제였다. 의도가 너무도 분명하고 끔찍했던 것이다. 그렇다면 래니언의 의도는? 도대체 무슨 영문이지? 글쓴이에 대한 호기심 때문에라도 눈 딱 감고 수수께끼의 밑바닥까지 파 내려가고 싶었지만, 그래도 고인에 대한 직업적인 명예와 신념을 깨뜨릴 수는 없었다. 그래서 그 편지 또한 개인 금고의 구석에 넣어 두었다.

호기심을 억누르는 것과 극복하는 건 별개의 문제다. 그렇다고 당장 전과 같은 열정으로 살아남은 친구, 지킬과의 교제를 기대할 수는 없었다. 그는 친구를 좋게 여겼지만 그런 생각조차 복잡하고 또 두렵기까지 했다. 그는 실제로 찾아가 보기도 했으나 문전에서 쫓겨날 때는 오히려 다행이라는 생각이 들었다. 탁 트인 계단에 서서 도시의 소음을 들으며 풀과 얘기하는 건 몰라도, 지킬의 자발적 감옥 안에 들어가 꿍꿍이를 알 수 없는 은둔자와 대면하는 일은 껄끄럽고 두려웠다. 사실, 풀이 전하는 소식도 우울하기는 마찬가지였다. 박사는 그 어느 때보다 서재에 꽁꽁 틀어박혀 있었다. 심지어 그곳에서 잠을 자기도 했다. 늘 풀 죽은 모습에 거의 말도 하지 않았고 책을 읽지도 않았다. 무언가 괴로운 일이 있는 게 분명했다. 어터슨도 결국 이런 식의 똑같은 보고에 지쳐 조금씩 조금씩 발길을 끊기 시작했다.

창가의 지킬 박사

어느 일요일, 어터슨이 엔필드와 함께 정기적인 산책을 하고 있을 때였다. 두 사람은 다시 그 골목에 접어들었고 또 그집 앞에 멈춰 서서 문을 바라보았다.

「글쎄, 어쨌든 그 이야기는 끝난 모양입니다. 하이드라는 자는 더 이상 볼 일 없겠죠.」 엔필드가 말했다.

「그랬으면 좋겠군. 내가 그를 봤다는 얘기 했던가? 나도 자네처럼 반감을 느꼈다네.」 어터슨이 말했다.

「그자를 보고 어찌 반감이 없겠습니까? 그건 그렇고, 이것이 지킬 박사의 집 뒷문이라는 것도 몰랐으니, 이런 멍청한 놈이 또 어디 있단 말입니까! 하지만 그렇게 된 데에는 변호사님 잘못도 있음을 인정하셔야 합니다.」

「그래, 어쨌든 알아낸 건가? 그럼, 이제 안뜰로 들어가 저 창문들을 살펴보세나. 솔직히 말한다면 지킬이 걱정된다네. 비록 밖에서지만, 친구의 존재가 도움이 될 수 있으리라 생각하네.」

마당은 무척 춥고 축축했으나, 하늘은 높고 아직 석양 빛이 환하게 비치고 있었다. 세 개의 창 중에서 가운데 것은 반쯤 열려 있었다. 그리고 그 바로 옆에 침울한 죄수처럼 너무도 슬픈 표정을 한 사내가 앉아 바람을 쐬고 있었다. 바로 지킬 박사였다.

「어이, 지킬! 이제 좀 괜찮아진 건가?」 그가 외쳤다.

「아직 우울하다네, 어터슨. 아주 우울해. 하지만 오래가진 않을 걸세.」 박사가 맥없이 대답했다.

「너무 오래 집 안에만 있어서 그래. 밖으로 나와 여기 있는 내 친척 엔필드 씨와 나처럼 혈액 순환도 좀 시켜 보지 그러나. 나오라고! 모자를 쓰고 우리와 함께 재빨리 한 바퀴 돌아보세나.」 변호사가 재촉했다.

박사는 한숨부터 내쉬었다.

「자넨 좋은 친구야. 나도 그러고 싶네만, 안 돼. 불가능한 일이야. 난 못 해. 하지만 자넬 보니 너무 기쁘군. 정말 반가우이. 자네와 엔필드 씨를 2층으로 청하고 싶어도 지금은 너무 엉망이라 미안하이.」

「이런, 그렇다면야 이 아래에서 얘기하는 수밖에 없군그래.」 변호사가 별문제 아니라는 듯 외쳤다.

「그거야말로 내가 부탁하려던 바라네.」 박사가 미소로 답해 주었다. 하지만 그 말을 채 마치기도 전에, 얼굴의 미소가 걷히더니 처참한 공포와 절망이 그 자리를 대신했고, 아래 있던 두 사람은 마치 피가 얼어붙는 듯했다. 그 순간 창문도 닫힌 탓에 두 사람이 본 건 찰나에 불과했으나 그것만으로도 충분했다. 둘은 아무 말도 없이 돌아서서 안뜰을 빠져나왔다. 골목을 가로지를 때에도 둘은 입을 열지 못했다. 어터슨이 동행을 돌아본 것은 인근의 거리에 들어서고 나서였다. 일요일임에도 불구하고 거리는 아직 사람들로 혼잡했다. 두 사람 모두 창백했고 두 눈에도 두려움이 그득했다.

「맙소사! 오, 세상에 어찌 이런 일이!」 어터슨이 중얼거렸다.

하지만 엔필드는 심각한 표정으로 고개만 끄덕였다. 두 사람은 다시 아무 말 없이 발걸음을 옮겼다.

최후의 밤

어느 날 어터슨 변호사가 저녁 식사를 마치고 난로에 앉아 있는데 놀랍게도 풀이 찾아왔다.

「이런 세상에, 자네가 웬일인가?」 그가 외쳤다. 그리고 그를 다시 보고 질문을 수정했다. 「무슨 일이 있나? 주인이 아픈 건가?」

「어터슨 변호사님, 아무래도 일이 생긴 듯합니다.」 풀의 대답이었다.

「우선 앉게나. 와인부터 한 잔 마시고 차근차근 얘기해 보기로 하세.」 변호사가 하인을 다독여 주었다.

「변호사님은 주인님의 생활 방식을 잘 아시죠? 지금 서재에서 두문불출하시는 것도 말입니다. 예, 지금도 꼼짝 않으시는데 너무 무섭습니다. 무서워서 미칠 지경입니다, 어터슨 변호사님.」

「자, 이 친구야, 좀 더 자세하게 말해 보게. 뭐가 그렇게 무섭다는 건가?」

「한 주 내내 두려움에 떨었는데 더 이상 견딜 수가 없습니다.」 풀이 대답했다. 변호사의 추궁은 안중에도 없는 모양이었다.

하인의 표정도 말의 내용과 별반 다를 바 없었다. 공손한 태도 역시 간데없었다. 게다가 처음 두려움을 표할 때 외에는 변호사의 얼굴을 쳐다볼 생각도 못 했고, 아직까지도 와인 잔을 무릎에 놓은 채 방구석만 뚫어져라 노려보았다.

「이제 더 이상 못 참겠습니다.」 그가 되뇌었다.

「자, 나도 그 심정 이해하이. 나 또한 뭔가 심각한 문제가 있다고 생각하니까. 그러니 어서 자초지종을 말해 보게나.」 변호사가 하인을 달랬다.

「아무래도 끔찍한 일이 일어난 것 같습니다.」 풀이 갈라진 목소리로 대답했다.

「끔찍한 일? 무슨 끔찍한 일? 대체 그게 무슨 말인가?」 변호사가 외쳤다. 그 역시 크게 겁이 난 터라 더욱 초조해졌다.

「말씀 못 드리겠습니다, 변호사님. 그보다 직접 가보시는 게 좋을 듯합니다.」 풀의 대답이었다.

어터슨 변호사는 아무 말 없이 일어나 모자와 외투를 챙겼다. 그러자 놀랍게도 집사가 큰 안도의 한숨을 내쉬는 게 아닌가. 그가 잔을 내려놓고 따라나설 때 보니 술엔 입도 대지 않았다.

3월에 걸맞게 춥고 황량한 밤이었다. 창백한 달은 바람의 날카로운 공격을 받은 듯 낮게 떠 있고, 아주 얇고 투명한 직물 조각 하나가 허공을 날아다녔다. 바람 때문에 대화도 어렵고 얼굴까지 핏기로 시뻘게졌다. 강풍은 거리의 사람들까지 모두 청소해 버린 듯했다. 런던의 이 지역이 이렇게 황량한 건 어터슨도 본 적 없는 일이었다. 차라리 사람이라도 많았으면 좋으련만. 지금껏 살아오면서 이렇게도 절실히 동족들을 보고 접촉하기 원했던 적은 없었던 것 같다. 아무리 안간힘을 써보아도 커다란 재앙의 예감을 떨쳐 낼 수 없었기 때문이다. 그들이 다다른 광장 역시 바람과 먼지뿐이었다. 정원의 가느다란 나무들은 하릴없이 제 몸을 난간에 부딪쳐 댔다. 풀은 내내 한두 걸음 앞서더니, 포장도로 한가운데 잠시 멈춰 모자를 벗고서는, 혹독한 날씨에도 불구하고 붉은 손수건을 꺼내 이마를 훔쳐 냈다. 서둘러 달려오기는 했지만, 그가 닦아 낸 건 육체의 노고가 아닌 숨 막힐 듯한 고통이 빚어 낸 식은땀이었다. 그의 얼굴은 유령처럼 창백했고 목소리는 거칠고 갈라져 있었다.

「예, 변호사님, 다 왔네요. 오, 신이시여, 부디 큰일이 없기를……」

「아멘.」 변호사가 동의를 표했다.

하인이 매우 조심스럽게 문을 두드리자 쇠고리에 걸린 채 문이 빼꼼 열렸다. 안에서 누군가의 목소리가 들려왔다.

「풀, 당신이에요?」

「그래, 문 열어.」 풀이 대답했다.

홀에는 불을 훤히 밝혔고 난로 또한 활활 타오르고 있었다. 그리고 난로 주변엔 남녀 하인들이 마치 양 떼처럼 모여 있었다. 어터슨 변호사를 보자 하녀가 히스테릭한 울음을 터뜨렸다. 요리사는 〈오, 세상에나, 어터슨 씨셔〉라고 외치며 그를 끌어안기라도 할 듯 달려 나왔다.

「이런, 이런, 모두 여기 있는 건가? 기이하고 기이한지고. 자네들 주인께서 크게 노여워할 일이구먼그래.」 변호사가 언짢은 말투로 힐난했다.

「다들 두려워하고 있답니다.」 풀이 말했다.

항변하는 사람도 없이 휑한 정적이 이어졌다. 결국 하녀 하나가 목 놓아 울기 시작했다

　「닥치지 못해!」 풀이 외쳤다. 거친 억양이 그의 곤두선 신경을 말해 주고 있었다. 그리고 하녀가 갑자기 울음소리를 높이자 모두가 깜짝 놀라더니 잔뜩 겁에 질린 표정으로 안쪽 문을 돌아보았다. 집사가 이번에는 주방 아이를 불렀다. 「자, 촛불을 가져와라. 당장 상황을 마무리 지을 테니까.」 그러고는 어터슨에게 따라와 달라고 한 다음 안뜰로 앞장서 나갔다.

　「자, 최대한 조용히 오셔야 합니다. 들키지 않게 잘 엿들으셔야 하니까요. 그리고 행여나 변호사님께 들어오라고 해도 절대 그러시면 안 됩니다.」

　어터슨은 이 예상 밖의 상황에 놀라 휘청했으나 다행히 마음을 다잡고 집사를 쫓아갔다. 두 사람은 실험실이 있는 건물로 들어가서 상자와 병이 널브러져 있는 옛 외과 해부실을 지나 계단 아래에 이르렀다. 풀은 그에게 한쪽에 서서 잘 들어 볼 것을 주문했다. 그리고 그는 촛불을 내려놓고 크게 심호흡을 한 다음 머뭇머뭇 붉은 모직이 덮인 서재 문을 노크했다.

　「어터슨 씨께서 찾아오셨습니다.」 그가 변호사에게 귀를 기울이라는 손짓을 보냈다.

　안에서 투덜대는 목소리가 들렸다.

　「아무도 만날 수 없다고 전해라.」

　「알겠습니다, 주인님.」 풀이 다소 의기양양한 목소리로 답한 다음 다시 어터슨을 이끌고 안뜰을 지나 넓은 부엌으로 들어갔다. 부엌의 난로는 꺼져 있고 바닥엔 딱정벌레들이 뛰어다니고 있었다.

「어떻습니까, 주인님 목소리 같던가요?」 그가 어터슨의 눈을 들여다보며 물었다.

「많이 변한 것 같더군.」 변호사가 대답했다. 그도 무척이나 창백했으나 집사의 시선을 피하지는 않았다.

「분명히 다르죠? 예, 제 생각도 그렇습니다. 제가 이 집에서만 20년인데 주인님 목소리 하나 못 알아듣겠습니까? 그렇습니다, 주인님은 돌아가셨습니다. 그것도 여드레 전에 말입니다. 주인님께서 큰 소리로 하느님을 부르는 소리를 들었죠. 그런데 저 안에 있는 건 누구죠? 그리고 왜 거기 있는 걸까요, 어터슨 변호사님?」

「기이하기 짝이 없는 얘기로군. 이보게, 그건 말이 안 되네. 설령 자네 말대로, 지킬 박사께서…… 음, 그러니까 살해당했다고 가정해 보세. 도대체 살인자가 남아 있을 이유가 뭐란 말인가? 앞뒤가 맞지 않아. 논리적으로 성립이 안 되잖나.」 어터슨이 손톱을 깨물며 따졌다.

「글쎄요, 어터슨 변호사님께서 믿기 어려우시다면, 제가 납득시켜 드리죠. 저 안에 있는 게 누군지는 모르지만, (변호사님께서 아시는 저자가) 지난주 내내 밤낮을 가리지 않고 이런저런 약을 구해 오라고 고함을 쳤죠. 아직 원하는 약을 찾지는 못한 모양입니다. 이따금 지시 사항을 종이에 적어 계단에 던져 놓기도 했는데(이건 주인님의 방법이기도 하지만), 이번 주엔 내내 쪽지만 받았을 뿐입니다. 문은 꼭 잠가 두고는, 음식을 가져다주면 아무도 보지 않는 틈을 타서 몰래 들여갔죠. 매일매일, 아니, 하루에도 두세 번씩 지시가 내려오고 불평이 터졌어요. 저도 도시의 도매 약국마다 하인들을 보내느라 정신이 없을 지경이랍니다. 하지만 약을 구해 오면

순정품이 아니니 반환하고 다른 회사 제품을 구해 오라는 지시가 떨어졌습니다. 이유는 모르지만 무척이나 다급한 약인 모양이더군요.」

「그 쪽지들 갖고 있나?」 어터슨이 물었다.

풀은 주머니를 뒤져 구겨진 종이 한 장을 꺼냈다. 변호사는 종이를 촛불로 가져가 자세히 살펴보았다. 내용은 이랬다. 〈지킬 박사는 모우 제약 회사에 경의를 표하는 바입니다. 최신 구입한 귀사의 견본이 순정품이 아닌 탓에 박사의 사용 목적에 전혀 부합되지 못했습니다. 18○○년 지킬 박사는 귀사로부터 다량의 약품을 구입한 바 있습니다. 따라서 신신을 다해 당시의 약품을 수배해 주길 간절히 부탁드립니다. 그리고 같은 품질의 약품이 남아 있을 경우 당장 박사에게 보내주셨으면 합니다. 비용은 얼마라도 상관없습니다. 지킬 박사에게 그것은 너무나도 중요하기 때문입니다.〉 편지는 여기까지 차분하게 쓰여 있다가 갑자기 글씨체가 요동치기 시작했다. 감정이 폭발하고 만 것이다. 〈제발, 옛 약을 찾아내!〉 그는 이렇게 덧붙였다.

「기이한 내용이로군. 그런데 자네가 어떻게 이 편지를 열어 본 거지?」 어터슨이 문득 집사에게 물었다.

「제약 회사 직원이 화를 버럭 내더니 제게 집어 던졌답니다.」 풀의 대답이었다.

「이건 틀림없이 박사의 필체야, 안 그런가?」 변호사가 다시 물었다.

「그런 것 같습니다.」 하인이 입을 삐죽 내밀고는 말투를 바꾸어 따졌다. 「하지만 필체가 무슨 소용입니까? 제가 직접 본 걸요.」

「그를 봤다고? 그래서?」 어터슨이 되물었다.

「사실입니다. 제가 안뜰에 있다가 옛 해부실로 들어갔을 때였죠. 그자가 약을 찾으러 빠져나왔는지 서재 문이 열려 있더군요. 그때 봤습니다요. 방 맨 구석에서 상자들을 뒤지고 있더군요. 제가 들어가자 고개를 들더니 비명을 지르며 후다닥 서재로 달아났는데, 찰나이긴 했지만 분명히 봤습니다. 머리카락이 고슴도치 털처럼 곤두섰죠. 변호사님, 그자가 제 주인이라면 왜 얼굴에 가면을 썼겠습니까? 왜 절 피해 달아났죠? 그분을 모신 게 한두 해가 아닌데 말입니다. 그런데 왜……」 집사가 잠시 말을 멈추고 손으로 얼굴을 쓸어내렸다.

「상황이 기이하기 짝이 없긴 하네만, 뭔지 이해되기 시작했네. 풀, 자네 주인은 병에 걸린 걸세. 환자의 외모와 목소리까지 일그러뜨리는 지독한 병이겠지. 그래서 가면을 쓰고 친구들을 피하는 거야. 필사적으로 약을 구하려는 것도 마찬가지라네. 자네 주인이 회복의 희망을 버리지 않았다는 뜻이 아니겠나. 오, 신이시여, 그의 바람을 저버리지 마소서. 내 생각은 그렇다네. 물론 슬픈 일이긴 하지. 생각만 해도 끔찍하고. 하지만 충분히 납득 가능하지 않은가. 그러니 마음을 가다듬고 불필요한 동요는 삼가게나.」

집사는 새하얗게 질린 표정이었다.

「변호사님, 절대 제 주인님이 아닙니다. 그것만은 분명합니다.」 그가 주변을 둘러보며 목소리를 낮추었다. 「제 주인은 키가 크고 체구도 당당하십니다. 하지만 저놈은 난쟁이에 불과했습니다.」 그때 어터슨이 항변하려 들자 집사가 울부짖었다. 「오, 20년을 모셨는데 주인도 몰라보겠습니까? 평생 매일 아침 뵌 분입니다. 그분의 머리가 서재 문 어느 높이에 닿는지도 모른다고 생각하시는 겁니까? 아뇨. 변호사님, 저 가면 괴물은 절대 지킬 박사님이 아닙니다. 정체는 모르겠지만 주인님이 아닌 것만은 분명합니다. 그리고 전 살인이 있었다고 굳게 믿고 있습니다.」

「풀, 자네 생각이 그렇다면야, 그걸 밝히는 게 내 임무가 될 걸세. 난 자네 주인의 기분을 상하게 하고 싶지 않네. 또 자네 주인이 살아 있다고 증명해 주는 듯한 이 쪽지도 이해가 되지 않고. 그래서 저 문을 부수고라도 안으로 들어가 봐야 할 것 같네.」 변호사가 대답했다.

「예, 변호사님, 바로 그겁니다!」 집사가 탄성을 질렀다.

「그럼, 다시 질문 하나 더 하지. 그 일을 누가 할 건가?」 어터슨이 다시 물었다.

「이런, 저와 변호사님이죠.」 예상외로 당당한 대답이었다.

「그래, 말 잘했네. 하지만 어떠한 일이 있더라도 이 일로 자네가 피해를 보는 일은 없도록 하겠네.」 변호사가 대답했다.

「해부실에 도끼가 하나 있습니다. 변호사님도 부지깽이라도 드시는 게 좋을 겁니다.」 풀이 말했다.

변호사는 그 조악하고도 묵직한 도구를 들고 무게를 가늠해 보았다.

「자네와 내가 위험한 곳으로 들어간다는 사실은 알고 있나, 풀?」

「물론입니다.」 집사가 대답했다.

「그럼, 서로 솔직한 게 좋을 거야. 아직 하지 못한 얘기가 더 있을 테니까. 솔직하게 털어놓자고. 자네가 보았다는 가면 쓴 그 인물, 혹시 전에도 본 적 있지 않나?」

「음, 놈이 너무 빠르고 잔뜩 구부린 터라 자신은 없습니다만, 혹시 하이드 씨를 말씀하시는 거라면…… 예, 그런 것 같습니다. 맞아요, 체구도 비슷하고 민첩했죠. 몸놀림이 아주 가볍더군요. 더군다나 그가 아니면 누가 실험실 문을 열고 들어갔겠습니까? 저번 살인 사건이 있었을 때 그자한테 열쇠가 있었다는 사실 기억하시죠? 그뿐이 아닙니다. 어터슨 변호사님, 혹시 하이드 씨를 만난 적이 있으신가요?」

「그래, 얘기도 해봤지.」 변호사가 대답했다.

「그러면 그 신사분이 어딘가 이상하다는 사실을 잘 아실 겁니다. 어떻게 말씀드려야 할지는 모르겠지만, 왠지 섬뜩한 기분 말입니다. 뼛속까지 으스스 오한이 들 정도니까요.」

「자네 말을 십분 이해할 수 있네.」 어터슨 씨가 말했다.

「정말입니다. 그 가면 괴물이 약상자들 사이에서 원숭이처럼 뛰어내려 서재 안으로 달아날 땐 제 척추가 오싹할 정도였죠. 오, 그걸 증거라고 할 생각은 없습니다, 어터슨 변호사님. 저도 그 정도는 배웠습죠. 하지만 육감이라는 게 있지 않습니까? 성서에 맹세코, 분명 하이드 씨였습니다!」

「그래그래, 나도 그 점을 우려하는 바일세. 악마야. 그 관계에 악이 끼어든 거라고. 아, 그래, 자네 말을 믿네. 헨리는 살해당한 거야. 그리고 살인자는 아직 희생자의 방 안에 숨어 있어. 그 이유는 신만이 아시겠지. 자, 이제 우린 복수의 화신이 되는 거야. 우선 브래드쇼를 부르게나.」

그의 부름에 하인이 달려왔다. 그 역시 창백하고 초조한 얼굴이었다.

「정신 바짝 차리게, 브래드쇼. 이 일 때문에 잔뜩 긴장한 모양이군. 하지만 우리는 곧 이 문제를 해결할 걸세. 풀과 내가 어떻게든 서재 안으로 들어갈 생각이네. 주인이 무사하다면야 모든 책임은 내가 짊어지겠네. 하지만 실수가 있거나 범인이 뒷문으로 빠져나가면 안 되니까 자네와 아이가 몽둥이를 들고 모퉁이를 돌아 실험실 문을 단단히 지키도록 하게. 10분을 주지. 그 정도면 준비할 수 있겠지?」

브래드쇼가 떠나고 변호사가 시계를 보았다.

「자, 풀, 우리도 준비를 해야지.」 그는 부지깽이를 겨드랑이에 낀 채로 마당으로 나섰다. 지나가는 구름이 달을 덮은 터라 무척이나 어두웠다. 간헐적인 바람이 건물 깊숙이까지 헤집고 들어와 계단 주변의 촛불들을 마구 흔들어 놓았다. 두 사람은 해부실로 들어가 조용히 앉아 기다렸다. 윙윙거리는 런던의 소음이 사위를 무겁게 짓눌렀다. 그 외 서재를 오가는 발소리가 들려왔다.

「놈은 저런 식으로 하루 종일 걸어다닙니다. 아니, 밤늦게까지도 저런 식입니다. 걸음을 멈추는 건 제약 회사에서 새로운 약품이 도착할 때뿐이랍니다. 추악한 양심으로 어찌 잠시나마 쉴 수 있겠습니까! 놈의 발자국마다 피 냄새가 진동을 하는군요! 자, 들어 보세요. 좀 더 가까이…… 잘 들어 보세요, 어터슨 변호사님. 어떻습니까? 저 발소리가 박사님 것입니까?」

흔들거리며 걷는 듯한 발소리는 아주 느리면서도 가볍고 기괴하게 느껴졌으며, 헨리 지킬의 쿵쿵거리는 걸음걸이와는 사뭇 달랐다. 어터슨이 한숨을 내쉬며 물었다.

「그 외에 다른 일은 없었는가?」

풀이 고개를 저었다.

「저자가 우는 소리를 들었습니다. 딱 한 번.」

「울어? 어떻게?」 변호사가 황급히 되물었다. 갑자기 소름이 끼쳤다.

「아낙네나 지옥에 떨어진 영혼처럼 울었죠. 소리가 어찌나 처량하던지 그만 그 자리를 빠져나와야 했답니다. 아니면 저도 울 것만 같았거든요.」 집사의 말이었다.

이제 10분이 되었다. 풀은 포장용 짚 아래에서 도끼를 빼냈다. 공격 시를 대비해 가까운 탁자에 촛불까지 밝혀 두었다. 이윽고 두 사람이 숨을 죽인 채 서재 쪽으로 접근했다. 안에서는 아직 이리저리 오가는 발소리가 들렸다.

「지킬! 자네를 봐야겠네.」 어터슨이 큰 소리로 외치고 잠시 기다렸다. 대답이 없었다. 「자네한테 미리 경고하는 바일세. 이런저런 의혹 때문에라도 기어이 자네를 만나야겠어. 정당한 방법이 안 통한다면 비열한 방법이라도 쓰겠네, 자네가 허락하지 않으면 강제로 들어갈 걸세!」

「어터슨, 제발, 자비를 베풀게나!」 목소리가 들려왔다.

「아, 저건 지킬의 목소리가 아니야! 하이드라고! 풀, 당장 문을 부수게!」 어터슨이 외쳤다.

풀이 어깨 위로 도끼를 휘두르자 그 충격에 건물이 흔들렸다. 붉은색 모직 문이 자물쇠와 경첩에 눌려 들썩일 뿐이었다. 서재 안에서 음울하고 날카로운 외침 소리가 들렸는데 흡사 겁에 질린 동물이라도 그 안에 있는 것 같았다. 도끼가 다시 올라가더니 문의 널빤지가 깨지고 문틀이 튀어 올랐다. 도끼를 네 번이나 내려쳤건만 나무가 단단한 데다 조립이 워낙에 꼼꼼해서, 자물쇠가 뜯기고 문이 서재 안으로 넘어간 건 다섯 번째 도끼질에서였다.

침입자들은 스스로 만든 난장판과 뒤이은 정적에 놀라 조금 뒤로 물러난 후에야 안을 엿보았다. 서재 안에는 램프 불이 밝혀 있고 난로에선 장작이 딱딱 소리를 내며 타오르고 있었다. 주전자는 가늘게 김빠지는 소리를 뱉어 냈고 서랍 한두 개가 열려 있었으며 서류는 업무용 탁자 위에 가지런히 놓여 있었다. 더군다나 벽난로 가까이엔 차를 마시기 위한 준비까지 되어 있었다. 너무도 차분한 방. 화학 약품으로 가득한 유리장만 아니었다면, 런던의 가장 일반적인 서재라 해도 될 법했다.

오른쪽 중앙에 한 사내가 누운 채 경련으로 온몸을 뒤틀고 있었다. 두 사람이 까치발로 다가가 뒤집어 보니 에드워드 하이드였다. 덩치에 비해 훨씬 큰 옷을 입고 있었는데, 그것은 지킬 박사의 옷 같았다. 얼굴 근육은 여전히 살아 있는 듯 씰룩였으나 목숨은 완전히 끊어진 상태였다. 손에 든 약병과 주위를 떠도는 강한 아몬드 향으로 보아 아무래도 자살을 시도한 모양이었다.

「구원이든 징벌이든 이미 늦었네. 하이드는 죗값을 치렀어. 이제 자네 주인의 시신을 찾는 일만 남았군.」

건물 내에서 가장 큰 비중을 차지하는 공간은 해부실과 서재였다. 해부실은 거의 한 층을 다 점령했으며 빛은 천장에서 들어왔다. 서재의 한쪽 끝은 한 층 높이 설계되어 마당을 내려다볼 수 있도록 했다. 복도는 해부실과 골목으로 난 문을 이어 주었고, 이 문은 별도로 계단을 통해 서재와 연결돼 있었다. 그 외엔 어두운 벽장이 몇 개 있고 넓은 지하실도 있었다. 두 사람은 그곳들을 다 뒤졌다. 벽장은 모두 비어 있던 터라 뒤질 것도 없었지만 문에서 떨어지는 먼지로 보아 오랫동안 열어 본 적도 없는 모양이었다. 지하실은 잡동사니로 난장판이었다. 대개는 전 주인인 외과 의사의 물건들이었지만 그곳 역시 수색의 필요는 없었다. 입구를 가득 메운 거미줄로 보아 역시 몇 년 동안 아무도 들지 않은 게 분명했기 때문이었다. 생사를 불문하고, 헨리 지킬은 그 어느 곳에도 없었다.

풀이 복도에 놓인 판석 위로 발을 굴렀다.

「이곳에 묻혀 계실 겁니다.」

「아니면 달아났을 수도 있을 걸세.」 어터슨은 골목 문을 살펴보았다. 문은 잠겨 있고 열쇠도 녹이 슨 채 근처 판석 위에 버려져 있었다.

「이 문은 사용하지 않는 모양이로군.」 자세히 살펴보던 변호사는 이렇게 말했다.

「사용이라뇨? 부러진 게 안 보이십니까? 누군가 발로 짓밟은 겁니다.」 풀이 지적해 주었다.

두 사람은 겁먹은 얼굴로 서로를 바라보았다.

「아, 게다가 부러진 부분 역시 녹슬어 있어. 풀, 이건 내 능력 밖이네. 일단 서재로 돌아감세나.」 변호사가 말했다.

그들은 조용히 계단을 올라가 서재를 다시 한 번 샅샅이 수색했다. 이따금 화들짝 놀라 시체를 돌아보기도 했다. 한쪽 탁자 위에 화학 실험의 흔적이 보였다. 다양한 중량의 흰 소금이 유리 그릇에 담겨 있었는데, 두 사람이 들어갔을 때 저 불행한 사내가 실험을 하던 중인 듯싶었다.

「제가 가져다 드린 약입니다.」 풀이 말했다. 그가 말하는 도중에도 주전자가 끔찍한 소음을 토해 내며 끓어올랐다.

그들은 소리가 나는 난롯가로 다가갔다. 그곳에는 안락의자가 적당하게 빼내어져 있었고, 찻잔 세트가 앉은 사람의 팔 길이에 맞게 놓여 있는 데다 잔에는 설탕까지 들어 있었다. 선반 위에도 책 몇 권이 보였고 그중 한 권은 찻잔 옆에 펼쳐져 있었다. 어터슨은 그것이 신학 서적이라는 사실에 깜짝 놀랐다. 지킬이 몇 번이고 높이 평가하던 그 책에 끔찍할 정도로 불경스러운 가설들을 잔뜩 주석으로 달아 놓았기 때문이었다.

그 다음에 두 사람의 시선을 잡은 건 체경이었다. 두 사람은 알 수 없는 두려움에 사로잡힌 채 거울 안을 들여다보았다. 거울 안에는 천장을 어른거리는 붉은 불빛과 유리창에 반사되는 난로의 불꽃, 그리고 거울을 들여다보고 있는 두 사람의 창백하고 겁에 질린 모습뿐이었다.

「이 거울은 그 이상한 광경을 모두 보았겠죠?」 풀이 속삭였다.

「내가 보기엔 거울 자체가 이상하군. 지킬이 무슨 일로……」 변호사는 가벼운 어투로 말하다가 불현듯 겁이 났다. 그래도 그는 두려움을 떨쳐 내기로 했다. 「도대체 지킬이 이 거울로 뭘 하려고 했을까?」

「그러게나 말입니다.」 풀이 말했다.

그 다음에는 업무용 탁자를 살폈다. 탁자 위에 가지런히 놓인 서류들 제일 위에 대봉투가 하나 있었다. 어터슨의 이름이 적힌 봉투였다. 변호사가 봉을 뜯어내자 다시 동봉된 서류 몇 가지가 바닥에 떨어졌다. 제일 첫 번째는 유언장이었다. 6개월 전에 그가 되돌려 주었던 것과 조건은 대동소이했다. 그러니까 사망 시에는 유서가 되고 실종 시에는 유산 증여증이 되는 거였는데, 이번에는 에드워드 하이드가 아니라, 놀랍게도 가브리엘 존 어터슨의 이름으로 되어 있었다. 그는 풀을 보고, 서류를 보고, 다시 카펫 위에 뻗어 있는 악마의 시체를 돌아보았다.

「영문을 모르겠군. 저자가 이것을 내내 가지고 있었어. 그가 나를 좋아할 이유도 없고, 자기 이름이 빠진 걸 보고 분노했을 텐데 유언장을 태우지도 않았다니 말일세.」 그가 말했다.

그가 다음 종이를 집었다. 지킬 박사의 필체로 된 짧은 편지였고, 그 위에 날짜가 기록되어 있었다.

「오, 풀! 이 친구 살아 있어! 게다가 오늘까지 이곳에 있었던 거야! 그렇게 짧은 시간에 뭘 어떻게 할 수는 없었을 테니, 지금도 살아 있을 걸세. 분명 몸을 피해 달아난 거겠지! 그런데 왜 달아났을까? 그리고 어떻게? 그럼 저자의 죽음이 자살이 아닐 수도 있다는 얘긴가? 오, 조심해야겠어. 자칫 자네 주인을 끔찍한 파국으로 몰아갈까 두렵군그래.」

「글을 읽어 보지 그러십니까?」 풀이 재촉했다.

「불안해서 그러네. 그럴 이유도 없건만!」 변호사는 다시 한 번 각오를 다지고 편지를 눈앞으로 가져갔다. 편지는 다음과 같았다.

친애하는 어터슨

이 편지가 자네 손에 들어갔을 땐 이미 난 사라졌을 걸세. 어떤 상황이 될지는 나도 알 수 없네만, 나의 본능과 이 언어도단의 상황들로 미루어 보아, 종말을 피할 수는 없을 듯하이. 그것도 빠른 시일 내에. 어서 가서 래니언의 서한부터 읽어 보게나. 자네한테 넘기겠다고 협박했으니 지금쯤 자네가 갖고 있겠지. 그래도 더 알고 싶다면, 이 미천하고 불행한 친구의 고백을 들어 주게나.

헨리 지킬

「동봉 서류가 하나 더 있던가?」 어터슨이 물었다.

「여기 있습니다.」 풀이 건네준 건 여러 곳에 봉인을 한 두 툼한 봉투였다.

변호사는 봉투를 주머니에 집어넣었다.

「이 서류에 대해선 일언반구 말게나. 자네 주인께서 피신했는지 돌아가셨는지는 모르겠네만, 어쨌든 명예는 지켜 줘야하지 않겠나. 벌써 10시로군. 집에 돌아가 조용히 서류들을 살펴보겠네. 하지만 자정 전에는 돌아올 테니 그때 경찰을 부르도록 하세나.」

그들은 해부실 밖으로 나와 문을 잠갔다. 어티슨은 홀의 벽난로 주변에 모여 있는 하인들을 남겨 두고, 지금의 수수께끼를 풀어 줄 두 개의 이야기를 읽기 위해 무거운 발걸음을 사무실로 옮겼다.

래니언 박사의 이야기

나흘 전 1월 9일 저녁, 집배원이 등기 우편을 가져왔네. 동료이자 동창인 헨리 지킬의 필체로 주소가 쓰여 있었어. 사실상당히 의외였네. 지금껏 한 번도 서신 교환을 한 적이 없기도 했지만, 바로 전날 밤에 만나 함께 식사까지 하지 않았던가. 그런데 등기 형식까지 갖춘 서신이라니, 도무지 이해할 수가 없었네. 하지만 내용을 읽고 나자 의구심은 더욱 커졌지. 내용을 적으면 다음과 같다네.

18○○년, 12월 10일
친애하는 래니언, 자넨 내 죽마고우라네. 비록 과학적인 견해에서 이따금 다투기는 했어도, 적어도 나로서는 우정을 해친 적은 없다고 보네. 행여 자네가 〈지킬, 내 삶과 명예와 이성이 모두 자네한테 달려 있다네〉라고 말했다면 기꺼이 자네를 돕기 위해 왼팔이라도 내놓았을 걸세. 래니언, 이제 내 삶과 명예와 이성은 모두 자네 손에 달려 있네. 오늘 밤 나를 만나 주지 않으면 난 끝장이라네. 서론이 이렇다 보니 자네한테 뭔가 불명예스러운 부탁을 할 거라고 짐작할 수도 있겠군. 그건 자네의 판단에 맡기겠네.

오늘 밤 약속이 있다면 모두 미뤄 두게. 아아, 행여 황제의 병상에 소환된다 해도 부디 거절하게나. 집에 마차가 없다면 빌려 타고라도 곧바로 내 집으로 달려와 주게. 반드시 이 편지도 지참하고. 집사한테 지시해 두었으니 열쇠공과 함께 자네를 기다리고 있을 걸세. 내 서재 문을 억지로라도 열면, 자넨 혼자 들어와야 하네. 그럼 왼쪽에 〈E〉라고 표시된 유리장을 열게. 잠겼다면 자물쇠를 부숴도 상관없네만, 어쨌든 위에서 네 번째, 그러니까 밑에서 세 번째 서랍을 내용물이 담긴 채로 꺼내도록 하게. 극도로 피로한 터라 지금 잘못 일러 주고 있는지도 모르네만, 그렇다 해도 내용물을 보면 제대로 서랍을 찾은 건지 알 수 있을 걸세. 약간의 분말, 작은 약병, 그리고 노트가 전부이니까. 서랍은 있는 그대로 캐번디시 광장의 자네 집으로 가져가 주게나.

그게 첫 번째 부탁이고 다른 부탁도 있네. 자네가 편지를 받자마자 움직인다면 자정 전에는 다시 집에 돌아갈 수 있을 걸세. 내가 이렇게 여유를 두는 것은, 예견도 혹은 예방도 하지 못한 장애가 발생하지 않을까 하는 걱정에서인 것도 있지만, 내 부탁을 처리하는 데에는 자네 하인들이 모두 잠든 시간이 더 좋겠기 때문인 것도 있네. 아무쪼록 자정이 되면 자네 진료실에 혼자 있길 빌겠네. 그럼 자정에 누군가 찾아가 내 이름을 댈 거야. 자네가 직접 그를 맞아, 내 서재에서 가져간 서랍을 그대로 전해 주면 된다네. 그렇게만 해준다면 자네의 역할은 다한거고, 내 어떻게든 감사의 마음을 전하겠네. 지금이야 의아하겠지만 서랍을 넘기고 5분 후면 내 부탁이 얼마나 중요한 것이었는지 깨닫게 될 걸세. 그럴 리야 없으리라 믿네만 행여 그중 하나라도 빼먹을 경우 자넨 내 죽음이나 이성의 파멸로 인해 크게 괴로워하게 될 걸세.

내 부탁을 하찮게 여길 리가 없음을 알지만, 그 희박한 가능성만으로도 심장이 오그라들고 손발이 떨리는군그래. 부디 내 심정을 헤아려 주게나. 이 시간 낯선 곳에서 희망 하나 없는 절망의 구렁텅이를 허우적거리는 친구라네. 자네가 정확하게 시간 맞춰 일 처리를 해준다면 내 근심 걱정은 과거지사가 될 거라네. 친애하는 래니언, 부디 나를 구해 주게나.

친구 헨리 지킬

추신. 이 편지를 봉했건만 새로운 우려가 내 마음을 공격하는군. 우체국이 늦장을 부려 내일 아침까지 이 편지가 자네 손에 닿지 않을 수도 있겠지. 친애하는 래니언, 그 경우, 내일 낮 자네 편한 시간에 이 일을 처리하고 자정에 내 대리인을 만나 주게나. 사실 그때면 이미 늦었을 수도 있네. 만일 내일 밤이 아무 일 없이 지나간다면, 더 이상 헨리 지킬을 보지 못하게 될 걸세.

편지를 읽는 순간 지킬이 미쳤다고 확신했어. 하지만 사실을 확인하기 전까지는 그의 부탁을 들어주어야 했지. 당장의 혼란에 무지할수록 상황에 가치 판단을 내리는 건 위험할 수밖에 없기 때문이었어. 더욱이 그토록 애절한 호소를 무책임하게 그냥 내칠 수는 없었지. 나는 자리에서 일어나 곧바로 이륜마차를 타고 지킬의 집으로 향했네. 집사가 기다리고 있었는데, 그도 동일한 집배원한테서 지시 사항이 적힌 등기 우편을 받았다고 하더군. 그는 편지를 받자마자 열쇠공과 목수를 불렀었고, 그들은 우리가 얘기하는 동안에 도착했어. 우리는 함께 옛 덴먼 박사의 외과 해부실로 들어갔네. (잘 알다시피) 그곳을 통하는 것이 지킬의 개인 서재로 들어가는 제일 용이한 방법이기 때문이었어. 문은 단단했고 자물쇠는 튼튼했지. 목수는 강제로 뜯는 것도 쉽지 않은 데다 집이 다 망가질 거라며 걱정했고 열쇠공도 거의 절망적이었네. 다행히 열쇠공의 솜씨가 좋은 덕에 두 시간 만에 문을 열 수 있었어. 〈E〉라고 적힌 유리 진열장은 잠겨 있지 않았네. 나는 서랍을 꺼내 짚을 채우고 천으로 단단히 묶은 다음 캐번디시 광장으로 들고 왔어.

　나는 집에 돌아와 내용물을 확인했네. 분말은 고운 편이었으나 조제약사의 솜씨까지는 아니더군. 요컨대 지킬이 손수 작업했다는 얘기지. 포장지를 하나 벗겨 보니 그저 흰색의 정제 소금처럼 보였네. 그 다음 작은 약병은 피처럼 붉은 액체가 반 정도 담겨 있었는데, 매우 자극적인 냄새로 미루어 보아 인 성분과 휘발성 성분을 함유한 듯했어. 그 밖의 성분은 짐작조차 할 수 없었네. 노트는 보통 크기에 글은 거의 없고 일련의 날짜들만 기록되어 있었어. 날짜는 수년 동안이나 이어져 왔으나, 거의 1년 전부터는 기록이 완전히 끊겨 있었지. 날짜 옆에 여기저기 짧은 기록들도 보였는데 대개 한두 단어가 고작이었네. 수백 개의 항목 중에 여섯 번 정도 〈두 배〉라고 적혀 있고, 목록 첫 부분에 딱 한 번 〈완전 실패!!!〉라는 탄성이 감탄사까지 여럿 붙어 쓰여 있기도 했어. 이 모든 것이

호기심을 자극했지만 그 정도로 알 수 있는 건 하나도 없었네. 여기 정기제 병 하나, 소금 한 봉지, 지킬의 무수한 실험이 대개 그렇듯 역시 실패로 끝나고 만 일련의 실험 기록들이 있었네. 내 집에 이런 물건들을 가져다 놓는 것이 어떻게 저 괴짜 친구의 명예나 이성, 심지어 생명에 영향을 미칠 수 있다는 말인가? 그의 대리인이 이곳에 올 수 있다면, 지킬의 집에서도 직접 가져갈 수 있다는 얘기 아닌가? 더군다나 문제가 뭔지는 모르겠지만, 대리인을 비밀리에 맞으라는 이유가 뭐지? 생각하면 할수록, 미치광이 놀음에 놀아나고 있다는 확신만 강해지더군. 그래서 하인들이 잠자리에 들도록 모두 물린 후, 난 낡은 리볼버를 장전해 몸속에 숨겨 두었네.

런던 전역에 12시 종이 울려 퍼지자 무척이나 조심스럽게 노크 소리가 들렸어. 나는 직접 문을 열었지. 작은 남자가 잔뜩 웅크린 채 현관 기둥에 기대 서 있더군.

「지킬 박사가 보냈습니까?」 내가 물었네.

그는 절제된 동작과 함께 간단하게 〈예〉라고만 대답했어. 내가 들어오라고 하자 그는 어두운 광장을 힐끗거리며 돌아보았어. 멀지 않은 곳에 경관 한 명이 등불을 켜 들고 다가오고 있었어. 손님이 깜짝 놀라 황급히 안으로 들어온 것은 그 때문인 것 같아.

솔직히 이런저런 상황이 맘에 들지 않았어. 그래서 그를 따라 진료실로 들어오면서도 나는 손을 계속 권총에 대고 있었네. 마침내 그를 자세히 살펴볼 수 있었어. 처음 보는 사람이었네. 그것만은 분명했어. 그리고 앞서 얘기했듯, 아주 작은 사내였지. 소름 끼치는 얼굴 표정, 엄청난 활동력과 처참할 정도로 빈약한 체질의 이질적 결합, 그리고 무엇보다 그의 존재가 빚어낸 기이한 두려움에 난 큰 충격에 휩싸이고 말았고, 그로 인해 초기 오한 증세에 현저한 맥박 저하까지 일어났네. 당시만 해도 나는 격렬한 증상에 그저 의아해했고, 그 원인을 다소 특이한 사적 반감 탓으로만 돌렸어. 하지만 그 이후, 그 증상은 훨씬 깊은 인간의 본성에서 비롯된 것으로, 단순한 증오보다 고차원적인 원리에 따른 것이라 확신했다네.

그자는 들어오는 순간부터 내게 역겨운 호기심을 불러일으켰어. 복장은 웃음거리가 되기 딱 좋은 차림새였지. 그러니까 고급 신사복이었음에도 불구하고 너무 컸어. 바지는 땅바닥에 닿을까 봐 잔뜩 말아 올리고 외투의 허리선온 엉덩이까지 처진 데다 옷깃은 어깨 위로 넓게 늘어졌으니 말이야. 그런데 그 우스꽝스러운 복장에도 불구하고 난 웃을 수가 없었네. 오히려 나를 마주한 이 존재한테는 불량하고 불길한 무언가가 있었어. 위협적이고 충격적이고 혐오스러운 무언가가……. 이런 식의 불균형은 그런 그의 본질과 어울렸을 뿐 아니라 그것을 더욱더 강화시켜 주는 듯 보였네. 그래서 나는 이자의 본성과 성격 외에도 그의 출신, 삶, 그리고 재산과 지위에 대해서도 호기심을 더하게 되었어.

비록 많은 지면을 할애하기는 했지만 그런 감상은 불과 수 초 동안에 이루어졌네. 그때 지킬의 대리인은 크게 흥분한 상태였어.

「가져왔습니까? 분명히 가져온 거죠?」 어찌나 다급하던지 그는 내 팔에 손을 얹고 흔들기까지 했어.

그의 손길에 피가 어는 듯해 나는 화들짝 그를 밀쳐 냈지.

「진정하시죠. 아직 인사도 나누지 못했잖습니까? 자, 우선 앉으시죠.」

나는 본을 보일 마음으로 먼저 늘 앉던 의자에 앉았어. 태도 역시 환자를 만나던 평소와 다를 바 없었으나, 늦은 시간에 기이한 상황을 겪는 데다 방문객을 향한 두려움까지 겹쳐 난 미칠 지경이었네.

「죄송합니다, 래니언 박사님. 당연히 박사님 말씀이 맞습니다만, 조바심 때문에 예를 차릴 수가 없군요. 제가 여기 온 것은 박사님 친구분이신 헨리 지킬 박사님의 지시 때문입니다. 제가 듣기로는……」 그는 잠시 말을 멈추고 손을 목으로 가져갔어. 애써 침착하려 하지만 실은 폭주하는 히스테리와 싸우고 있는 것 같았지. 「제가 듣기로는, 서랍이……」

문득 방문객의 조바심이 불쌍해졌어. 그리고 내 호기심은 더 커져 갔고.

「저기 있습니다.」 내가 서랍을 가리켰어. 그것은 천으로 덮인 채 탁자 뒤 바닥에 놓여 있었지.

그가 그쪽으로 달려가다가 우뚝 멈추더니 심장에 손을 갖다 대더군. 턱이 경련으로 씰룩거리면서 이 가는 소리가 내 귀에까지 들려왔네. 안색이 어찌나 창백하던지 그의 목숨뿐 아니라 정신까지 염려되었어.

「진정하셔야겠습니다.」 내가 말했네.

그는 섬뜩한 미소를 지어 보이더군. 그리고 마치 자포자기라도 한 듯, 천을 들추었어. 그는 내용물을 보더니 커다란 안도의 한숨을 내뱉었는데, 그 소리가 어찌나 크던지 난 그만 아연하고 말았지. 이윽고 그가 무척이나 절제된 목소리로 이렇게 물었어.

「계량컵 있습니까?」

나는 자리에서 일어나 원하는 물건을 가져다주었어.

그는 미소와 고갯짓으로 인사하더니, 극소량의 붉은 정기제를 재어 약간의 분말과 섞더군. 붉은빛을 띠던 용액은 결정이 녹으면서 밝아지더니 급기야 소리를 내며 부글부글 끓고 약간의 증기를 내뿜기 시작했네. 그리고 거의 동시에 거품이 가라앉고 용액은 검보라색으로 바뀌었다가 보다 천천히 연녹색으로 변해 갔어. 방문객은 예리한 눈으로 미소까지 지으며 그간의 변형을 지켜보더니, 계량컵을 탁자 위에 내려놓고는 돌아서서 나를 뚫어져라 노려보았어.

「자, 이제 마무리가 남았군요. 그래, 어쩌시겠습니까? 끝까지 보시겠습니까? 아니면 박사님을 더 이상 괴롭히지 않고 이 컵을 들고 나가 드릴까요? 아니면 그 왕성한 호기심을 채우시겠습니까? 대답하시기 전에 잘 생각하십시오. 일단 결정을 하시면 그대로 될 테니까요. 박사님의 결정에 따라 박사님은 전과 다름없이도 지내실 수 있을 겁니다. 더 부유해지지도 현명해지지도 않는 거죠. 아, 물론 죽음의 절망에 빠진 사람을 도우셨으니 영혼이야 보다 풍요로워지시겠죠. 자, 아무튼, 박사님의 선택에 따라, 눈앞에 새로운 차원의 지식뿐 아니라 명예와 권력의 길까지도 열릴 수 있답니다. 그것도 바로 여기 이 방에서 말입니다. 사탄의 불신을 흔들 정도의 경이가 펼쳐질 테니까요.」

「수수께끼 같은 말씀이시군요. 물론 제가 그 말씀을 미심쩍어한다 해도 별로 놀라워하지 않으시리라 믿습니다. 어쨌거나 그 끝을 외면하기엔 이미 불가해한 상황에 너무 깊이 개입하지 않았나 싶군요.」 나는 담담하게 대답했지만 내심은 전혀 그렇지 못했네.

「좋습니다. 래니언 박사님, 단 맹세를 명심하시길 바랍니다. 지금부터의 상황은 우리 직업상의 비밀입니다. 박사님은 지금껏 가장 편협한 유물론에 사로잡혀 초월적 신약(神藥)의 가치를 부인하고 스스로 우월성을 호언하셨죠? 자, 이제 똑똑히 보시죠!」

그는 계량컵을 입술로 가져가 한입에 털어 넣었어. 그리고 비명 소리가 이어졌지. 그는 몸을 비틀거리다 탁자를 붙들고 늘어졌어. 그리고 충혈된 눈을 부릅뜨고 입을 크게 벌리며 숨을 헐떡거렸지. 그리고 바로 내 눈앞에서 뭔가 변하기 시작했네. 어느 순간 몸이 팽창하는가 싶더니, 얼굴이 검게 변색되고 이목구비도 마구 일그러지는 것이 아닌가! 그리고 다음 순간 나는 벌떡 일어나 벽까지 뒷걸음질 치고 말았네. 나는 그 저주의 광경으로부터 나 자신을 지키기 위해 두 손으로 얼굴을 가렸어. 공포가 정신을 짓누르기 시작했지.

「오 맙소사! 세상에, 이런 일이!」 나는 비명을 지르고 또 질렀어. 창백한 얼굴의 한 남자가 온몸을 비틀며, 마치 죽음에서 깨어난 사람처럼 반쯤 정신을 잃고 두 손을 앞으로 뻗어 더듬더듬 앞으로 다가오는데…… 거기에 헨리 지킬이 서 있는 게 아닌가!

그 후 한 시간 동안 그가 들려준 이야기까지 옮겨 적을 용기는 없네. 이미 두 눈으로 분명히 보고 두 귀로 들었으며, 그로 인해 내 영혼은 파괴되고 말았어. 그 광경이 두 눈에서 사라진 지금, 그 상황을 믿을 수 있는지 자문해 본다네. 모르겠어. 내 삶이 뿌리까지 흔들린 것만은 분명하이. 잠을 이룰 수도 없고, 죽음의 공포는 밤낮을 가리지 않고 내 옆을 지키고 있네. 이제 죽을 날이 얼마 남지 않았다는 것도 알아. 나는 죽을 수밖에 없어. 그것도 지독한 불신을 품고 죽고 말 거야. 아무리 참회의 눈물을 흘린다 해도, 그자가 들려준 윤리적 불경을 떠올릴 때마다 난 두려움에 펄쩍 뛰고 만다네. 기억조차 두려워. 어터슨, 내 한마디만 하겠네. 자네가 기꺼이 내 말을 믿으려고 한다면, 이 한마디로도 족하리라 생각해. 지킬이 실토한 바에 의하면, 그날 밤 내 집에 기어들어 온 괴물은 하이드라는 이름으로 알려져 있으며, 커루의 살인자로 영국 전역에 지명 수배된 장본인이라네.

헤이스티 래니언

헨리 지킬의 진술

    나는 18○○년 부잣집 아들로 태어났다. 좋은 체격에 근면성까지 타고난 덕에, 총명한 명망가 동료들의 존경을 한 몸에 누렸으며, 당연한 얘기겠지만 미래의 명예와 영광도 따놓은 당상이라 할 수 있었다. 이런 내게도 치명적인 약점은 있었다. 유희에의 탐닉. 내 천성적인 쾌활함은 타인이야 행복하게 해주겠지만, 문제는 대중들 앞에 머리를 꼿꼿이 세우고 근엄한 표정을 지을 위치에 오르고 말겠다는 내 오만한 욕망과 양립이 불가능하다는 사실이었다. 그래서 나는 탐닉을 억누르기로 했다. 그리고 이제 성찰이라는 걸 할 수 있는 나이가 되어 주변을 둘러보고 내 성취와 지위를 반추해 보니, 이미 내가 이중생활에 깊이 빠져 있음을 깨닫게 되었다. 다른 사람들이야 그런 난잡한 행실들을 떠벌리고 다녔겠으나 나는 크게 죄의식을 느꼈다. 내 스스로 정한 고귀한 원칙들 때문이었다. 나는 거의 병적인 수치심에 그런 부정한 삶들을 몰래 숨기기로 했다. 지금의 나를 만든 것은 특정한 성격적 결함이라기보다는 성공을 위한 엄격한 기준들이었다. 대다수의 사람들보다 선과 악의 영역을 극명하게 나눈 이유도 역시 그 때문일 것이다. 그로 인해 나는 엄격한 삶의 법칙에 대해 깊이 천착하는 버릇이 생겼다. 삶이란 종교의 뿌리이자 가장 거대한 고통의 원천 중 하나이다. 나는 이중인격자이기는 하나, 결코 위선자는 아니다. 내 이중성 어느 쪽이든 극도로 진지하기 때문이다. 절제심을 버리고 치욕 속으로 뛰어드는 나 또한, 밝은 빛 속에서 지식을 넓히거나 타인의 슬픔과 고통을 덜어 주기 위해 노력하는 나만큼이나 나 자신이다. 그동안 전적으로 신비하고 초월적인 현상에 매진했던 내 과학의 연구 방향으로 말미암아, 나는 동료들 간에 끝없이 이어졌던 논쟁의 본질을 확연하게 깨달을 수 있었다. 날이 길수록, 나는 도덕적 의식과 지적 의식 양면으로 부단히 진실에 접근해 나갔다. 그 진리의 일부를 깨달은 탓에 이렇게 끔찍한 파멸의 늪에 빠지고 만 것이다. 바로 인간이 하나가 아니라 둘이라는 사실이었다. 내가 둘이라고 하는 까닭은 내 지식 수준이 그 한계를 넘어서지 못했기 때문이다. 다른 사람들은 내 견해에 동조하거나 아니면 그 선에서 한 발짝 더 나아갈 것이다. 어쨌든 나는 인간이 궁극적으로 다면적이며 이율배반적인 별개의 인자들이 모여 이루어진 구성체라는 가설을 감히 내놓고자 한다. 나로 말하자면, 살아온 방식상 한 점의 오류도 없이 오직 한 방향으로만 나아갔었다. 그것은 바로 도덕적 측면이었다. 그런데 그 와중에 인간의 절대적이고 근원적인 이중성을 나 자신이 몸소 체험하게 되었다. 의식 속에서 갈등하는 두 개의 본성을 본 것이다. 내가 그중 어느 한 본성에 속한다고 주장하는 게 가능하다면, 그건 단지 근본적으로 그 둘 모두에 속해 있기 때문일 것이다. 애초에 내 과학적 발견이 기적의 가능성을 확인하기 전부터, 나는 그런 인자들의 분리를 백일몽처럼 즐기곤 했었다. 각각의 인자가 각각의 인격으로 분리될 수 있다면 인생의 갈등이 완전히 해소될 거라며 혼잣말을 하기도 했다. 부도덕은 보다 강직한 쌍둥이 인자의 규율과 자책으로부터 떨어져 나와 제 갈 길을 갈 것이다. 도덕적 인자 또한 굳건하고 안전하게 출세의 길에 오르고, 원하는 대로 선행을 베풀면 그만이다. 더 이상 관련 없는 악으로 인해 굴욕과 후회를 반복할 필요도 없다. 이율배반의 쌍둥이가 함께 붙어 있는 건 인류의 비극이다. 번민하는 의식의 자궁 속에서 이 양극의 쌍둥이가 끊임없이 갈등하는 것도 마찬가지다. 좋아, 그럼 어떻게 분리할까?

전술했듯, 여전히 그런 식의 몽상에 빠져 있을 때, 그 주제에 서광이 비치기 시작한 건 실험실 탁자에서부터였다. 우리가 옷을 걸쳐 놓은 이 단단한 육체의 비실체성과 무상함에 대해, 나는 그 누구보다 깊이 깨닫기 시작했다. 그리고 마침내 강풍이 천막의 휘장을 날리듯, 육신의 옷을 흔들어 벗겨 낼 강력한 약물 일부를 찾아냈다. 두 가지 이유로 인해 이 과학적 측면에 대해서는 깊이 서술하지 않을 참이다. 첫째, 우리의 삶의 저주와 멍에는 영원히 인간의 어깨를 벗어날 수 없다. 행여 그 짐을 벗어던지려 한다면 결국은 보다 낯설고 치명적인 무게로 우리에게 되돌아올 것이기 때문이다. 두 번째, 아아, 내 고백이 증명해 주듯, 내 과학적 업적은 너무도 불완전했다. 그때만 해도, 난 육체가 영혼을 구성하는 어떤 기운의 발산체라고 생각했다. 그리하여 그 기운을 영혼으로부터 분리하고 제2의 형태와 외모가 만들어지는 약만 조제해 내면 끝이라고 생각했었다. 물론 그 외형 또한 내 영혼의 저급한 부분을 그대로 표현하고 복제하기 때문에 본래의 나인 것이다.

나는 이 가설을 실행하기 오래전부터 망설였다. 이건 목숨을 거는 일이었다. 정체성의 근원 자체를 통제하고 흔드는 약이란, 최소한의 과용이나 부적절한 투약만으로도, 내가 구현하고자 하는 저급의 육신 자체를 소멸해 버릴 수 있기 때문이다. 하지만 발견의 유혹이 너무나 강렬하고 심오했던 터라 결국 경고 신호를 묵살하고 말았다. 그 후 오랫동안 나는 정기제를 준비했다. 특수 소금도 도매 약국을 통해 대량 구입했다. 그 소금 또한 필수 성분이라는 사실을 실험을 통해 알아냈다. 그리고 어느 저주받은 밤, 마침내 나는 성분을 합성하여 그것이 부글부글 끓고 연기를 뿜어 내는 과정을 지켜보았다. 그리고 거품이 잦아들자, 용기를 내어 약을 입속에 털어 넣었다.

극도의 고통이 이어졌다. 뼈가 뒤틀리고 미치도록 토악질을 해댔지만, 무엇보다 영혼의 공포는 생사의 순간조차 초월할 정도였다. 다행히 격통은 금세 가라앉았다. 나는 중병을 털고 일어나듯 의식을 회복했다. 느낌이 이상했다. 뭔가 새로웠으며 그 새로움 때문인지 믿을 수 없을 만큼 상쾌했다. 몸이 더 젊고 더 가볍고 더 행복해진 느낌이었다. 그 안에 통제할 수 없이 무모해진 내가 있었다. 감각적인 이미지들이 마구 얽힌 채 머릿속을 급류처럼 흘러갔다. 의무감은 녹아내렸으며, 영혼은 낯설고 순수하지 않은 자유를 갈구했다. 새로운 생명을 처음 호흡하는 순간 나는 더욱, 그것도 수십 배나 더 사악해졌음을 깨달았다. 결국 노예 근성을 원초적 악마에게 팔아넘긴 것이다. 마침내 그 본성을 깨달은 순간, 마치 와인을 마실 때처럼 나는 쾌감을 느꼈다. 나는 두 손을 뻗어 이 신선한 감각을 만끽했다. 그리고 그 와중에 내 덩치가 왜소해

겼음을 확연히 깨달을 수 있었다.

그때만 해도 이 방엔 거울이 없었다. 지금 내 옆에 있는 체경은 변신 과정을 위해 후에 들여온 것이다. 밤은 이미 새벽으로 접어든 터였다. 아직은 어두웠으나 아침이 오기까지는 머지않았다. 집안 식솔들은 모두 깊고도 깊은 잠에 빠져 있었다. 나는 희망과 승리에 도취된 채 새로운 모습으로 침실까지 가보기로 했다. 별들이 안뜰을 가로지르는 나를 내려다보았다. 지난한 불면의 밤을 통해 한 번도 보지 못했던 완전히 새로운 피조물의 등장에 그들 역시 놀랐을 것이다. 나는 복도를 지나, 몰래 침투한 이방인처럼 살금살금 내 방으로 향했다. 그리고 그 방에서 처음으로 에드워드 하이드의 존재를 확인했다.

이제부터 하는 얘기는 기껏해야 가설에 불과하다. 확신은 없지만 그래도 개연성이 가장 크다고 생각한 이론이다. 내가 도장 찍듯 복제해 낸 본성의 악한 측면은, 조금 전 방기해 버린 선한 자아보다 나약하고 왜소했다. 결국 지금까지 살아온 삶이라는 게, 십중팔구 노력과 미덕과 절제뿐, 사악한 자아를 활용할 기회는 많지 않았다. 따라서 에드워드 하이드는 헨리 지킬보다 훨씬 작고 가벼우며 또 젊을 수밖에 없었을 것이다. 헨리 지킬이 선이 빛나는 용모라면 하이드의 얼굴엔 악의 특성이 선명하고도 노골적으로 새겨져 있었다. 뿐만 아니라 악은(나는 여전히 악을 인간의 치명적인 부분이라고 믿는다) 내 신체에 기형과 타락의 징후를 새겨 놓았다. 하지만 거울에 비친 추악한 외모를 보며 내가 느낀 건 반감이 아니라 반가움이었다. 그 역시 나 자신이므로 내게는 너무도 자연스럽고 인간적으로 보였다. 내가 보기에 하이드는 영혼을 보다 생생하게 영상화했다. 지금껏 나라고 여겼던 불완전하고 분열된 자아의 모습보다 명확하고 개성적이었다. 그때까지만 해도 난 분명 옳았다. 내가 에드워드 하이드의 모습을 하고 있는 한, 접근하는 사람들은 한결같이 불안의 기색을 드러내고 만다는 사실도 확인했다. 그것은 일반적인 인간 모두가 선과 악이 혼재된 존재인데 반해, 이 모든 인류 가운데 오직 에드워드 하이드만이 순수 악의 존재였기 때문이다.

거울 앞에 머물러 있을 수만은 없었다. 아직 두 번째 결정적인 실험이 남아 있었다. 내 변신이 회복 불능의 수준을 넘어섰는지부터 확인해야 했다. 만일 그렇다면, 동이 트기 전 더 이상 내 집일 수 없는 내 집에서 달아나야 했기 때문이었다. 나는 황급히 서재로 돌아와 다시 한 번 약을 조제해 마셨다. 그리고 다시 한 번 극심한 분열의 고통을 겪은 끝에 헨리 지킬의 성격과 체격과 용모를 지닌 원래의 모습으로 돌아왔다.

그날 밤 나는 운명의 갈림길에 서 있었다. 보다 고귀한 영혼으로 하여금 가설을 담당하게 하고, 고결하고 경건한 열망의 차원에서 실험을 이끌었다면 모든 게 달라졌을 것이다. 그리하여 이 생사의 고통을 통해 악마가 아닌 천사를 만들어냈을 수도 있다. 약물의 작용에는 차별이 없다. 약은 악하지도 신성하지도 않다. 다만 내 내면의 감옥 문을 흔들어, 필립비의 포로들이 방면된 것처럼,[5] 내 안의 죄인을 끄집어내고 만 것이다.

그 당시 내 미덕은 깊은 잠에 빠지고 야망으로 깨어난 악이 재빨리 기회를 꿰찼다. 그로써 에드워드 하이드가 튀어나

5 바울로와 실라가 선교 중 마케도니아의 옛 도읍에 투옥되었을 때, 지진이 일어나고 땅이 흔들리면서 감옥 문이 활짝 열렸다.

온 것이다. 그로 인해, 나는 비록 나한테 두 개의 외모와 두 개의 성격이 존재하고, 하나가 순수 악이며 다른 자아는 여전히 과거의 헨리 지킬이라고 해도, 교정과 개선의 부조리한 조합은 이미 실패했음을 깨달았다. 상황은 점점 더 악화되어 갔다.

그 당시조차 나는 무미건조한 연구 생활에 대한 반감을 극복하지 못했다. 이따금 유희를 시도한 것도 그 때문이었다. 사실 그 재미라는 게 (아무리 좋게 말한다 해도) 그다지 방정하지는 못했다. 이미 난 초로의 나이에 접어든 평판 좋은 저명인사였으니, 그런 식의 모순된 삶이 마뜩할 리가 없었다. 결국 새로운 힘이 나를 유혹해 그것의 노예로 만들어 버렸다. 결국 약을 마시기만 하면, 유명 교수의 몸을 벗어던지고 두터운 망토를 걸치듯 에드워드 하이드로 변신할 수 있지 않은가. 나는 이런 생각이 맘에 들었다. 그때만 해도 괜찮은 생각같아 보였다. 나는 신중에 신중을 거듭해 준비를 시작했다. 소호에 집도 하나 장만했다. 경찰이 하이드를 쫓아 찾아갔던 집이다. 그리고 파렴치한 데다 입까지 무겁기로 소문난 여자를 가정부로 고용했다. 다른 한편 하인들에게도 하이드 씨에 대해 설명하고, 그가 내 집에서 완전한 자유와 권리를 누릴 것이라고 선언했다. 만약의 불운을 피할 양으로, 제2의 모습으로 내 집을 찾아와 하인들이 익숙해지도록 만들기까지 했다. 그다음엔 어터슨이 그렇게 반대한 유언장을 작성했다. 행여 지킬 박사의 자아에 어떤 일이 생긴다 해도, 경제적 어려움 없이 에드워드 하이드의 몸으로 살아가기 위한 처사였다. 그렇게 만반의 준비를 갖춘 후, 나는 드디어 지위에서 비롯된 모든 구속에서 벗어나 즐기기 시작했다.

이전 사람들은 자객을 고용해 범죄를 저지르는 식으로 자신의 인격과 명예를 고스란히 보호했다. 나는 쾌락을 위해 범죄를 저지른 최초의 사람이다. 대중의 눈앞에서는 점잖은 체모를 유지하다가, 한순간 동네 악동처럼 껍데기를 모두 벗어던지고 곧바로 자유의 바다로 뛰어들었다. 하지만 내 경우 그 모든 것이 두터운 막에 가린 터라 위험의 소지도 없었다. 생각해 보라. 나는 존재조차 없는 존재가 아닌가! 단지 실험실로 달려가, 준비해 둔 약재를 섞어 마실 1~2초의 시간만 있으면 충분하다. 그럼 에드워드 하이드가 무슨 짓을 했든 간에 거울에 닿은 입김처럼 사라져 버리고, 그 대신 서재에는 한 명사가 조용히 앉아 연구에 몰두하며 한밤의 램프를 조절하고 있는 것이다. 세상의 그 어떠한 의혹도 비웃어 줄 수 있는 거물, 바로 헨리 지킬이.

말한 대로, 내가 위장을 통해 추구한 쾌락은 불건전하기는 해도 그 이상은 아니었다. 하지만 에드워드 하이드에게 그 쾌락이 넘어가자 내 두 손은 악마의 손으로 변하기 시작했다. 그래서 일탈에서 복귀했을 때 종종 그가 저지른 악행에 아연해야 했다. 나 자신의 영혼에서 불러내, 내키는 대로 행하도록 세상에 내보낸 존재는 천성적으로 야비하고 악랄했다. 그의 행동과 사고는 지극히 자기중심적이고 석상처럼 무자비하기까지 했다. 그가 온갖 종류의 고문과 학대를 동물처럼 탐욕스럽게 휘두르는 통에, 헨리 지킬은 이따금 그의 악행 앞에서 기겁해야 했으나, 사실 애초부터 일반적인 법과는 무관한 상황인 탓에 교활하게 양심의 가책으로부터 벗어나 있었다. 결국 죄가 있는 건 하이드였다. 오직 하이드뿐이었다. 지킬이 타락한 것은 아니지 않은가. 다시 깨어났을 때 본래의 선한 양심이 훼손된 것 같지는 않았다. 그는 하이드의 악행을 어떻게든 만회하기 위해 최선을 다했으며, 그런 식으로 양심은 마비되어 갔다.

그렇게 눈감아 준 추행들을 이곳에 상술할 생각은 없다(그것은 사실 지금도 내가 한 짓이라고 인정하지 않기 때문이다). 어쨌든 나에 대한 징벌이 다가오고 있다는 징후와 일련의 과정들은 지적하고 넘어갈 생각이다. 사건이 하나 있었다. 그 자체로야 별문제를 일으키지 않았지만 일단 언급은 해야겠다. 한 아이에 대한 가혹 행위로 인해 어느 통행인의 분노를 산 적이 있었다. 후에 알고 보니 어터슨의 친척이었다. 의사와 아이의 부모까지 쫓아오면서 난 생명의 위협까지 느껴야 했다. 에드워드 하이드는 그들의 정당한 분노를 달래기 위해 그들을 집으로 데려와 헨리 지킬의 이름으로 수표를 끊어 주었다. 그런 식의 위험 요소는 곧 쉽게 제거되었다. 나는 에드워드 하이드의 이름으로 다른 은행에 계좌를 개설했다. 그리고 원래의 사인을 뒤집는 식으로 새로운 사인도 만들었다. 그로써 재앙은 벗어난 듯 보였다.

댄버스 경의 살인 사건이 있기 두 달 전, 나는 또 다른 모험을 찾아 밖으로 나섰다. 그 후 늦은 시간에 돌아와 다음 날 침대에서 일어났는데 뭔가 기분이 이상했다. 주변을 둘러봐도 기분이 좋아지지 않았다. 분명히 광장에 위치한 넓은 내 방과 고급 가구들이었고 마호가니 침대의 디자인과 커튼 무늬였으나, 그럼에도 불구하고 이곳은 내 방이 아니라 소호에 있는 에드워드 하이드의 작은 방이라는 생각이 나를 집요하게 물고 늘어졌다. 나는 씩 웃어넘기고는 느긋한 마음으로 환영의 심리적 요인들을 분석하기 시작했고, 그러는 동안에도 이따금씩 한가로운 아침잠에 빠져들기도 했다. 좀 더 정신이 들어 내 손을 내려다보았을 때에도 난 생각에 잠겨 있었다. 헨리 지킬의 손은 (어터슨이 종종 말했던 것처럼) 모양과 크기 모두에서 직업에 걸맞았다. 크고 강한 흰색의 잘생긴 손. 그런데 런던의 누런 아침 햇살 속에서 내려다보고 있는 손은 가늘고 굽고 매듭진 데다 거무스레한 털까지 덮여 있었다. 그건 에드워드 하이드의 손이었다.

아마도 30초 정도는 바라보고 있었을 것이다. 당혹감에 멍하니 있다가 순간 심벌즈가 울리기라도 한 듯 가공할 만한 공포가 가슴을 때렸다. 나는 후다닥 침대에서 내려와 거울로 달려갔다. 눈앞에 펼쳐진 모습엔 피가 꽁꽁 얼어붙는 듯한 기분이었다. 그렇다. 헨리 지킬로 잠들어 에드워드 하이드로 깨어난 것이다. 어떻게 이럴 수가 있지? 하지만 이런 자문은 또 다른 공포로 이어지고 말았다. 이걸 어떻게 설명해야 하지? 나는 나 자신에게 물었다. 그런 다음 또 다른 공포가 밀려왔다. 어떻게 바로잡지? 이미 해가 중천이라 하인들이 모두 일어난 데다 약은 모두 서재에 있었다. 먼 거리다. 계단 두 곳을 내려가 뒤쪽 통로를 지난 뒤 탁 트인 안뜰을 가로질러 해부실을 통과해야 한다. 나는 멍하니 서 있을 수밖에 없었다. 얼굴이야 가리면 그만이지만, 변화된 체형까지 숨길 수는 없으니 그게 무슨 소용이란 말인가? 그리고 그 순간, 하인들이 내 두 번째 자아의 왕래에 익숙해져 있다는 생각이 들었다. 천만다행이 아닐 수 없었다. 나는 가능한 한 몸에 맞는 옷으로 갈아입고 방을 나섰다. 그때 브래드쇼가 그를 멍하니 바라보다가 뒤로 물러섰다. 그 시간에 그런 이상한 복장의 하이드 씨를 만나다니! 그리고 10분 후, 지킬 박사가 자신의 본모습으로 돌아와 식탁에 앉아 인상을 찌푸린 채 아침을 먹는 척했다.

사실 식욕도 없었다. 지금까지의 경험을 완전히 뒤집어 놓은 이 이해 불가한 사건은 마치 바빌로니아 벽에 적힌 예언[6]처럼 나를 겨냥한 판결문 같았다. 그로 인하여 나는 이중 자아의 현실과 가능성에 대해 어느 때보다 심각하게 고민하기 시작했다. 최근에 너무 자주 변신을 시도하고 그걸 또 부추겼는지도 모르겠다. 요즘 에드워드 하이드의 체격도 더 커진 것처럼 보였다. 그의 몸을 하고 있을 때에는 피도 더 빠르게 흐르는 기분이었다. 난 위험을 직감하기 시작했다. 이런 식으로 계속된다면, 본성의 균형이 완전히 무너지고 변신의 자율적 조정 능력이 파괴될 수도 있다. 요컨대 에드워드 하이드의 성격이 나 자신의 본성으로 고착되고 만다는 얘기다. 약의 효력도 항상 균일하게 나타나는 건 아니었다. 초기에 한 번, 약효가 듣지 않은 적도 있었다. 그 후로는 이따금 용량을 두 배로 늘리기도 했다. 한번은 세 배를 지어 복용했는데, 그건 생명의 위험을 무릅쓴 행위였다. 그래도 지금까지는 이런 식의 불안정이 변신의 만족도를 해치는 유일한 그림자였다. 하지만 그날 아침의 사건을 곰곰이 생각해 보니, 초기에는 지킬의 몸을 벗는 문제가 난점이었던 데 반면, 최근에는 그 반대의 현상이 느리지만 분명하게 강화되고 있었다. 이 모든 점을 고려해 볼 때 결론은 하나였다. 원래의 좀 더 나은 자아가 조금씩 소멸되고, 그와 반대로 두 번째 유해한 자아가 득세하고 있다는 사실이었다.

이제 이 둘 중 하나를 선택해야 한다는 생각이 들었다. 내

6 고대 바빌로니아 제국의 마지막 황제 발사살의 몰락에 관한 예언.

두 본성은 기억을 공유하고 있었으나 다른 기능들의 사용은 서로 달랐다. 선악의 복합체로서 지킬은 한 손에는 가장 민감한 두려움을 들고 다른 한 손에는 마음껏 누리는 즐거움을 만지작거리며 하이드의 쾌락과 모험을 투사하고 공유했다. 하지만 하이드는 지킬에게 흥미가 없었다. 지킬은 단지 산적들이 추적을 피해 몸을 숨기는 은신처에 불과했다. 지킬은 아버지 이상의 관심을 지녔으나 하이드는 아들의 무관심을 극한으로 구현했다고 말할 수 있다. 지킬과 운명을 같이하겠다면, 오랫동안 탐닉해 오다가 최근에 이르러 한껏 포식하게 된 은밀한 욕구들을 모두 죽여야 한다. 하지만 하이드와 함께한다면, 무수한 이익과 큰 뜻을 포기하고 단박에 그리고 영원히 사람들의 경멸을 받으며 친구 하나 없이 살아가야 할 것이다. 거래는 부당해 보였으나 거기엔 여전히 고려 사항이 남아 있었다. 지킬은 절제의 불속에서 끔찍한 고통을 겪는 반면 하이드는 자신이 잃어버린 것들에 대해 의식조차 하지 못할 거라는 사실이다. 상황이 기이하기는 했지만, 이런 식의 논쟁은 인류의 역사만큼이나 오래되고 보편화되어 있었다. 자극과 불안감은 유혹에 쉽게 흔들리는 죄인에게 운명의 주사위를 던진다. 결국 그 수많은 친구들처럼 나 역시 선한 자아를 선택했지만 그를 지켜 낼 힘이 부족했다.

그렇다. 나는 초로의 투덜이 박사를 선택했다. 친구들한테 둘러싸인 채, 정직한 희망을 소중히 여기는 나. 지금껏 하이드로 변신해 누렸던 자유와 젊음, 가벼운 발걸음과 거침없는 충동, 은밀한 쾌락 등 난 그 모든 것에 단호하게 작별을 고했다. 하지만 그런 선택을 하면서도 나도 모르게 미련이 남았던 모양이다. 소호의 집도 포기하지 않고 에드워드 하이드의 옷도 서재에 그대로 보관해 두었으니 말이다. 아무튼 두 달 동안 난 결정에 충실했다. 그 두 달간 난 그 어느 때보다 엄격한 삶을 영위하며 그 보상으로 양심의 가책으로부터도 자유로울 수 있었다. 그러나 결국 시간은 최초의 불안감을 지워버리기 시작했다. 양심에 대한 찬양도 당연한 것으로 되어 버려, 나는 다시 고민과 갈망으로 고통받기 시작했다. 바로 자유를 갈망하는 하이드의 고통이었다. 그리고 도덕적으로 나약해진 지 채 한 시간도 안 되어 변신 약을 제조해 마시고 말았다.

알코올 중독자가 자신의 나쁜 습관에 대한 핑계를 찾을 때, 자신의 우둔한 신체적 무감각 때문에 위험에 처하게 되었다고 하는 경우는 5백 분의 1 정도에 불과할 것이다. 하지만 나야말로 현재의 상황에 대해 그렇게 고민했으면서도, 에드워드 하이드의 성격을 특징짓는 철저한 도덕적 무감각과 과도한 악에의 탐닉에 대해서는 충분히 고려하지 못했다. 내가 벌을 받는 것도 바로 그 때문이었다. 오랫동안 우리에 갇혔던 악의 본성이 포효를 지르며 뛰쳐나왔다. 약을 마실 때조차, 나는 보다 무분별하고 무자비한 악의 의지를 느낄 수 있었다. 아마도 불행한 희생자 댄버스 경의 충고를 들을 때 내 영혼에 조바심의 폭풍이 일어난 것도 그 때문이었을 것이다. 신 앞에서 단언컨대, 도덕적으로 건강한 사람은 그렇게 사소한 자극에 그런 흉악한 범죄를 저지를 수 없다. 이제 나는 아픈 아이가 장난감을 부수는 것보다 더 비이성적인 상태에 빠졌다. 아무리 악한 인간이라도 어느 정도는 유혹에 대해 저항력을 유지할 수 있는 본능적인 균형 감각이 있다. 하지만 나는 자발적으로 이것을 모두 벗어던졌다. 더욱이 내 경우엔 아무리 사소한 유혹이라도 치명적일 수밖에 없었다.

지옥의 분노는 즉각 나를 깨웠다. 나는 더없는 쾌락에 휩싸인 채 저항하지 않는 노신사를 무차별 난타하고 한 대 한 대마다 쾌감을 맛보았다. 그러고 나자 발작적 황홀경 속에 갑자기 피로감이 이어지더니 공포의 전율이 심장을 관통했다. 안개가 걷혔다. 나는 인생이 끝장났음을 깨닫고 저 광란의 현장에서 달아났다. 나는 환희와 전율에 온몸을 떨었다. 악에 대한 갈망은 충족되어 사라졌고 삶에 대한 애착도 최고조에 달했다. 나는 소호의 집으로 달려가 (확실한 안전을 위해) 위험한 서류들을 파기하고 곧바로 가로등이 커진 거리로 니와 쏘다녔다. 마음은 완전히 둘로 나뉘어 있었다. 범죄 행위에서 비롯된 충만감에 고무된 채 향후의 악행을 궁리하는가 하면, 행여 누군가 보복을 위해 뒤쫓는 건 아닐까 하는 두려움에 자꾸 뒤를 돌아보고 발걸음을 재촉하기도 했다. 하이드는 약을 조제하며 노래를 불렀고 약을 마시며 죽은 자를 위해 건배했다. 차라리 변신의 고통이 그를 갈기갈기 찢어 놓기라도 하면 좋으련만. 이윽고 헨리 지킬이 감사와 후회의 눈물을 펑펑 쏟으며, 무릎을 꿇고 신께 두 손을 모았다. 방탕의 장막이 머리에서 발끝까지 찢겨 나가면서 난 내 인생을 한눈에 볼 수 있었다. 기억은 아버지의 손을 잡고 산책하던 어린 시절로부터 거슬러 올라가, 자기 부정적인 노고의 직업적 삶을 거쳐, 그날 저녁의 저주받은 공포와 비현실적인 느낌으로 끊임없이 회귀했다. 목 놓아 울고 싶었다. 눈물과 기도로써, 기억을 통해 꾸역꾸역 달라붙는 저 끔찍한 이미지들과 비명을 철저히 억누르고 싶었다. 하지만 간절한 기도 사이에 내 악행의 추악한 얼굴이 나의 영혼을 응시하고 있었다. 그리하여 쓰디쓴 양심의 가책이 무디어지자 또다시 환희가 밀려들었다. 내 행위의 문제는 해결되었다. 이후로 하이드는 없으리라. 의도와 상관없이 이제 난 선한 자아로서만 살아갈 것이다. 오, 그 생각만으로도 얼마나 기뻤던지! 나는 기꺼운 마음으로 삶의 제약들을 포용했다. 그리고 분명한 포기와 함께, 그동안 부지런히 드나들던 문을 잠그고 열쇠도 짓밟아 버렸다.

다음 날 살인 사건의 목격자가 나오고 하이드의 범죄가 만천하에 드러났다. 게다가 희생자는 평판이 훌륭한 귀족이었다. 단순한 범죄가 아니라 비극적 참사였던 것이다. 사실 그 소식을 듣고 기쁘기도 했다. 교수대의 공포 때문에라도 선한 자아를 더 단단히 지켜 낼 수 있으리라고 생각했기 때문이었다. 지킬은 이제 나의 은둔처가 되었다. 하이드여, 온 세상 사람들이 그대를 잡아 사형대로 끌고 갈지니, 행여 고개조차 내밀지 말지어다.

나는 과거를 보상하기 위해 미래의 행동거지에 천착했다. 그리고 솔직히 말해서 이 결심은 어느 정도 성과도 있었다. 지난해 마지막 몇 개월 동안 고통에서 벗어나기 위해 얼마나 열심히 노력했는지는 어터슨도 잘 알 것이다. 나는 타인을 위해 많은 일을 해냈다. 이제 그 시절도 조용히 지나갔고 나도 충분히 행복했다. 은혜와 선행으로 가득한 삶에 지쳤다는 얘기를 하자는 게 아니다. 그보다는 그 삶을 충실히 만끽했다고 얘기하고 싶은 것이다. 문제는 여전히 이중의 목적으로 고통받았다는 데 있었다. 더욱이 참회의 칼날이 무디어 가면서 사악한 자아도 다시 꿈틀거리기 시작했다. 그렇게 오랫동안 자유를 구가하다 완전히 갇히고 말았으니 그도 견디기가 쉽지 않았을 터였다. 하이드의 소생을 꿈꾸었다는 얘기가 아니다. 그 생각만 해도 난 식겁했을 정도였다. 그런데 다시 한 번 양심을 가지고 희롱했던 건 온전히 지킬의 존재로서였다. 마침내 일반적인 은밀한 죄인으로서 내가 유혹의 맹공격에 무릎을 꿇고 만 것이다.

만사에는 종말이 있다. 아무리 넓은 그릇도 결국엔 채워지게 되어 있다. 결국 이렇게 잠깐 악에 순종하게 된 것이 내 영혼의 균형을 파괴하고 말았다. 더군다나 난 아직도 정신을 차리지 못했고 따라서 타락은 악의 자아를 발견하기 이전의 시절로 돌아가는 것만큼이나 자연스러워 보였다. 정월의 청명한 어느 날이었다. 서리가 녹아 거리는 진창이었지만 하늘엔 구름 한 점 없었다. 리전트 공원은 겨울새들의 노래와 달콤한 봄 향기로 가득했다. 나는 햇살 따뜻한 벤치에 앉았다. 내 안의 짐승이 기억의 편린들을 핥고 영적인 자아도 느슨해져 향후의 참상을 예고했으나, 그래도 긴장은 돌아올 기미가 없었다. 결국 나는 보통 사람과 다를 바 없다는 생각이 들었다. 그리고 나 자신과 다른 사람들을 비교하고, 또 내 능동적인 선의지와 보통 사람들의 나태한 잔인함을 비교해 보며 씩 웃고 말았다. 그렇게 헛된 생각을 하고 있는데 갑자기 현기증에 끔찍한 욕지기가 나더니 온몸에 미친 듯이 경련이 일었다. 증세는 금세 진정되었으나 난 그만 그 자리에서 기절하고 말았다. 이윽고 정신이 돌아왔다. 그리고 내가 느낀 건 사고가 바뀌었다는 사실이었다. 훨씬 더 대담하고 무모해졌으며, 의무감도 눈 녹듯 사라졌다. 의복은 오그라든 수족에 흉물스럽게 걸려 있었고 무릎 위에 놓인 손도 매듭지고 털도 많아졌다. 에드워드 하이드가 돌아온 것이다. 조금 전만 해도 나는 만인의 존경을 받는 부자이자 명사였다. 집 식당엔 나를 위한 식탁도 준비되어 있었다. 그런데 이제 공공의 적, 교수대에 매달아야 할 악명 높은 살인자가 되어 집 없이 쫓겨야 할 지경에 이른 것이다.

순간 판단력이 흔들렸지만 그렇다고 완전히 무용지물은 아니었다. 나는 두 번째 자아로 변했을 때 신체 기능들이 전보다 더 예리해지고 정신도 훨씬 자유자재로 발휘된다는 사실을 여러 번 경험한 바 있다. 때문에 지킬이 포기할 일에도 하이드는 결정적인 기회를 만들어 냈었다. 내 약은 서재 유리장에 들어 있었다. 어떻게 손에 넣지? 이것이 무엇보다 먼저 해결해야 할 문제였다. 난 두 손으로 관자놀이를 꽉 눌렀다. 실험실 문은 내가 잠갔다. 집을 통해 들어가면 하인들이 나를 교수대로 넘길 것이다. 결국 다른 손을 빌려야 한다는 얘기다. 그때 생각난 인물이 래니언이었다. 그런데 그에게 어떻게 접근하지? 설득은? 거리의 시선을 벗어난다 해도, 어떻게 그를 만날 수 있다는 말인가? 게다가 생면부지의 혐오스러운 방문자일 내가 무슨 재주로, 유명한 내과 의사를 움직여 동료 지킬 박사의 서재를 뒤지도록 만들 수 있겠는가? 그때 문득 지킬 박사의 특성 하나가 남아 있다는 사실이 떠올랐다. 필체. 그렇다. 편지를 쓰면 된다! 그 기발한 착상에 이르자, 그 다음부터는 거칠 게 없었다.

나는 즉시 옷매무새를 정리하고 지나가는 마차를 부른 다음, 순간적으로 머릿속에 기억 나는 포틀랜드 거리의 한 호텔로 향했다. 내 모습을 본 마부는 조소를 감추지 못했다. 그 옷에 가려진 운명이야 처참했으나 겉모습이야 우스꽝스럽기 그지없었기 때문이다. 아무튼 내가 불같이 화를 내자 그의 얼굴에서 웃음기가 사라졌다. 마부는 물론 내게도 다행이었다. 다른 상황이었다면 그자를 당장 마부석에서 끌어내렸을 터였다. 호텔에 들어가서는 잔뜩 인상을 찌푸리는 식으로 종업원들에게 겁부터 주었다. 그들은 내 면전에서 시선도 교환하지 못하고 고분고분 지시에 따랐다. 그들은 나를 구석방으로 안내하고 필기도구도 가져다주었다. 생명의 위협에 빠진 하이드는 내게도 완전히 새로운 존재였다. 그는 통제 불능의 분노로 몸을 떨었고 살인 욕구로 충만했으며 간절히 폭력을 원했다. 그리고 지극히 교활하기까지 했다. 그는 가공할 의지로 분노를 다스린 채 두 통의 편지를 완성했다. 하나는 래니언, 하나는 풀에게 보낼 것이었다. 그는 그 편지들이 실제로 전달되었음을 확인하기 위해 심부름꾼에게 등기로 보내라는 지시까지 내렸다.

그 후 그는 하루 종일 손톱을 물어뜯으며 별실의 난롯가에 앉아 있었다. 식사도 혼자서 했는데, 두려움에 미칠 지경이었지만 오히려 벌벌 떠는 건 웨이터들이었다. 그리고 밤이 깊자, 그는 마차 구석에 올라타고는 도시의 거리를 이리저리 쏘다녔다. 내가 〈그〉라고 부르는 이유는 차마 〈나〉라고 할 수 없기 때문이다. 지옥의 사생아한테는 인간적인 면모가 전무했다. 그의 내면엔 오로지 두려움과 증오뿐이었다. 그는 이윽고 마부가 의심을 시작했다는 판단에 따라, 마차를 포기하고 대담하게 한밤의 통행인들 가운데로 스며들었다. 옷까지 헐렁한 터라 사람들의 시선을 끌기에 딱 좋았다. 두 개의 원초적인 감정이 폭풍처럼 내면을 헤집었다. 그는 두려움에 쫓겨 발걸음을 재촉했다. 혼잣말을 중얼거리며 재빨리 인적 없는 길로 숨어들며 자정까지 남은 시간을 계산해 보았다. 한번은 어떤 여자가 성냥갑 비슷한 걸 내밀며 말을 걸었는데, 그가 뺨을 때리자 후다닥 달아나 버렸다.

래니언의 집에서 모습을 회복했을 때, 잘은 모르겠지만, 옛 친구의 공포가 내게 영향을 준 것 같았다. 하지만 몇 시간 전의 상황에 비하면 박사의 공포와 혐오감은 기껏 바다에 떨어진 물방울처럼 별것 아니었다. 내게 변화가 일어났다. 이제 교수대에 대한 두려움 따위는 없었다. 나를 괴롭히는 건 하이드가 되는 두려움이었다. 래니언의 비난을 듣는 것도 꿈결처럼 아련하기만 했다. 나는 몽롱한 기분으로 집에 돌아와 침대에 누웠다. 고된 하루였던 터라 아주 깊은 잠에 빠져들었다. 끔찍한 악몽들조차 끼어들지 못할 만큼 깊은 잠이었다. 아침에 일어났을 때 다소 몸이 떨리고 기운은 없었으나 기분은 상쾌했다. 물론 내 안에 잠든 야수를 생각하는 것만으로도 역겹고 두려웠으며, 전날의 끔찍한 위험을 잊은 것도 아니었다. 그래도 다시 집에 돌아와 약을 수중에 넣었고 더욱이 위기 탈출의 기쁨이 너무도 커서 내 영혼은 희망으로 충만할 정도였다.

나는 아침 식사 후 한가로이 안뜰을 산책하며 신선한 공기를 들이마셨다. 그런데 그때 변신을 알리는 기이한 느낌에 다시 휩싸였다. 나는 간신히 서재로 달려 들어갔다. 하이드의 열정으로 들끓기 전에 어서 나 자신으로 돌아가야 했다. 이런 경우엔 두 배의 투약이 필요했다. 그리고, 아아, 그로부터 여섯 시간 후, 우울한 기분으로 난롯가에 앉았는데 다시 통증이 시작되고 나는 또 투약을 해야 했다. 요컨대 그날 이후로는, 즉각적인 투약과 지속적인 정신 단련이 없으면 지킬의 상태를 유지하는 것도 불가능해졌다는 얘기다. 밤낮을 가리지 않고 전조를 알리는 경련에 시달려야 했다. 더욱이 잠이

들거나 의자에서 깜박 졸고 나면, 깨어나는 건 늘 하이드였다. 이 끊임없이 반복되는 저주와 내가 나 자신에게 선고한 불면으로 인해, 아아, 그것도 인간으로서 견딜 수 있는 것 이상인 터에, 나는 열병에 시달리고 탈진했으며 심신이 축 처져 쇠약해져 가고 있었다. 그것도 지킬의 몸으로 말이다. 게다가 머릿속에는 오직 하나, 제2의 자아에 대한 공포뿐이었다. 하지만 잠이 들거나 약효가 떨어질 때면, 곧바로(이제는 변신 과정도 거의 없고 변신의 고통도 엷어졌다) 공포의 이미지들로 가득 찬 환영 속으로 곤두박질치고 말았다. 영혼은 근거 없는 증오로 들끓었으나, 그 반면에 육신은 끓어오르는 에너지를 담을 수 없을 정도로 허약해졌다. 더군다나 하이드의 힘은 지킬이 약해짐에 따라 점점 더 강해졌다. 그리고 이제 그 둘을 구분해 주었던 증오조차 양쪽 모두에게 균일하게 드러났다. 지킬에게 증오는 생존 본능이었다. 지킬은 이제 자신과 의식의 일부를 공유하고 또 죽음까지 동행할 괴물의 기행을 모두 목격했다. 그들을 가장 고통스럽게 만드는 이런 공존의 관계를 초월해서 하이드에 대해 생각해 보았다. 그리고 그는 하이드의 생명 에너지가 사악할 뿐 아니라 무생물적이라는 결론을 내렸다. 그건 충격적인 사실이었다. 무저갱의 연니(軟泥)가 비명을 지르고 고함을 쳤으며, 무정형의 티끌 덩어리가 손짓을 하고 죄를 지었다. 죽어서 형체도 남기지 못할 존재가 삶의 공간을 강탈하려 든 것이다. 게다가 그 가공할 만한 공포야말로 아내보다, 아니 눈보다 더 가깝게 달라붙지 않았던가. 그는 자신의 살갗 안에서 놈이 투덜거리거나 부활하기 위해 꿈틀거리는 것을 느꼈다. 놈은 그가 약해지거나 잠에 빠져들 때마다 그를 지배하고 삶에서 물러서게 했다. 지킬을 향한 하이드의 증오는 차원이 다른 것이었다. 교수대가 두려운 탓에 부단히 일시적인 자살을 감내하고 그래서 하나의 인격체가 아닌 종속 상태로 회귀해야 했지만, 그것이 맘에 들 리가 없었다. 지킬이 지금 처해 있는 무기력 상태도 마찬가지였다. 그로 인해, 내 역할을 대신한 원숭이 인형 놈은 내 노트에 내 필체로 더러운 욕들을 적어 놓고 편지를 찢어발기고 아버지의 초상화를 불태웠다. 아아, 죽음의 공포가 아니었던들 그자는 오래전에 자해라도 했을 것이다. 물론 그것은 나를 고통에 빠뜨리기 위해서이다. 하지만 삶에 대한 그의 집착도 놀라웠다. 무슨 얘기냐 하면, 그저 그에 대한 생각만으로도 메스껍고 몸서리쳐지는 나조차도 그 비열한 애착과 열정을 돌이켜 보거나, 아니면 내가 자살을 통해 그를 떼어 낼 수 있다는 사실을 얼마나 두려워했는지 떠올리면, 새삼 그가 불쌍해지기도 했던 것이다.

　더 이상 넋두리를 해봐야 무슨 소용이겠는가. 더 이상 시간도 없다. 누구도 이런 고문을 당한 적이 없다는 정도로만 얘기해 두련다. 하기야 그런 고통도 반복되다 보니 영혼조차 무디어져만 갔다. 고통이 완화된 게 아니라 절망에 순응해 간다는 얘기다. 이런 식의 천벌이 몇 년간 이어질 수도 있었지만, 결국 최후의 재앙이 닥쳤고 그로써 나 자신의 얼굴과 본성은 완전히 빼앗기고 말았다. 염분의 재고가 바닥나기 시작한 것이다. 처음 실험한 날 이래로 한 번도 보충하지 못했으니 당연하다. 사람을 보내 재료를 구입하고 약을 조제하긴 했지만, 비등이 발생하고 첫 번째 변색이 따랐을 뿐, 그 이상의 변이는 발생하지 않았다. 물론 아무리 마셔도 효과는 없었다. 런던을 이 잡듯 뒤졌다는 얘기는 풀에게서 들을 수 있을 것이다. 모두 소용이 없었다. 지금으로서는, 최초의 구입분에 불순물이 들어 있었고 약의 효과를 가능케 한 것도 바로 그 미지의 불순물이 아닌가 하는 생각을 해본다.

일주일이 지났다. 나는 마지막 조제분의 힘을 빌려 이 기록을 마무리하고 있다. 기적이 없다면, 헨리 지킬이 자신의 머리로 생각하고 거울에 비친 자기 얼굴을 보는 것도 마지막일 것이다. 아, 이토록 얼굴이 상할 수가 있다니! 이 글을 마치는 데 더 이상 지체해서는 안 된다. 행여 이 글이 훼손되지 않았다면 그건 세심한 준비와 엄청난 행운이 조합된 결과일 것이다. 글을 쓰는 동안 변신의 고통이 엄습할 경우 하이드가 나타나 원고를 갈가리 찢어 버릴 것이다. 하지만 편지를 감춰둔 후 어느 정도 시간이 지나기만 한다면, 그의 경이로운 이기심과 순간에만 국한된 사고 덕분에 그의 원숭이 같은 행동으로부터 편지를 구할 수 있을지도 모른다. 우리 둘을 짓누르고 있는 재앙은 이미 그를 변화시키고 짓밟아 버렸다. 지금으로부터 30분 후, 그 역겨운 인격을 다시 (그리고 영원히) 걸치게 되면 나는 이 의자에 앉아 몸을 떨며 흐느끼고 있을 것이다. 아니면 긴장과 극도의 두려움으로 혼미해진 채, 마지막 은신처인 이 방을 어슬렁거리며 사소한 위협의 소리에마다 깜짝깜짝 놀라고 있을지도 모르겠다. 하이드가 교수대에서 죽을까? 아니면 마지막 순간, 용기를 내어 자살이라도 시도할까? 모르겠다. 상관도 없다. 지금은 내가 죽을 시간이다. 이후로는 내가 아니라 하이드의 문제가 될 것이다. 이제 나는 펜을 내려놓고 이 고해의 편지를 봉인한 후, 불행한 헨리 지킬의 삶을 마감코자 한다.

메리 맨

친애하는 테일러 부인

　부인의 고명(高名)을 청동에 새긴다 한들, 제가 무엇을 더 덧붙이겠습니까? 더 강하고 고귀한 손에 의해 이미 다다를 수 없을 만큼 높은 곳에 쓰인 이름인걸요. 때문에 제가 이 이야기를 헌정한다면, 그건 부인께 이 글을 가져온 작가로서가 아니라, 마음을 알아주길 바라는 친구로서랍니다.

본머스 스케리보어에서

로버트 루이스 스티븐슨

1
에일린 아로스

내가 마지막으로 아로스를 향해 길을 나선 것은 7월 말의 어느 아름다운 아침이었다. 배가 전날 밤 그리사폴 해변에 나를 내려 준 것이다. 나는 작은 여인숙에서 제공하는 아침을 먹고, 배를 타고 다시 가지러 올 때까지 짐을 맡아 달라고 부탁한 다음, 흥겨운 기분으로 곧바로 곶을 가로질러 갔다.

나도 스코틀랜드 저지대 출신이긴 하지만 이 지역 토착민은 아니다. 고든 다너웨이 아저씨는 젊고 가난했던 시절 몇 년간 선원 생활을 했는데, 그 후 군도의 젊은 여자, 메리 맥클린과 결혼했다. 그녀는 가문의 마지막 자손으로 딸을 낳다가 숨을 거두었고, 그 바람에 바다로 둘러싸인 농장 아로스가 그의 소유가 되었다. 하지만 그것은 기껏해야 생계 수단 정도 되는 유산이었다. 그는 악운이 따라다니는 사내였다. 때문에 어린아이와 사는 게 고되었음에도 불구하고 새로운 삶에 도전하기보다 아로스 섬에 남아 매일매일 손톱을 물어뜯으며 지내는 쪽을 택했다. 그런 고립 생활 속에서 세월은 무참히 흘러갔으나 도움의 손길도 나타나지 않고 만족도 없었다. 그동안 저지대에 사는 우리 가족도 모두 세상을 떠났다.

애초부터 운이 없는 집안이었지만, 그중 그나마 내 아버지가 나은 편이었다. 제일 오래 살았을 뿐 아니라 가문을 물려받을 아들과 그 아들을 키울 약간의 돈까지 남겼기 때문이다. 나는 에든버러 대학 학생으로 넉넉한 편이었으나 일가친척이라곤 하나도 없었다. 우연히 내 소식이 그리사폴 로스의 고든 아저씨에게 흘러들어 갔고, 피는 물보다 진하다고 믿는 아저씨는 그날 바로, 아로스를 내 집처럼 여기라는 내용의 편지를 보내왔다. 그 후 나는 방학마다 이곳, 사람들과 편의 시설 대신 대구와 뇌조들만 많은 아로스로 건너와 지냈다. 그리고 지금, 수업을 모두 마친 7월의 이느 날, 너무도 가벼운 기분으로 이곳으로 돌아오는 길이다.

우리가 로스라고 부르는 곳은 넓지도 높지도 않은 갑(岬)인데, 하느님이 바로 오늘 창조하신 듯 거칠기가 짝이 없었다. 양쪽의 깊은 바다에는 어부들을 위협하는 험한 사주와 암초들이 빼곡했으나, 높디높은 벼랑과 고봉(孤峯)에 가려 동쪽에서만 볼 수 있었다. 벤 키아우는 아일랜드어로 〈안개의 산〉이라는 뜻이라는데 정말로 잘 어울리는 이름이다. 바다에서 흘러들어 오는 구름이 언제나 1천 미터에 달하는 산꼭대기에 걸리기 때문이다. 사실, 산이 직접 구름들을 만든다는 생각이 들기도 했는데, 그만큼 벤 키아우는 바다 위에 구름 한 점 없을 때조차 구름 모자를 쓰고 있었다. 구름이 비를 부른 탓에 산꼭대기엔 늪도 있었다. 맑은 날 로스에 앉아 있으면 산 위로는 비가 장대처럼 쏟아지는 걸 보기도 하는데, 비 내리는 산이 종종 너무도 아름다운 장관을 연출했다. 해가 산 중턱을 비추면 젖은 바위와 물줄기들이 25킬로미터 떨어진 아로스까지 수많은 보석처럼 빛을 발했던 것이다.

나는 우마차 길을 골랐다. 거리가 두 배나 되는 굽잇길인데, 거친 뭉우리돌들이 길을 가로막는가 하면 부드러운 바닥엔 지의류 식물들이 거의 무릎까지 올라와 있었다. 그리사폴에서 아로스까지 20킬로미터에 달하는 길에는 논밭은커녕 집한 채 없었다. 아, 집이 있기는 했다. 적어도 세 채 정도…….하지만 길에서 워낙에 멀리 떨어진 터라 이방인이 찾아내기란 처음부터 무리였다. 로스의 대부분은 거대한 화강암들로뒤덮여 있었다. 방 두 개짜리 집보다 커다란 바위들이 나란히붙어 있기도 했는데, 그 사이는 양치류와 히스들이 무성해 독사들의 보금자리가 되기도 했다. 바람의 방향은 불규칙했지만 어느 바람에서나 선박에 달라붙은 소금처럼 바다 냄새가났다. 갈매기들은 로스의 붉은 뇌조만큼이나 자유로워 보였다. 섬의 오르막길에 오르면 어디나 바다가 선명하게 펼쳐졌다. 바람이 거센 해빙기에는 뭍의 중앙에서도 아로스 옆, 조류가 지나는 루스트에서 전쟁터처럼 울부짖는 소리가 들렸다.우리가 메리 맨이라고 부르는 크고 위협적인 파도 소리도 들을 수 있었다.

아로스 제이. 토착민들이 언젠가 아로스를 이렇게 부르며〈신의 집〉을 뜻한다고 말해 주었다. 아로스 자체는 로스와떨어져 있지만 그렇다고 섬이라고 하기에도 어려웠다. 아로스는 로스의 남서쪽 모퉁이에 위치해 있는데, 로스의 해변과는 바다를 사이에 두고 꼭 붙어 있다시피 했다. 아주 좁은, 그래서 제일 좁은 곳은 겨우 10미터가 조금 넘는 정도의 이 해협은 만조 때에는 강의 깊은 물웅덩이처럼 깊고 유속도 느렸지만 썰물이 되면 한 달에 하루 이틀 정도 바닥까지 드러내본토까지 물에 젖지 않고 건널 수도 있었다. 아저씨가 양을 치며 사는 곳엔 멋진 목초지가 있었다. 로스의 주 평원보다 고도가 높기 때문에 방목에 유리한 듯했지만 사실 나도 확신은 없다. 집은 2층으로 이 지역에서는 좋은 편에 속했다. 건물과 마주한 서쪽 만에는 배 하나를 간신히 댈 만한 작은 잔교가 있으며, 건물의 문을 통해서는 벤 키아우에 비를 뿌려 대는 구름을 볼 수도 있었다.

이곳 해안 지대, 특히 아로스 인근에는 조금 전에 말한 거대한 화강암들이 마치 여름날 소 떼처럼 무리 지어 바다 쪽으로 뻗어 내려와 이제 막 상륙한 듯 그곳에 멈춰 섰다. 다만 조용한 육지 대신 바닷물이 흐느끼고, 양 옆으론 히스 대신 아르메리아가 자라며, 바닥엔 독사 대신 거대한 붕장어들이 꿈틀거리며 돌아다녔다. 맑은 날 배를 타고 바위 사이를 돌아다니면 바위의 미로를 통해 몇 시간이고 메아리가 쫓아다니겠지만, 파도가 거칠 때면 솥이 부글부글 끓는 듯, 죽음을 부르는 소리가 들릴 것이다.

아로스의 남서쪽 바위들은 수도 많고 크기도 훨씬 컸다. 실제로 그 거대한 암초들은 바다 멀리까지 뻗어 나가, 해안에서 20킬로미터 정도는 마치 집으로 뒤덮인 도읍만큼이나 뭉우리돌들이 빽빽이 들어서 있다. 바위들은 수면 위로 10미터 이상 솟구치기도 하고 물속에 잠기기도 했지만 어느 쪽이나 선박을 위협하기는 마찬가지였다. 서풍이 불던 어느 맑은 날, 나는 아로스 꼭대기에 올라 거대한 파도가 부딪히거나 넘나들며 하얀 포말을 만들어 내는 암초를 예순네 개까지 세어 보았다. 하지만 위험하기는 해변 쪽이 더했다. 이곳의 조류는 빠르게 흐르다가 육지 끝에 이르러서는 긴 띠처럼 거센 물결을 이뤘다. 바로 루스트라 불리는 곳이었다. 물살이 느리고 바람이 잔잔할 때, 나는 이따금 그곳에 나가 보았다. 워낙에 기이한 장소라, 루스트는 용소처럼 들끓고 용솟음치다가도 때로는 마치 혼잣말처럼 조용히 웅얼거렸다. 하지만 조류가 빨라지고 날씨까지 거칠어지면 1킬로미터 주변으로는 그 누구도 배를 몰 수 없었다. 그곳에서는 노를 젓는 것도, 가라앉지 않는 것도 불가능했다. 루스트의 울음소리는 10킬로미터 밖에서도 들릴 정도였으며, 바다 쪽 끄트머리가 가장 물살이 거칠었다. 마치 거대한 파도가 죽음의 무도를 즐기는 듯한 장관으로 인해, 이 지역 사람들은 그것에 메리 맨이라는 이름을 붙여 주었다. 듣기로는 이 무희들이 15미터나 솟구친다고 했는데, 그건 순전히 푸른 파도만 그렇다는 얘기리라. 하얀 물보라는 그보다 두 배는 높이 치솟아 올랐기 때문이다. 그 이름이 빠르고 기이한 춤 동작에서 비롯되었는지 아니면 요란한 굉음 때문인지는 모르겠지만, 어쨌든 온 아로스가 이 파도에 뒤흔들릴 정도였다.

사실, 남서풍이 불면 이 군도 지역은 함정과 진배없었다. 배가 암초를 통과하고 메리 맨을 헤쳐 나오면 아로스 남쪽 해안의 샌다그 만에 상륙한다. 이곳은 앞서 얘기했듯 수많은 불운이 나의 가족을 덮친 곳이다. 내가 오랫동안 알고 지낸 고향이 너무도 위험했기 때문에, 험하고 방문자들에게 호의적이지 않은 이 섬의 해협을 따라 부표를 놓고 갑에 불을 밝히러 가는 일은 즐겁기만 했다.

시골 사람들은 아로스에 대한 얘기들을 많이 알고 있었다. 나 역시 맥클린 가문의 하인이었으나 메리가 결혼하자마자 미련 없이 이곳으로 옮아온, 아저씨의 늙은 하인 로리로부터 들은 바가 있었다. 불행한 바다 괴물 켈피는 루스트의 거친 파도 속에 숨어 특유의 악행들을 저질렀다. 어느 달 밝은 여름밤, 한 인어가 샌다그 해안에서 피리 부는 남자를 만나 그에게 노래를 불러 주었다. 아침이 되자 그는 완전히 미쳐 버려 그때부터 죽는 그날까지 한마디만 반복했다. 물론 고대 아일랜드어라 내가 알 수는 없지만 그 뜻은 〈아, 바다에서 들리는 저 고운 목소리〉였다. 그 옛날 해변을 돌아다니던 바다표범들은 사람의 말로 대재앙을 예고했다는 전설도 있다. 그리고 아일랜드의 한 성인이 배를 타고 가다 헤브리디스 제도 사람들을 개종하기 시작한 곳도 바로 이곳이었다. 내 생각에 그를 성인으로 추앙한 것은 당연한 일이다. 그 옛날 배를 타고 저 거친 해협을 건너와 험난한 해안에 상륙한 게 기적이 아니면 무엇이겠는가. 더욱이 이 작은 섬이 성스럽고 아름다운 이름, 〈신의 집〉으로 불리는 것도 그 또는 그의 수도원에서 지내던 몇몇 수사들 덕분이었다.

이런 미신들 중에서 그래도 좀 더 믿고 싶은 얘기가 하나 있다. 내용은 이렇다. 거센 태풍이 스페인의 무적함대[1]를 스코틀랜드 북부와 서부 전역으로 흩뿌려 놓았는데 그중 대형 선박 한 척이 아로스에 상륙하다가 승무원들을 모두 태운 채 순식간에 침몰하고 말았다. 배가 가라앉으면서 선체는 모두 바다에 떠다녔는데, 그 광경을 언덕 꼭대기에 사는 몇몇 오지인들이 지켜보았다고 한다. 이 이야기엔 어떤 개연성이 있었다. 그리사폴에서 30킬로미터 바깥에 그 함대의 다른 선박도 하나 침몰했기 때문이다. 내용도 다른 전설들보다 구체적이었지만 나로 하여금 사실이라고 믿게 한 이유도 하나 있었다. 사람들이 아직도 기억하는 배의 이름이 스페인어처럼 들

1 16세기 영국을 침공했던 가공할 위력의 스페인 함대.

린 것이다. 〈에스피리토 산토〉. 이것은 수많은 대포를 장착하고 스페인의 보물과 귀족들, 용감한 군인들을 태운 채 전쟁과 항해는 뒤로 하고 아로스 서부 샌다그 만의 바다 밑바닥에 영원히 가라앉은 배의 이름이다. 이제 그 대형 선박 〈에스피리토 산토〉를 노리는 폭격은 없다. 순풍도 없고 도전도 없다. 다만 다시마 속에 묻힌 채 썩어 가며, 섬 주변을 두드려 대는 메리 맨의 호통을 듣고 있을 뿐이다. 애초부터 기구한 운명의 배였으나 스페인에 대해 알게 될수록 나는 점점 더 그것에 대한 호기심을 갖게 되었다. 배에 탄 사람은 모두 돈 많은 귀족들이었으며 그 배의 항해를 지시한 당사자 또한 스페인의 부자 왕, 펠리페였다.

고백하건대, 그날 그리사폴을 산책하며 난 에스피리토 산토 생각에 흠뻑 빠져 있었다. 당시 에든버러 대학의 학장이며 유명 작가인 로버트슨 박사가 나를 잘 봐주어 오래된 서류를 정리하고 무가치한 자료들을 가려내는 일을 맡겼는데, 놀랍게도 그중에서 〈에스피리토 산토〉의 이름이 적힌 자료를 찾아낸 것이다. 선장의 이름, 스페인의 엄청난 보물을 운반하게 된 연유, 그리사폴의 로스 인근에서 실종된 사실 등이 기록되었으나, 왕의 가혹한 채근에도 불구하고 당시의 야만 부족들은 구체적인 장소에 대해 완전히 입을 다물었다. 이런저런 자료를 조합하고 섬의 전설과 보물을 찾으려는 왕의 수색 기록들을 살펴보면, 결국 왕이 포기해야 했던 장소는 아저씨의 땅이 있는 샌다그라는 작은 만일 수밖에 없다는 생각이 들었다. 나는 마치 역학도라도 된다는 듯, 그 배와 그 배에 실린 금은괴, 보석, 금은화를 어떻게 인양해서 다녀웨이 가문이 오래전에 잃었던 부귀와 영화를 회복할지 상상하곤 했다.

물론 그 상상에 대해 곧바로 후회하기는 했다. 다른 요인들이 마음에 걸렸기 때문이었다. 하느님의 기이한 심판을 목격한 나로서는 죽은 이들의 보물에 손댄다는 건 양심상 불가능했다. 사실 야비한 탐욕이 있는 것도 아니었다. 재물을 원한 이유는 부자가 되고 싶어서가 아니라 사랑하는 사람을 위해서였다. 아저씨의 딸, 메리 엘렌. 그녀는 한동안 본토의 학교에도 다닐 만큼 교육도 충분히 받았는데 그만 불쌍하게도 본토의 매력에 푹 빠지고 말았다. 아로스는 그녀에게 적합한 곳이 못 되었다. 사람이라고는 아버지와 늙은 하인 로리뿐인데다, 아버지가 스코틀랜드에서 가장 불만 많고 불행한 사람 중 하나가 아닌가. 그는 시골에서 캐머런 수도사들[2] 사이에 자라 오랫동안 선장으로 클라이드 만 제도를 항해했으며, 지금은 양을 키우고 연안 어업에 종사하고 있으나 기껏해야 생계 수준에 불과했다. 겨우 한두 달 정도 머무는 내게도 이따금 지루할 정도이니 그 황무지에서 양과 바다 갈매기, 그리고 루스트에서 노래하고 춤추는 메리 맨 사이에서 1년 내내 살아야 하는 그녀에겐 오죽하겠는가.

---

2 17세기 스코틀랜드의 장로파 수사들로 스튜어트 왕조에 저항했다.

2
난파선이 아로스에 가져온 것

아로스를 지척에 두고 마침 밀물 때라 나는 반대편 해안에서서 로리에게 배를 가져오라고 휘파람을 불 수밖에 없었다. 신호를 반복할 필요는 없었다. 첫 번째 신호에 메리가 문을 열고 나와 손수건을 흔들어 주고, 장신의 늙은 하인도 비틀비틀 자갈길을 밟으며 잔교를 향해 걸어왔다. 그가 서둘렀음에도 불구하고 만을 거슬러 오는 데에는 꽤나 시간이 걸렸다. 게다가 그는 여러 번이나 노를 멈추더니 고물로 건너가 이상하다는 듯 항적을 살펴보았다. 배가 가까이 다가올수록 그는 늙고 수척해 보였다. 왠지 내 시선을 피한다는 느낌도 들었다. 어선은 파손이 있었던지, 노 젓는 좌석 두 곳과 선체 몇 곳이 이름을 알 수 없는 예쁜 나무로 덧대어 있었다.

「와, 로리, 이 널빤지들은 무척 고급이네요. 어디서 난 거예요?」섬으로 가는 길에 내가 물었다.

「끌질만 어려울걸요.」로리가 마지못해 대답하더니 갑자기 노를 내려놓았다. 그러고는 처음에 건너올 때처럼 고물로 넘어오더니 손으로 내 어깨를 잡고 물속을 들여다보았다. 겁에 질린 눈이었다.

「무슨 일이에요?」 나도 더럭 겁이 나 물었다.

「아주 큰 고기 같습니다.」 노인이 돌아가 다시 노를 잡으며 말했다. 그다음부터는 아무 말 없이 그저 모호한 시선으로 고개를 끄덕이기만 했다. 그 바람에 나도 불안해져 언뜻 고개를 돌려 뱃길을 내려다보았다. 물은 고요하고 투명했으나 만의 한가운데가 무척 깊은 탓에 처음엔 아무것도 보이지 않았다. 그리고 마침내 내 눈에도 어두운 물체가 하나 잡혔다. 대어인지 그림자인지는 모르겠지만 물체는 움직이는 배를 조심스럽게 따라오고 있었다. 그때 로리의 미신 하나가 떠올랐다. 무번의 어느 나룻배에서 선원들 사이에 아주 큰 싸움이 일어났는데, 그 후 누구도 보지 못한 종류의 대형 물고기가 몇 년 동안 뱃길을 쫓아오는 바람에 결국 하나둘씩 항해를 포기하고 말았다는 얘기였다.

「저런 고기는 잡는 사람이 따로 있는 법입죠.」 로리가 말했다.

메리는 해변에서 기다렸다가 구릉 위의 아로스 집으로 나를 데려갔다. 집은 안팎으로 많은 변화가 있었다. 정원은 배에서 본 것과 같은 종류의 고급 목재로 울타리를 쳤고, 부엌에는 이상한 브로케이드 천으로 덮은 의자들이 놓여 있었으며, 창문에도 브로케이드 커튼이 매달려 있었다. 경대 위엔 시계가 놓여 있고 천장에서는 청동 램프가 흔들렸다. 저녁 준비를 해둔 식탁의 테이블보도 최고급 리넨에 식기들 역시 은제였다. 그런데 이 새로운 사치품들이 전시된 부엌은 여전히 낡고 평범하기가 그지없었다. 등 높은 의자, 스툴,[3] 로리의 서랍 달린 침대는 물론, 햇살이 스며드는 넓은 굴뚝, 연기만 뿜

3 등받이나 팔걸이 없는 의자.

어 대는 토탄, 벽난로 선반, 모래 대신 조개껍질로 가득한 삼각형 모양의 타구(唾具), 휑한 벽과 휑한 나무 바닥도 그대로였다. 시골 아낙이 손수 짠 단무늬 양탄자 세 개도 남아 있었는데, 지금껏 유일한 장식이 되어 주었던 물건으로 도시에서는 볼 수 없는 그런 종류였다. 그리고 배의 노 젓는 자리에서 반질반질해질 정도로 닳아 버린 방석도 보였다. 그 촌구석에서는 분명 무척 깔끔하고 안락한 집과 방이었건만 그런 식의 부적절한 장식들이 덧붙여지니 나도 모르게 화가 치밀었다. 아로스에 온 목적에 비추어 본다면 물론 뜬금없고 말도 안 되는 감정이었으나 그럼에도 불구하고 첫눈에 울컥하고 만 것이다.

「이런, 메리, 내 집이라고 해도 된다고 들었건만 이제 알아보기도 힘들게 되었소.」

「나한테는 누구한테 들을 필요도 없이 분명한 내 집이랍니다. 내가 태어났고 언젠가는 죽어야 할 집이죠. 하지만 이런 변화는 나도 싫어요. 이런 변화가 일어난 계기도 싫고, 그 변화에 딸려 온 변화도 싫답니다. 제발 저것들을 모두 바다에 처넣고 메리 맨이 그 위에서 춤을 추면 좋겠어요.」

메리는 늘 진지했다. 아마도 유일하게 아버지한테서 물려받은 성격 때문이겠지만, 그날 그녀의 어투는 평소보다 훨씬 더 심각했다.

「아마도 난파선에서 온 모양이군? 그럼 죽음의 선물이잖소. 하긴 나도 아버지가 돌아가셨을 때 아무 거리낌 없이 유품을 받기는 했지.」

「사람들 말로는 자연사셨다면서요.」 메리가 말했다.

「그렇소. 어쨌든 난파는 심판과도 같소. 배 이름이 뭐랍디까?」 내가 물었다.

「〈크라이스트안나〉호라더라.」 등 뒤에서 목소리가 들려 돌아보니 아저씨가 문가에 서 있었다.

그는 어둡고 까다로운 인물이었다. 덩치는 작고 긴 얼굴에 눈은 까맸고, 쉰여섯의 나이지만 건강하고 활동적이라 양치기와 어부 중간쯤의 분위기를 풍겼다. 적어도 내 앞에서는 한 번도 웃어 보인 적이 없었다. 캐머런 수사들 사이에서 자란 사람답게 시간만 나면 성서를 읽고 설교도 심했다. 그 바람에 흡사 혁명 이전 학살기[4]의 산상의 설교자처럼 보였으나, 그는 신앙으로 위안을 얻거나 그것에 인도받는 것 같지는 않았다. 끔찍할 정도로 지옥을 두려워하지만 이미 지옥 같은 삶을 살아온 사람이다. 물론 그 시절을 크게 후회하는 것 같기는 했지만, 그래도 여전히 거칠고 냉정하고 암울한 사람임에는 분명했다.

그가 햇살을 등지고 문 안으로 들어섰다. 머리엔 보닛[5]을 썼고 단춧구멍엔 파이프가 매달려 있었다. 지금은 로리처럼 늙고 수척한 데다 얼굴의 주름도 전보다 더욱 깊어졌다. 게다가 눈의 흰자위는 변색된 상아나 송장의 뼈다귀만큼이나 누렇게 떠 있었다.

「그래, 크라이스트안나. 끔찍한 이름이야.」 그가 말했다. 아무래도 〈크라이스트〉라는 단어가 마음에 걸리는 모양이었다.

나는 그에게 인사하고 안부를 물었다. 아무래도 병이라도 걸렸을까 봐 불안했다.

---

4 명예혁명 이전, 캐머런의 이론을 신봉하는 장로교회파 신자들 수백 명이 박해받았는데, 그 시기를 일명 학살기라고 부른다.
5 스코틀랜드 전통의 챙 없는 남성 모자.

「이놈의 육신이 문제지. 육신이 죄인이니까. 그야 너도 마찬가지 아니냐.」 그가 무뚝뚝하게 대답했다. 그러고는 갑자기 메리한테 저녁 준비를 시키더니 나한테 달려왔다. 「아주 고급 옷 아니냐? 우리가 입은 이것 말이다, 응? 저쪽에 시계도 그렇지만 어디에 써먹겠나! 저 식탁보도 아주 특별하지. 귀하고 예쁜 물건들이다. 전능하신 하느님의 평화를 팔아 버린 사람들 물건이지. 하지만 그렇게 가치 있는 것도 아닐 거다. 하느님을 모독하는 놈들은 모조리 대지옥에서 처박아 버려야 해. 성서에도 그런 자들에겐 저주받은 물건들이 주어진다고 했어. 메리, 이년, 왜 아직도 촛불 두 개를 꺼내 놓지 않은 게냐?」 그가 갑자기 메리에게 소리쳤다.

「보름달이 저리 밝은데 촛불이 왜 필요해요?」 그녀가 따졌다.

하지만 아저씨는 고집을 꺾을 사람이 아니었다.

「이년아, 있을 때 써먹어야지.」 그래서 커다란 은제 촛대 두 개가 식기에 더해졌다. 척박한 섬마을 농가에 어울리지 않는 물건이 하나 더 얹힌 셈이다.

「배가 난파한 건 2월 10일 밤 10시. 바람은 없었지만 파도는 대단했지. 우려했던 대로 루스트의 급류에 휩싸이더군. 로리와 내가 하루 동안 표류를 지켜봤다. 솜씨가 좋지 못하더구나. 크라이스트안나라는 배 말이다. 조종도 서툴고 파도를 타지도 못했으니까. 온종일 식겁했을 거야. 돛에서 손을 떼지도 못하는데 날씨는 엄청나게 추웠으니까. 아예 눈까지 내릴 정도였다. 어쩌다가 바람 한 점 낚아채고 다시 움직이긴 했는데, 그래 봐야 뭐, 부질없는 짓이었지. 오, 세상에, 끔찍한 최후였어! 그 후에 상륙이라도 했다면 정말로 자랑스러웠을 게야.」

「그래서 모두 죽은 겁니까? 오, 신의 가호를!」 내가 탄성을 질렀다.

「못된 놈! 내 집에서 죽은 놈들을 위해 기도하다니!」

나는 내 기도에 가톨릭적인 의미는 없다며 사과했다. 그는 평소와 달리 쉽게 내 사과를 받아들이곤 다시 얘기를 이어 나갔다. 꽤나 맘에 드는 화젯거리인 모양이었다.

「로리와 내가 배를 찾아낸 건 샌다그 만에서였다. 저 사치품들은 그 안에서 가져온 거야. 샌다그는 종잡을 수 없는 곳이지. 메리 맨의 소용돌이는 원래 지독하다. 그런데 아로스 건너편의 루스트가 으르렁거리기라도 하면, 거센 조류가 샌다그 만으로 곧바로 역류해 들어오거든. 음, 그러니까 크라이스트안나를 옴짝달싹 못 하게 틀어쥐고 그대로 메다꽂은 거라고. 물이 빠진 다음에 엉덩이가 저렇게 하늘 높이 치솟은 게 다 그 때문이다. 생각해 봐라! 그렇게 처박혔으니 그 충격이 오죽했겠느냐! 오, 주여, 우리를 구하소서! 어부가 된다는 게 원래 불행한 삶이다. 그래, 춥고 위험한 일이고말고. 저 바다에서 벌면 얼마나 벌겠다고. 주께서 저 위험한 바다를 왜 만드셨는지 나로서도 도무지 이해할 수가 없구나. 물론 계곡과 초원, 아름다운 신록이랑 안전하고 유쾌한 땅도 만드셨지. 〈이제 그들이 그대에게 소리치며 화답하네. 그대가 그들을 기쁘게 했기에.〉 이렇게 〈시편〉의 운율이 말하듯 말이야. 물론 그따위 운율로 내 신앙을 치장하자는 게 아니라, 듣기 좋은 운율인 데다 마음에 쉽게 와 닿으니까 인용하는 거야. 〈누가 배를 타고 바다에 가지?〉 〈시편〉엔 또 이렇게 적혀 있지. 그리고 〈광활한 바다에 소명이 있나니, 바다 위에서 어부들은 주님의 역사와 위대한 기적을 볼지어다.〉 그래, 말이야

쉽지. 다윗은 바다를 잘 몰랐어. 하지만 성서에 쓰이지 않았다면, 바다를 만드신 게 주님이 아니라 시꺼먼 악마 거인인 줄 알았을 거다. 물고기 외에 좋은 거라고는 아무것도 없으니까. 물론 주께서 태풍을 타고 다니시는 모습이야 장관이지. 다윗도 그렇게 하고 싶었을 거야. 하지만 봐라. 주께서 크라이스트안나에게 보여 준 건 끔찍한 기적이었어. 내가 기적이라고 했나? 그보다는 심판에 가깝겠군. 암울한 밤, 바다의 용들이 내린 심판. 한번 생각해 봐라. 그들의 영혼조차 미처 준비 못 했을 것 아니냐! 바다가 지옥으로 가는 문이 된 거지.」

아저씨의 장광설과 목소리는 기이하게 격앙되어 있고 태도 역시 평소와 달리 감정을 크게 드러내고 있었다. 마지막 말을 하면서는 손바닥으로 내 무릎을 짚고 창백해진 얼굴을 올려다보지 않았던가. 그의 눈은 내면의 깊은 불길로 환히 타올랐으며 입가의 주름은 파르르 떨리기까지 했다.

로리의 등장으로 식사가 시작된 후까지 그는 생각의 흐름을 한순간도 끊어 버리지 못했다. 내 학교생활에 대해 몇 가지 질문을 던지기는 했으나 사실 그 역시 건성일 수밖에 없었다. 더욱이 평소와 같이 길고 산발적인 식사 기도 도중에도 분명 다른 생각을 하고 있었다. 「주님께서 여기 이 슬픈 바다 옆 바람길에 사는 가난하고 무지하고 게으른 죄인들을 긍휼히 여기소서.」

이윽고 그와 로리의 대화가 이어졌다.

「거기 있던가?」 아저씨가 물었다.

「아, 예!」 로리가 대답했다.

두 사람의 대화는 어딘가 은밀한 데다 당혹감까지 엿보였다. 메리도 얼굴을 붉히며 자기 접시만 내려다보았다. 이 어색한 분위기를 해소하기 위해서라도 뭔가 알은척해야 했지만 사실은 궁금증 때문에라도 묻지 않을 수가 없었다.

「물고기 말씀이세요?」 내가 물었다.

「무슨 물고기? 얘가 물고기라고 했나? 눈에 백태라도 낀 게냐? 기어이 머리에 쓰레기 지식만 가득 채운 모양이군. 그놈은 물고기가 아니라 유령이야!」

그가 거칠게 비난하고 나섰다. 나도 그렇게 간단하게 포기하고 싶지는 않았던 모양이다. 젊은이야 원래 논쟁을 좋아하는 존재 아닌가. 지금 기억하기로는, 적어도 내가 유치한 미신에 대해 열변을 토했던 것 같다.

「대학생이면 뭐해! 그런 데서 아무리 좋은 걸 배워 봐야 하나 쓸 데 없다. 봐라, 저기 저 짜디짠 황야에 아무것도 없는 줄 아냐? 매일매일 해초가 자라고 바다의 괴물들이 싸우고 햇살이 작열하는 저곳에? 천만에. 바다는 육지와 같지만 그보다 훨씬 더 끔찍해. 해안에 사람이 있으면 바다 안에도 사람이 있다. 죽었을지는 몰라도 사람은 사람인 거야. 악마도 마찬가지다. 바다 악마처럼 무서운 건 세상에 없다. 육지의 악마는 그렇게까지 끔찍하지 않아. 내가 직접 겪어 봐서 잘 안다. 오래전 젊었을 때 남부 지방에 간 적이 있어. 그곳 피위모스라는 곳에 아주 오래되고 무자비한 유령이 있었는데, 내가 이 눈으로 똑똑히 목격했어. 오래된 묘비처럼 늪에 웅크리고 있었는데, 그건 두꺼비처럼 흉측하고 오싹했지. 악마가 잡아간 사람은 없었지만, 악한 자가 나타나거나 신의 저주를 받은 자가 죄를 가득 태운 배를 몰고 그 근방을 지나갔다면, 그 괴물이 분명 곧바로 덮치고 말았을 거야. 하지만 저 깊은 바다의 악마는 선한 사람이라도 물고 늘어질 수 있다. 네가 그 사람들과 함께 크라이스트안나에 타고 있었다면, 지금쯤 당연히 바다의 자비에 대해 깨달은 바가 있었겠지. 물론 나만큼 오랫동안 바다를 항해하고 주님이 주신 눈을 제대로 사용만 했어도, 저 요란스럽고 짜고 춥고 미친 듯이 용솟음치는 존재의 사악함을 감지했겠지만 말이다. 주님의 덕으로 저 안에 살고 있는 괴물들도 마찬가지다. 바닷가재와 대왕게, 시체를 파먹고 사는 놈들, 물을 뿜고 피리를 부는 거인 고래들, 괴물 물고기들 등등 모두 다 무자비한 식욕에 눈까지 먼 기이한 괴물들이지. 오, 맙소사, 끔찍해. 바다는 공포 그 자체야!」 그가 외쳤다.

우리 모두 그의 격정은 물론 아저씨 자신에 대해서도 다소 난감해졌다. 마지막의 포효 이후 갑자기 자기 생각에 침잠한 것처럼 보였기 때문이다. 그때 예로부터 내려오는 미신에 무척 관심 많은 로리가 질문을 던지는 바람에 그는 다시 현실로 돌아와야 했다.

「그래도 바다의 괴물은 못 보신 거죠?」 그가 물었다.

「정확히 보지는 못했네. 우리 같은 사람이 보면 어디 목숨인들 남아나겠어? 언젠가 샌디 가바트라는 청년과 배를 탄 적이 있는데, 그 친구가 보고는 곧바로 황천행이었지. 클라이드 강에서 나온 지 일곱 날이 지났는데, 무척 고됐었어. 매클라우드 가문을 위해 씨앗과 보석 등을 싣고 북쪽으로 가야했으니까. 커철런스 바로 아래로 갔다가 소아 옆으로 돌아 나온 다음 긴 항해를 시작했지. 우린 코픈하우쯤에서 정박하게 될 거라고 생각했고, 그날 밤은 아무 일 없을 줄 알았어. 달은 안개에 가리고 물 위로 순풍이 불었으니까. 하지만 그건 오산이었지. 우리 머리 위로 커철런스의 깎아지른 암벽이 보였고, 그 사이로 새로운 바람이 몰아치는데 다들 식겁했어. 음, 그때 샌디가 보조 돛 줄을 잡기 위해 달려갔어. 그러고는 이제 막 펼쳐 둔 주 돛을 맡기려고 했는데 보이지 않더라고. 그때 그가 날카로운 소리를 지르기에 나는 소아 인근에 왔다고 생각해 사력을 다해 조종했어. 하지만 아니야, 그게 아니었어. 그건 샌디 가바트가 죽으면서 지르는 비명 소리였던 거야. 사실, 거의 죽은 거나 진배없는 상태였지. 어차피 30분도 채 안 돼 숨이 끊어졌으니까. 그때 그가 한 얘기가, 바다 악마나 바다 유령, 아니면 바다 귀신 같은 게 제1사장(斜檣)[6] 위로 기어 올라오더니 소름 끼치는 눈으로 그를 바라보더라는 거야. 그리고 샌디는 숨을 거두었어. 그게 무슨 뜻인지는 잘 알고 있었지. 커철런스 꼭대기에서 왜 그렇게 바람이 으르렁거리는지도. 그리고 마침내 바람이 아래쪽으로 내려왔어. 내가 어찌할 수 없는 바람. 바로 신의 노여움이었어. 그날 밤 우리는 미친놈들처럼 배를 몰았고, 가장 가까운 만 내항에 상륙했다고 생각했지. 그런데 정작 수탉들이 꼬꼬댁거리고 있는 곳은 벤베큘라 섬이더라고.」

「어쩌면 인어였는지도 모릅니다.」 로리가 말했다.

「인어! 멍청한 여편네들 같은 소리! 인어 같은 게 세상에 어디 있나?」 아저씨가 버럭 역정을 냈다.

「그런데 그 괴물이 어떻게 생겼죠?」 내가 물었다.

「뭐가 어떻게 생겨? 어떻게 생겼는지 우리가 알도록 주께서 허락하셨을 것 같으냐? 위에 머리 같은 게 달리기는 했지만 그 이상은 인간이 알 도리가 없었다.」

그때 로리가 주인의 힐난에 샐쭉하며 인어, 해마 등이 섬

6 이물에서 앞으로 튀어나온 기움 돛대.

가까이 접근해 항해 나온 선원들을 공격한 얘기들을 했고, 아저씨는 믿을 생각이 없음에도 불구하고 끝까지 들어 주었다.

「그래그래, 그럴지도 모르지. 내가 잘못 알았을 수도. 그런데 성서엔 인어 얘기가 한마디도 없단 말이야.」

「아로스 루스트에 대한 얘기도 없을 겁니다.」 로리가 따졌다. 그의 반박은 어느 정도 타당성이 있어 보였다.

저녁 식사가 끝나고 아저씨는 집 뒤의 제방으로 나를 데리고 갔다. 무척이나 덥고 조용한 오후였다. 바다 어디에도 물결 하나 보기 힘들고 소리라고는 양과 갈매기 울음뿐이었다. 자연의 휴식 때문인지 아저씨도 더 조리 있고 차분해 보였다. 그는 내 미래에 대해 담담하면서도 기분 좋게 얘기했다. 이따금 난파선과 난파선의 보물들을 언급했는데, 나도 느긋하게 그의 얘기를 들으며 머릿속으로 성심껏 그 장면을 그려 보았다. 바닷바람을 만끽하거나 메리가 피워 놓은 토탄 냄새를 맡기도 했다.

아저씨와 한 시간쯤 있었을까? 내내 바다만 바라보던 아저씨가 자리에서 일어나더니 자기를 따라오란다. 아로스 남서쪽 끄트머리의 거대한 파도가 해안 전체를 헝클어 놓고 있었다. 사실 남쪽의 샌다그 만에서는 강한 조류가 주기적으로 밀려왔다 밀려가기를 반복하지만, 집이 위치한 이곳 북쪽 아로스는 썰물 끝에 약간의 소요만이 있을 뿐이다. 게다가 그것도 거의 눈에 띄지 않을 만큼 미미한 수준이었다. 수위가 높아지면 물론 아무것도 보이지 않았다. 하지만 파도가 잔잔해지면 매끄러운 수면 위로 이따금 해독 불가능한 기이한 표시들이 드러났다. 우리는 그 기호들을 바다의 룬[7]이라고 불

7 신비한 기호나 문자.

렀다. 그런 기호가 해안을 까맣게 덮은 탓에 나와 같은 사내들은 그 기호들에서 자신과 관계있거나 맘에 드는 의미를 읽어 내며 놀기도 했다. 아저씨의 관심을 잡아끈 건 바로 그 기호들로, 무척이나 껄끄러워하는 모습이었다.

「저 물 위의 것 보이지? 저기 회색 돌들 말이다, 응? 그래, 글자 같지는 않지?」

「아뇨, 글자 같은데요. 저도 종종 봤는데, 〈C〉자 같았어요.」

그는 내 대답에 크게 실망한 듯 큰 한숨을 내쉬고 맥없이 덧붙였다.

「그래, 크라이스트안나야.」

「그보다는 저라고 생각했는데요? 제 이름이 찰스니까요.」

「전에도 봤다고? 좋아. 하지만 이상하잖아? 어쩌면 사람들 말처럼 옛날부터 기다리고 있었을지도 모르지. 그래도 끔찍한 건 마찬가지지만.」 그는 잠시 입을 다물었다가 다시 덧붙였다. 「그런데 다른 것도 봤느냐?」

「예. 내리막길 있는 로스 쪽인데 〈M〉자가 아주 선명하게 보였어요.」

「M?」 그가 아주 작은 소리로 되묻더니 잠시 생각에 잠겼다가 다시 입을 열었다. 「그래서 넌 무슨 생각을 했느냐?」

「언제나 같았습니다. 메리를 가리킨다고 생각했죠.」 나는 얼굴이 붉어졌다. 아무래도 보충 설명이 필요하겠다는 생각도 들었다.

하지만 아저씨가 워낙에 골몰한 탓에 다른 생각이 끼어들 여지가 없었다. 아저씨는 여전히 내 대답엔 귀를 닫고 그저 가만히 고개만 숙이고 있었다. 만약 그다음 말이 아니었다면 그가 아예 내 말을 듣지 않았다고 확신했을 것이다.

「그런 멍청한 얘기는 메리한테 하지 않는 게 좋겠다.」 그는 그렇게 말하고 걷기 시작했다.

아로스 만 해안을 따라 잔디가 띠처럼 길게 나 있는데, 나는 말 없는 아저씨를 따라 조용히 그 길을 걸어갔다. 사랑을 전할 호기를 놓쳤다는 사실이 다소 실망스럽기는 했지만, 나는 아저씨한테 일어난 변화를 조금 더 살펴보기로 했다. 그는 평범한 성격도 아니고, 솔직히 말하면 호감형도 못 되었다. 하지만 전에 보았던 그 어떤 최악의 경우처럼 기이한 변화를 예고하는 건 아무것도 없었다. 한 가지 사실만은 분명했다. 흔히들 말하듯, 무언가 마음을 짓누르고 있다는 것 말이다. 나는 M이라는 글자가 가리킬 만한 단어들을 머릿속으로 훑어 보았다. 비참*Misery*, 자비*Mercy*, 결혼*Marriage*, 돈*Money* 등등. 살인*Murder*이라는 단어에는 흠칫 놀라기도 했으며, 산책 방향이 바뀌었을 때조차 나는 그 단어의 역겨운 발음과 치명적 의미에 대해 곰곰이 생각하고 있었다. 그러다 우리가 다다른 곳은 시야가 양쪽으로 탁 트인 지점이었다. 뒤로는 집 방향이고 앞은 바다였다. 북쪽으로는 섬들이 점처럼 박혀 있고 남쪽으로 광활한 창공이 열린 곳. 아저씨는 그곳에 한참을 서서 넓은 수평선을 내다보았다. 이윽고 그가 돌아서더니 내 팔에 손을 얹었다.

「저기에 아무것도 없다고 생각하지?」 그가 파이프로 바다를 가리키더니 갑자기 광기에 빠진 사람처럼 고함을 쳤다. 「잘 들어, 이놈아! 저 아래엔 죽은 사람들이 있다. 그것도 쥐 떼처럼 깔려 있단 말이다!」

그는 곧바로 돌아서서 아로스의 집 쪽으로 걸어갔고 나도 조용히 뒤를 쫓았다.

메리와 단둘이 남을 수 있기를 바랐으나 그녀와 얘기를 나눈 건 저녁 식사 후 잠깐 동안뿐이었다. 나는 에두르지 않고 마음속에 담고 있던 말을 분명하게 전했다.

「메리, 내가 아로스에 온 건 희망이 있기 때문이오. 그 희망이 이루어진다면 우리 모두 빵과 안락함이 보장된 다른 곳으로 떠날 수도 있소. 물론 그 이상도 가능하다오. 나한테 그 정도 능력은 있으니까. 그런데 이 희망은 돈보다 내 마음을 더 움직인다오.」 나는 잠시 말을 멈추었다. 「그게 뭔지 당신도 알 거요, 메리.」 내 고백에 그녀는 아무 말 없이 다른 곳으로 시선을 돌렸다. 그 모습에 어느 정도 용기를 잃기는 했지만 애초부터 물러설 생각은 없었다. 「매일매일 당신만을 생각했소. 세월이 지날수록 머릿속에는 당신 생각뿐이라오. 이제 당신 없는 인생은 행복할 수도 기운을 낼 수도 없소. 당신이야말로 내 눈의 보배니까.」 그녀는 고개를 돌린 채 여전히 아무 말도 하지 않았다. 언뜻 그녀의 손이 흔들린 것 같기도 했다. 나는 불안감에 이렇게 외쳤다. 「메리, 날 좋아하지 않소?」

「오, 찰리, 지금이 그런 얘기 할 때인가요? 절 내버려 두세요. 잠시만, 잠시만 이대로 있게 해줘요. 기다림 때문에 손해를 보는 건 당신이 아니랍니다.」

울 것만 같은 목소리였다. 그래서 나는 모든 생각을 접고 그녀부터 다독여 주기로 했다.

「메리 엘렌, 더 이상 말하지 말아요. 당신을 괴롭히기 위해 온 건 아니라오. 당신의 길이 내 길이고, 당신의 시간도 마찬가지요. 그러니 당신은 내가 바라는 모든 얘기를 해준 셈이오. 다만 하나만 더 물어보리다. 도대체 무슨 걱정이 있는 거요?」

그녀는 아버지 때문이라고 했지만 자세한 얘기는 않고 고개만 저었다. 그저 아버지가 편찮은 데다 예전 같지 않다는 근심 정도였다. 난파선에 대해서는 아무것도 모르고 있었다.

「난 그 가까이 가본 적도 없는걸요. 내가 왜 그곳에 가겠어요, 찰리? 그 사람들은 오래전에 죽었어요. 차라리 자기들 물건까지 갖고 갔으면 좋으련만……. 불쌍한 분들!」 그녀에게 〈에스피리토 산토〉에 대해 묻는 게 좋은 생각 같지는 않았지만 그래도 해야 했다. 그리고 바로 첫마디에 그녀가 놀라 외쳤다.

「그리사폴에 한 사람 있었어요. 5월이었죠. 키가 작고 피부가 누렇게 뜬 사람인데 검은 옷에 손가락마다 금반지를 끼고 턱수염을 길렀다더군요. 그 사람이 그런 배를 찾아 해안을 탐색하고 다녔대요.」

로버트슨 박사가 내게 서류 정리를 맡긴 때가 4월 말경이었다. 문득 그 서류들은 자칭 스페인 역사학자라는 사람을 위해 준비된 것이었다는 생각이 들었다. 고위직의 추천장을 들고 학장을 찾아와 무적함대의 실종을 조사하라는 임무를 맡았다고 말한 자였다. 이런저런 얘기를 조합해 보건대, 금반지를 주렁주렁 매단 사람이 로버트슨 박사가 마주한 마드리드 출신의 역사가와 동일 인물일 것 같았다. 그게 사실이라면 학술 사회를 위한 정보보다는 자신의 욕심을 채울 보석을 노리고 있을 가능성이 컸다. 나는 일을 서둘러야겠다고 다짐했다. 내 짐작대로 배가 샌다그 만에서 가라앉았다면 절대 그 욕심쟁이 모험가에게 빼앗길 수는 없었다. 그건 메리와 나, 그리고 착하고 정직하며 친절한 다너웨이 가문을 위한 선물이어야 했다.

3
샌다그 만의 땅과 바다

나는 다음 날 일찍 일어나, 아침을 먹는 둥 마는 둥 탐험 여행에 착수했다. 마음속 무엇인가가 분명하게 무적함대 선박을 찾아야만 한다고 말하고 있었다. 그렇다고 그처럼 희망적인 생각에만 전적으로 빠져 있는 건 아니었지만, 나는 여전히 경쾌한 기분에 발걸음도 무척이나 가벼웠다. 아로스는 매우 험한 섬이다. 지면은 거대한 바위와 히스들로 가득 덮여 있었다. 길은 가장 높은 야산을 북쪽과 남쪽으로 가로질렀는데, 4킬로미터가 못 되는 길인데도 평평한 길을 다닐 때보다 네 배 이상의 시간과 노력이 들었다. 나는 정상에서 잠시 숨을 골랐다. 1백 미터도 채 안 되는 높지 않은 산이었지만, 로스의 인근 저지대들보다는 훨씬 높은 터라 바다와 섬들이 한눈에 내려다보였다. 조금 전 떠오른 햇볕에 벌써부터 목덜미가 따끔거렸다. 바람은 늘쩍지근하고 불길했다. 아주 맑은 날인데도 섬이 제일 많이 운집해 있는 북서쪽 저 멀리로 대여섯 개의 작은 먹구름이 무리를 지어 떠 있었다. 벤 키아우도 가느다란 구름자락이 아닌, 습기를 잔뜩 머금은 두꺼운 차양을 머리에 쓰고 있었다. 기어이 비를 퍼붓고야 말 날씨라는 얘기다. 바다는 유리처럼 매끈했다. 루스트조차 넓은 거울의 균열 같고 메리 맨조차 작은 거품들에 불과했으나, 이곳을 너무도 잘 아는 내 귀와 눈에는 바다 역시 불안해 보였다. 지금은 파도 소리도 기나긴 한숨처럼 들렸다. 겉으로 평온해 보이는 것과는 달리 루스트는 분명 불행을 꿈꾸고 있었다. 우리 같은 이 지역 주민들이라면 이 기이하고 위험천만한 조류에 대해, 통찰력까지는 아니더라도 적어도 예감 정도는 지니고 있었다.

그 때문에 나는 아로스의 비탈길 아래로 걸음을 재촉해 이른바 샌드그 만 지역으로 내려갔다. 섬 크기에 비한다면 무척이나 넓은 만으로, 항풍을 제외한 그 어떤 위험으로부터도 자유로운 곳이다. 서쪽으로 백사장과 모래톱이 있고 낮은 사구로 둘러싸였으며, 동쪽으로는 높다란 바위 턱을 따라 깊고 깊은 바다가 넘실거렸다. 만조 때면 조류가 만 안으로 밀려들어 온다고 아저씨가 말한 곳이 바로 이 지점이다. 잠시 후 루스트가 용솟음치기 시작하면 역방향으로 흐르는 암류도 훨씬 더 강해질 것이다. 샌드그 만 너머로는 수평선 일부 외에는 아무것도 보이지 않으나, 모진 날씨엔 파도가 심해의 암초 위로 높이 날아다닌다.

조금 전 언덕을 반쯤 내려오다가 지난 2월에 난파되었던 배를 알아보았다. 상당한 용적의 쌍돛 배가 허리가 부러진 채 백사장 동쪽 모퉁이에 누워 있었다. 나는 곧장 그쪽으로 방향을 잡아 풀밭 가장자리까지 거의 다 다다랐는데, 언뜻 눈에 잡히는 게 있었다. 양치류와 히스가 제거된 공터인데, 길고 낮은 구릉이 흡사 공동묘지의 무덤처럼 보였다. 나는 총 맞은 사람처럼 그 자리에 우뚝 멈춰 섰다. 그 섬에서 죽은 사람이나 매장에 대해서는 아무 얘기도 들은 바 없었다. 로리, 메리, 그리고 아저씨 모두가 똑같이 침묵하고 있었다. 하지만 적어도 내가 그녀에게 확신하는 것은 그녀는 전혀 아는 바가 없다는 사실이다. 이렇게 눈앞에 분명한 증거가 있지 않은가. 여기 무덤이 있다. 난 오한을 떨치며 이렇게 묻지 않을 수 없었다. 파도 몰아치는 이곳 오지에서 최후의 잠에 들어 주님의 손짓을 기다리는 이가 도대체 누구란 말인가? 머릿속에 떠오른 답은 섬뜩한 것들뿐이었다. 난파된 것만은 분명했다. 어쩌면 그 옛날 무적함대의 선원들처럼 바다 건너 아득한 부자 나라에서 왔을 수도 있다. 아니면 내 친족이 고향의 연기가 보이는 지척의 거리에서 죽었을 수도 있다. 나는 한동안 무덤 옆에 서서, 이 불행한 이방인을 위해 누군가 우리 식으로 기도를 올려 주거나 아니면 옛날 방식으로 그의 불행을 기려 주었기를 바랐다. 그의 뼈는 이곳 아로스에 누워 있지만, 불후의 영혼은 저 멀리 영원한 악마의 연회나 지옥의 고통 사이를 떠돌며 나팔이 울리기만을 기다리고 있을 것이다. 어쩌면 지금 바로 내 옆에 서서 자신의 무덤을 지키거나, 불운의 현장을 떠돌고 있을지 모르겠다. 생각이 거기에 이르자 갑자기 두려워졌다.

나는 무덤에서 눈을 떼어 무덤만큼이나 암울한 난파선을 돌아보았다. 아마도 내 영혼 또한 그림자가 잔뜩 드리워졌으리라. 조금씩 밀물이 들기 시작했는데, 선수(船首)는 아직 물 위로 드러나 있었다. 배는 앞 돛대 조금 뒤쪽에서 둘로 갈라졌고, 돛대는 둘 다 짧게 부러져 있었다. 경사가 갑자기 벼랑처럼 가팔라진 지점이어서 이물은 고물보다 몇 미터 아래 누워 있었다. 무척이나 크고 넓은 균열이라, 처참한 선체의 반대편까지 볼 수 있었다. 선박의 이름은 벗겨지지 않고 남아 있었으나. 그 이름이 노르웨이의 도시 크리스티아니아에서 따온 것인지, 아니면 『천로역정』에 나온 기독교인의 선한 아내 크리스티아나를 염두에 둔 것인지는 알 수 없었다. 겉모습으로 보아 외국 배가 분명했지만 그 역시 국적까지는 불분명했다. 원래의 녹색은 바래고 쓸렸으며 페인트가 벗겨진 곳도 있었다. 파손된 큰 돛대도 모래에 묻힌 채 배와 나란히 누워 있었다. 참으로 쓸쓸한 모습이었다. 선원들이 목 놓아 소리치며 단단히 붙잡고 있었겠지만 지금은 선체 주변에 늘어져 있는 로프들이나 선박 여기저기로 옮겨 다니며 제 기능을 다했을 작은 석탄 통 역시 처량해 보이기는 마찬가지였다. 그리고 파도를 수없이 이겨 낸 천사 모양의 이물 장식은 언제부터인지 코가 떨어져 나간 채였다.

배 때문인지, 무덤 때문인지는 모르겠지만 마음이 무척이나 무거웠다. 나는 한 손을 짚고 낡은 재목에 기댄 채 그 자리에 서 있었다. 낯선 해안에 버려진 사람들과 수명을 다한 배들에 대한 향수가 마음을 강타했다. 타인의 애처로운 불행을 이용해 한몫 잡겠다는 시도는 야비한 탐욕일 수밖에 없었다. 내 목적 역시 본질적으로 불경스러운 욕심에 불과했으나, 나는 메리를 생각하며 마음을 다잡았다. 아저씨는 절대 경솔한 결혼을 허락할 분이 아니다. 그녀 역시 부친의 용인 없이 내게 마음을 허락하지 않을 것이다. 게다가 미래의 아내를 위한 노력이야말로 당연한 의무가 아니겠는가. 나는 저 거대한 바다의 궁전 〈에스피리토 산토〉가 샌드그 만에 뼈를 묻은 지 얼마나 오랜 세월이 지났으며, 따라서 오래전에 소멸된 권리와 불행을 고려한다는 게 얼마나 부질없는지를 떠올리며 씩 웃기까지 했다.

배의 잔해 위치에 대해서는 이미 추론해 두었다. 조류와 수심 모두 만의 동쪽 바위 턱 아래를 가리켰다. 샌대그 만에서 실종된 후 몇 세기가 지난 지금까지 잔해가 해체되지 않았다면, 분명 그곳에 있어야 한다. 이미 말했듯이 물이 급속히 깊어지고 심지어 암벽과 가까운 지점이라면 수심 몇 미터 이내일 것이다. 나는 가장자리를 따라 걸으며 모랫바닥을 자세히 살폈다. 수면에 비친 태양이 밝은 녹색으로 빛나 만 자체가 보석상의 거대한 투명 수정 같았다. 하지만 눈에 보이는 것이라고는 간헐적인 파도와 수면에 떠 있는 햇살, 그물 모양의 그림자, 그리고 간간히 파도와 해변을 따라 부서지는 거품들뿐이었다. 암벽의 그림자들은 그 발치에서 멀리 뻗어 나왔고, 그 끝에서 허리를 숙인 채 어슬렁거리는 내 그림자도 만을 가로지르며 길게 누워 있었다. 그 다양한 그림자 띠를 뚫고 〈에스피리토 산토〉를 찾아야 했다. 정확한 위치는 모르겠으나 배는 분명 암류가 강하게 흐르는 그곳에 있을 것이다. 찌는 더위에도 불구하고 바닷물은 차가워 보였다. 배가 있으리라고 추정한 부근은 더욱 차게 느껴졌으며, 다채롭고 청아하기가 그지없어 덕분에 바닷속을 보는 게 기분 좋았다. 하지만 탐색의 결과는 기껏 물고기 몇 마리, 다시마숲, 모랫바닥에 비스듬하게 누운 바위 몇 개가 전부였다. 암벽의 한끝에서 다른 끝까지 두 번이나 헤집었으나 난파선을 찾아내기는커녕 위치조차 짐작이 불가능했다. 의심 가는 곳이 한 군데 있기는 했다. 10미터 물속에 넓은 단구(段丘)가 모랫바닥 위로 상당한 높이까지 솟아 있는데, 위에서 보니 내가 서 있는 바위에서부터 뻗어 나간 모양이었다. 바로 그곳에 거대한 다시마숲이 무덤처럼 형성돼 있었는데 자연적으로 생긴 건 아닌 것 같고, 형체와 크기가 배의 선체와 비슷해 보였다. 최소한 기댈 곳은 거기밖에 없었다. 〈에스피리토 산토〉가 다시마 아래 없다면 샌다그 만에는 없다는 얘기가 된다. 난 당장 의혹을 해소할 준비를 했다. 그 후엔 부자가 되어 아로스로 돌아가거나, 아니면 영원히 부자의 꿈만 안고 살아야 할 것이다.

나는 옷을 완전히 벗고 두 손을 그러쥔 채 암벽 끝에 섰다. 자신이 없었다. 그 시간, 만은 완전히 고요했다. 어딘가에서 들리는 돌고래 떼 울음소리가 전부였으나, 문제는 뭔가 근거 없는 두려움이 모험의 가장자리에 선 나를 붙들고 있다는 것이었다. 우울한 느낌의 바다, 아저씨의 미신들, 죽은 자와 무덤, 오래전에 난파된 배 따위가 머릿속을 헤집었다. 하지만 나는 어깨와 심장을 뜨겁게 달구는 햇볕에 의지한 채 상체를 숙이고 곧바로 물속으로 뛰어들었다.

단구를 빽빽이 채운 다시마 자락을 잡기 위해 할 수 있는 건 다이빙뿐이었다. 일단 그곳까지 입수하자 나는 두껍고 미끄러운 줄기를 한 팔 가득 끌어안고 두 발을 가장자리에 고정시켰다. 주변을 둘러보니 깨끗한 모래가 사방으로 끝없이 펼쳐져 있었다. 모래는 암벽 뿌리에서 시작해 조류를 따라 정원의 오솔길같이 생긴 곳으로 휩쓸려 들어가고 있었다. 눈에 보이는 것이라곤 햇빛 찬란한 바닥 위에 여러 겹으로 쌓인 모래뿐이었다. 내가 서 있는 단구는 히스 수풀만큼이나 튼튼한 해초들로 가득했다. 단구의 뿌리에 해당하는 암벽에도 갈색의 리아나[8]들이 치렁치렁 매달려 있었다. 이렇게 복잡해 보이는 것들이 쉴 새 없이 흔들리는 바람에 사물의 형체를 알아보

8 열대산 칡.

는 건 쉬운 일이 아니었다. 내가 발을 딛고 있는 게 천연 암석인지, 아니면 무적함대의 보물선 갑판인지도 판단이 서지 않았다. 그리고 그때 손으로 잡은 다시마 다발이 뽑히며 난 순식간에 수면 위로 떠오르고 말았다. 해안 풍경과 반짝이는 물이 진홍빛의 영광처럼 두 눈을 어지럽혔다.

　나는 다시 바위로 기어올라 발밑에 다시마를 내던졌다. 그때 동전이 부딪히는 것 같은 예리한 소리가 들렸다. 고개를 숙여 보니 그곳엔 붉은 녹으로 뒤덮인 구두 죔쇠가 놓여 있었다. 그 보잘것없는 유물에 난 심장이 얼어붙는 듯했다. 희망이나 두려움 때문이 아니라 애잔한 안티끼움 때문이었다. 나는 죔쇠를 집어 들었다. 문득 물건 주인의 모습이 마치 실존인물처럼 눈앞에 그려졌다. 세파에 찌든 얼굴, 어부의 손, 닻을 감아올리며 수없이 부른 노래로 잔뜩 쉰 목소리, 한때 죔쇠를 매단 구두를 신고 흔들리는 갑판을 수도 없이 걸었을 바로 그 발, 나와 마찬가지로 머리카락과 피와 눈과, 인간적 특징 모두를 지닌 그가 바로 그 햇빛 찬란한 고도(孤島)에서 유령이 아닌, 마치 내게 비열한 상처를 입힌 친구처럼 나를 바라보고 있었다. 거대한 보물선이 정말 그 아래 있는 걸까? 스페인에서 떠날 때처럼 대포와 사슬과 보물을 그대로 싣고? 갑판은 해초 정원이 되고 선실은 물고기 서식지로 변하고, 노랫소리 대신 물 밑을 휩쓰는 암류 소리와 선원들의 바쁜 움직임 대신 포문 위로 다시마의 흔들림만 남긴 채? 그 활기 넘치던 바다의 궁전이 결국 샌다그 만의 암초가 되어 버린 건가? 아니, 그보다는 이 죔쇠가 외국의 어느 불행한 범선에서 떨어져 나온 잔해일 가능성이 더 클 것 같다. 이것을 구입한 사내는 나와 동시대 사람으로 나와 똑같은 뉴스를 듣고 같은 생각을 하며, 어쩌면 나와 같은 교회에서 기도를 했을지도 모를 일이다. 그때 문득 끔찍한 생각이 떠올랐다. 〈죽은 자가 저 아래 있어!〉 아저씨의 이 말이 뇌리를 때린 것이다. 다시 한 번 다이빙을 하기로 작정했음에도 불구하고, 바위 가장자리로 다시 나설 때에는 자꾸만 뒤에서 무엇인가가 잡아당기는 기분까지 들었다.

그 순간, 만 전반에 걸쳐 거대한 변화가 일어났다. 이제 더이상 유리로 지붕을 덮은 집처럼 깨끗하고 투명한 실내도 아니고, 수중에 햇살이 조용히 잠드는 곳도 아니었다. 산들바람이 수면을 훑고 지나더니, 근심과 어둠이 바다의 가슴을 채우고, 번뜩이는 햇빛과 구름의 그림자들이 혼란스럽게 서로를 밀어냈다. 바다 밑의 단구도 미미하게 떨리기 시작했다. 그런 물속에 뛰어드는 건 위험한 일이다. 그러나 마침내 내가 바닷속으로 뛰어들었을 때 내 영혼은 요동치고 있었다.

처음에는 중심을 잡는 데 성공했다. 그러고서 흔들리는 다시마숲 속을 더듬었으나 손에 걸리는 것이라곤 모두 차고 매끄럽고 끈적거리는 느낌뿐이었다. 덤불은 게와 가재들로 가득했는데, 놈들이 삐딱한 걸음으로 돌아다니는 바람에 썩은 시체가 있는지 더욱 신경을 써야 했다. 사방에서 돌의 틈새나 거친 면이 만져졌으나 널빤지나 쇳덩이 등 난파선의 파편 같은 건 하나도 없었다. 〈에스피리토 산토〉는 그곳에 없었다. 실망스러운 사실이지만 한편으로는 다행이라는 생각도 들었다. 나는 모든 걸 포기하기로 했다. 어차피 황급히 수면으로 달아날 이유도 충분했다. 모험에 너무 시간을 지체한 터라 조류의 방향이 바뀌고 있었던 것이다. 혼자 수영하기엔 샌다그 만은 더 이상 안전한 곳이 못 되었다. 그런데 그 순간 갑작스러운 암류가 다시마숲 사이를 휩쓸고 지나갔다. 나는 한 손을 놓치고 옆으로 넘어지고 말았다. 나는 헉하고 숨을 몰아쉬며 본능적으로 뭐든 잡으려 했는데, 순간 내 손에 뭔가 차갑고 딱딱한 물건이 잡혔다. 나는 그 자리에서 그 물체의 정체를 알 수 있었고, 즉시 다시마를 잡았던 손을 놓고 수면으로 달아나 곧바로 안전한 바위 위로 기어올라 갔다. 내 손엔 사람의 다리뼈가 들려 있었다.

인간은 미련한 존재라, 사고도 느리고 관계를 깨닫는 것도 둔하기 짝이 없다. 무덤, 쌍돛 범선의 난파, 녹슨 구두 죔쇠만 두 사실 뻔한 증거였다. 그 정도면 어린 아이들도 그들의 임울한 이야기를 읽어 냈을 것이다. 그럼에도 불구하고 납골당의 공포가 내 영혼을 강타한 건 기껏 인간의 뼈를 건드리고 나서였다. 나는 뼈를 죔쇠 옆에 내려놓고 옷을 집어 든 다음 인간들이 모여 있는 해안을 향해 미친 듯이 달리기 시작했다. 가능한 한 멀리 달아나고 싶었다. 이 세상의 어떤 보물도 나를 다시 그곳으로 불러들이지 못할 것이다. 익사자들의 뼈가 다시마숲 속에 있든, 아니면 금화를 덮고 있든, 더 이상 내가 건드리는 일은 없을 것이다. 나는 벗은 몸에 옷을 걸치자마자 난파선에 무릎을 꿇고 기대어, 바다의 모든 불쌍한 영혼들을 위해 길고도 열정적인 기도를 올렸다. 정성을 다한 기도가 외면당하는 경우는 없다. 청이야 거부당할 수 있으되 구도자만은 어떤 식으로든 은총을 받게 된다. 덕분에 내 마음을 짓눌렀던 두려움은 걷혀 나갔다. 나는 차분해진 마음으로 저 밝고 광활한 피조물, 하느님의 바다를 내려다보았다. 집으로 돌아가기 위해 아로스의 험로를 오를 때에는, 더 이상 난파선의 전리품이나 사자의 보물을 건드리지 않겠다는 굳은 각오뿐이었다.

나는 어느 정도 언덕을 오르다가 잠시 멈춰 서서 호흡을 고르며 뒤를 돌아보았다. 그때 내 눈에 보인 광경은 기이하기 짝이 없었다.

우선 조금 전 언급했던 폭풍이 빠른 속도로 접근하고 있었다. 눈부실 정도로 밝았던 수면도 주름진 납같이 혐오스러운 빛깔로 채색되고 있었다. 아로스엔 아직 비바람이 닿지도 않았건만, 저 먼 곳에선 〈선장의 딸〉이라는 별명의 흰 파도가 쇄도해 들어오기 시작했다. 샌다그 만의 만곡(彎曲)을 따라 바닷물이 튀어 오르는 소리가 나한테까지 들려왔다. 하늘의 변화는 더욱 심각했다. 남서쪽으로 짙고 험악한 먹구름이 무럭무럭 일어나고, 여기저기 햇살이 구름의 균열을 통해 마치 두꺼운 창(槍)처럼 지상으로 떨어져 내렸다. 하늘 가장자리마다 검은 구름자락들이 일어나며 아직은 청명한 하늘을 탐색하고 나섰다. 위협은 분명하고도 긴박했다. 내가 바라보는 동안 태양도 완전히 가리고 말았다. 지금 당장이라도 아로스에 가공할 만한 폭풍이 휘몰아칠 기세였다.

갑작스러운 날씨 변화에 나는 하늘에서 눈을 뗄 수가 없었다. 한참 후에야 발밑에 펼쳐진 만을 내려다보니 바다를 비추던 햇빛도 금세 사라져 버렸다. 지금 서 있는 야산은 비탈 아래쪽으로 작고 둥근 둔덕의 옆구리가 바다를 에두르고 있었고, 저 너머로 누런빛의 둥근 해안선과 샌다그 만의 바다가 내려다보였다. 이따금 내가 감상하던 풍광이었으나, 그곳에서 인간의 형체를 본 적은 한 번도 없었다. 내가 막 등을 돌렸을 때에도 백사장에는 아무도 없었기 때문에, 그 황량한 곳에서 언뜻 배 한 척과 남자 몇이 눈에 띄자 환각이라고 생각했다. 배는 암벽 옆에 놓여 있었다. 사내 둘은 모자도 벗고 소매도 걷어 올렸다. 한 사람이 갈고리 장대를 이용해 배를 정박하려 했지만 조류가 시시각각 사나워지는 통에 애를 먹는 듯했다. 바위 턱에서 조금 떨어진 곳엔 지위가 높은 듯한 검은 옷의 남자 둘이 보였다. 그들은 머리를 맞대고 뭔가에 열중해 있었다. 자세히 들여다보니 두 사람은 나침반으로 방향을 재는 중이었다. 그때 한 사람이 종이 두루마리를 펼치며 손가락으로 뭔가를 가리켰다. 지도의 특정 지점인 모양이었다. 한편 세 번째 남자는 암벽 사이를 오가기도 하고 가장자리에 서서 물속을 내려다보기도 했다. 나는 놀란 가슴으로 그들을 지켜보았다. 도대체 무슨 짓들을 하려는 걸까? 그때 세 번째 남자가 허리를 굽히더니 나한테까지 들릴 만큼 커다란 소리로 동료들을 불러들였다. 다른 사람들이 달려갔다. 심지어는 서두르느라 나침반을 떨어뜨리기까지 했다. 내가 놓아둔 뼈와 쥠쇠가 그들의 손에서 손으로 옮겨 다녔다. 과장된 몸짓들을 보아하니 서로에게 놀라움과 관심을 표하는 모양이었다. 바로 그때 배의 선원들이 고함을 지르더니 서쪽의 먹구름을 가리켰다. 구름은 점점 더 빠른 속도로 하늘을 뒤덮고 있었다. 다른 사람들이 상의를 하는 듯했으나 모험을 걸기엔 위험이 너무 컸다. 결국 그들은 내가 발견했던 유물들을 들고 배에 타더니 있는 힘껏 노를 저어 만 밖으로 빠져나갔다.

나는 곧바로 돌아서서 집으로 달려갔다. 그들이 누구이든 간에, 나 혼자 고민하느니 한시라도 빨리 아저씨한테 알리는 게 좋을 것 같았다. 자코바이트[9]들이 급습하는 데 아주 늦은

9 제임스 2세의 지지자들을 일컬음. 제임스 2세는 전제 왕정을 입헌 군주제로 바꾼 명예혁명에서 왕위를 잃는다.

시각도 아닌 데다, 아저씨가 그렇게나 혐오하는 찰리 왕자[10]가 바위 위에 있던 세 사람 중 하나일 수도 있지 않은가. 하지만 바위와 바위를 뛰어넘으며 머릿속으로 곱씹는 동안, 그 가설은 점점 더 논리를 잃어 갔다. 나침반, 지도, 쇠붙에 대한 관심, 그리고 발밑의 물속을 자꾸만 내려다보던 사내의 행동으로 보아, 서해의 이 외딴섬에 나타난 이유는 아무래도 다른 데서 찾아야 할 것 같았다. 마드리드의 사학자, 로버트슨 박사가 맡긴 조사 업무, 반지를 잔뜩 낀 이방인, 이날 아침의 무의미한 샌다그 만 해저 탐색 등이 하나씩 머릿속에서 아귀를 맞춰 나가기 시작했다. 그리고 나는 그 이방인들이 무적함대의 고대 보물과 사라진 선체를 찾아 나선 스페인인들이라고 확신했다. 아로스 같은 외딴섬에 살고 있는 사람들은 그들 자신의 안전을 책임져야 한다. 그들을 보호하거나 도와줄 기관 따위가 있을 리 없기 때문이다. 그런 곳에 나타난 외국 모험가들은 대개 가난하고 탐욕스러운 무법자일 가능성이 컸다. 아저씨의 돈은 물론 그 딸의 안전까지 불안했다. 나는 아로스 정상에 다다라 숨을 헐떡이며, 어떻게 하면 그들을 제거할 수 있을지 궁리해 보았다. 세상은 어두움으로 뒤덮여 있고 동쪽 극단의 본토 언덕에서만 마지막 햇살이 보석처럼 빛날 뿐이었다. 비도 내리기 시작했다. 폭우까지는 아니지만 빗방울이 꽤나 굵었다. 바다는 매 순간 포효가 거세졌으며, 이미 하얀 포말의 띠가 아로스와 그리사폴의 해안을 에워쌌다. 배는 아직도 바다를 향해 노 저어 가고 있었다. 그런데 아

10 찰스 에드워드 스튜어트. 제임스 2세의 손자. 봉기를 일으켜 스코틀랜드를 장악하나 결국 6개월 동안 이곳에 피신해 있다가 유럽으로 몰래 달아난다.

로스의 남쪽 끝으로 돛대를 잔뜩 매단 웅장한 대형 범선이 떠 있는 게 보였다. 아침에 날씨의 징후들을 살필 때는 물론, 거의 돛 하나 없던 수평선을 둘러볼 때만 해도 없던 배였다. 어젯밤에 무인도 뒤에 숨어 있었던 모양인데, 이것은 결국 우리 해안에 무지한 자들이라는 얘기였다. 비록 문제가 없어 보이지만 그 배가 닻을 내린 곳은 배의 지옥과 다를 바 없는 곳이니 말이다. 이 거친 해안에 그런 무지한 선원들이라니. 저 돌풍이 그 배에 죽음을 가져다주지 않는다면 그게 더 이상할 노릇이었다.

4
돌풍

아저씨는 손가락에 파이프를 끼운 채 박공지붕 아래서 날씨 변화를 살피고 있었다.

「아저씨, 샌다그 만 해변에 사람들이…….」

난 더 이상 말을 잇지 못했다. 할 말은 물론 피곤함까지 잊고 말았다. 고든 아저씨의 반응이 그만큼 이상했기 때문이었다. 그는 파이프를 떨어뜨리고 고개를 숙이더니 털썩 벽에 기댔다. 두 눈은 멍했고 긴 얼굴은 백지장처럼 창백했다. 그렇게 거의 15초 정도 서로를 바라보고 나서야 그가 특유의 어투로 말했다.

「그가 털모자를 쓰고 있었던가?」

지금 샌다그에 매장되어 있는 남자는 털모자를 썼었고 해변에 왔을 땐 살아 있었다는 사실을, 마치 나는 그 자리에 있었던 것처럼 잘 알고 있었다. 내 은인이자 내가 결혼하고자 하는 여인의 부친에게 화가 난 건 그때가 처음이었다.

「이들은 살아 있는 사람입니다. 자코바이트이나 프랑스 사람일 수 있어요. 해적일 수도 있겠죠. 아니면 스페인 보물선을 찾으러 온 모험가들일 겁니다. 아무튼 그들이 누구이든

간에, 적어도 따님한테 위험할 수 있습니다. 아저씨의 죄의식 때문이라면 걱정 마세요. 죽은 자는 아저씨께서 묻어 준 곳에서 편안히 쉬고 있었습니다. 오늘 아침 그의 무덤을 봤는데, 종말이 올 때까지 깨어나는 일은 없을 겁니다.」내가 말했다.

아저씨는 눈을 깜빡이며 내 말을 듣더니 곧바로 고개를 떨구고 말았다. 무슨 말인가 하려고 했지만 아무래도 말문이 막힌 모양이었다.

「가요. 다른 사람들 생각도 해야죠. 저와 함께 언덕에 올라가 배부터 확인해 보는 게 좋겠습니다.」내가 말했다.

그는 말 한마디, 시선 하나 주지 않고 천천히 내 성마른 걸음을 따라왔다. 평소 같으면 이 바위 저 바위 뛰어다녔을 테지만, 지금은 기운 하나 없이 내 뒤를 따라 무겁게 기어오를 뿐이었다. 아무리 외쳐도 서두를 기색을 보이지 않았다. 내 호통에 딱 한 번 불평하듯 답하기는 했는데, 어디 아프기라도 한 사람 같았다.

「이런, 가고 있잖아.」정상에 다다르기 한참 전부터 그가 불쌍하다는 생각이 들었다. 아무리 끔찍한 죄를 저질렀다 해도 이미 그에 걸맞은 벌을 받은 것과 진배없지 않은가.

마침내 우리는 언덕 능선 위에 도착해 사방을 둘러보았다. 보이는 곳마다 온통 시꺼맸고 폭풍의 기운이 들끓고 있었다. 마지막 햇살마저 사라져 버리자 바람은 더욱 거세졌다. 돌풍까지는 아니더라도 상당히 불안정하고 세찬 바람이었다. 반면에 비는 그친 터였다. 간헐적이기는 했으나 내가 그곳을 떠나기 전보다 바다의 용솟음은 훨씬 더 거세져, 암초 위로 부서지고 아로스의 바다 동굴로 파고들며 큰 소리로 울부짖기 시작했다. 처음엔 스쿠너[11]도 보이지 않았다.

「저기 있어요.」내가 마침내 소리쳤다. 그런데 배의 위치와 경로가 어딘가 이상했다. 「설마 파도와 싸우려는 건 아니겠죠?」내가 외쳤다.

「바로 맞혔다.」아저씨가 말했다. 어쩐지 기쁘다는 투다. 그리고 그때 스쿠너가 이물을 돌리더니 다시 비스듬한 맞바람에 갈지자로 움직였다. 더 이상 의심의 여지는 없었다. 이방인들은 돌풍이 임박하자 제일 먼저 배를 조종할 만한 여지를 생각했을 것이다. 바람과 암초의 위협을 받으며 저 격렬한 조류와 싸운다면 항로는 곧바로 황천길이 되고 말 것이다.

「맙소사! 그럼 다 죽어요!」내가 외쳤다.

「그래, 모두, 모두 죽는다. 카일 도나로 달아나는 것밖에는 도리가 없어. 지금 당장 그 문으로 가지 않으면, 저 끔찍한 악마를 뚫고 나가 뱃길을 찾는 건 불가능하다. 아하, 난파하기엔 더없이 좋은 밤이구나! 열두 달 사이에 두 척이나! 하, 메리 맨이 신나게 춤을 출 거야.」

나는 그를 보았다. 더 이상 제정신이 아니라는 생각이 든 건 그때부터였다. 그는 동정이라도 구하듯 나를 힐끗 올려다보았다. 두 눈에 멋쩍은 미소가 가득했다. 나는 지금까지의 일은 모두 제쳐 놓았다. 아무래도 새로운 재앙이 닥칠 것만 같았다.

「아직 늦지 않았다면 배를 끌고 나가 저들에게 경고하겠습니다.」내가 분개하며 말했다.

「아니, 안 돼! 상관하지 마라. 저런 일엔 끼어드는 게 아니야. 그분의 ─」이때 보닛을 벗으며 그는 말을 이어 갔다. 「의

11 두 개 이상의 돛대에 세로돛을 단 배.

지니까. 그분의 의지고말고. 어쨌든, 봐라, 난파하기엔 기막힌 밤이야!」

알 수 없는 두려움이 영혼을 파고들기 시작했다. 그래서 난 식사 전이라는 핑계를 대며 집으로 돌아갈 것을 종용했다. 하지만 그는 구경거리를 떠나려 하지 않았다.

「찰리, 저 폭풍의 역사를 지켜봐야겠다.」 그의 주장이었다. 그때 재차 선박의 이물이 돌기 시작했다. 「오호, 솜씨가 제법인걸. 이것에 비하면 〈크라이스트안나〉는 아무것도 아니로군!」

범선 갑판의 사람들도 이미 선박을 둘러싼 위험과 저주를 어느 정도 깨닫기 시작했겠지만, 사실 진짜는 아직도 멀었다. 저 변덕스러운 바람이 불 때마다 조류가 얼마나 빨리 그들을 삼킬 수 있는지, 그리고 바람과의 싸움도 점점 짧아지고 또 점점 무의미해진다는 것도 알았음이 틀림없다. 매 순간 물살은 폭발하듯 용솟음치며 물속의 암초 위로 거품을 토해 냈다. 파도의 골마다 갈색의 암초가 보이고 다시마들이 흐느적거렸다. 바람을 비껴 갈지자 항로를 유지해야 했지만, 저 배에 그 사실을 알 만큼 똑똑한 자가 있을 것 같지는 않았다. 심장을 지닌 인간이라면 저 목불인견의 상황 전개에 몸서리를 쳤겠으나, 아저씨는 오히려 감식가처럼 흡족한 미소까지 지어 보였다. 내가 돌아서서 언덕을 내려올 때에도 그는 정상에 배를 깔고 엎드린 채 두 손으로 히스를 움켜쥐고 있었다. 몸과 마음이 다시 젊어지기라도 한 것 같았다.

우울한 기분으로 집에 돌아왔건만 메리를 보자 난 그만 더욱 낙담하고 말았다. 그녀는 소매를 튼튼한 팔 위로 접어 올린 채 조용히 빵을 만들고 있었다. 나는 조리대에서 빵을 하나 집고 자리에 앉아 아무 말 없이 먹기 시작했다.

「피로해 보여요.」 그녀가 한참 후에 말했다.

나는 자리에서 일어나며 대답했다.

「피로해서 그러는 게 아니오, 메리. 그보다 자꾸 미뤄지는 게 두렵소. 아로스도 이제 재미가 없고. 메리는 나를 잘 아니까 내가 원하는 게 뭔지 알잖소? 이봐요, 메리, 이것 하나만은 분명하오. 당신도 다른 곳으로 떠나야 하오.」

「나도 분명한 것 하나는 있어요. 난 의무가 부르는 곳에 있을 거예요.」

「잊었소? 당신의 의무는 당신 자신한테 있는 거요.」 내가 말했다.

「그래요? 성서 어디 그런 말이 적혔는지 찾아봐 주실래요, 지금?」

「메리, 지금은 나를 비웃으면 안 되오. 나도 웃을 기분이 아니라오. 당신 아버님을 모시고 떠날 수 있다면야 그보다 좋은 게 없겠지만, 아버님이 거부하시면 당신만이라도 이곳을 떠났으면 하오. 당신을 위해서. 그리고 나를 위해서. 아니, 당신 아버님을 위한 일도 되겠군. 어쨌든 이곳에서 멀리멀리 떠나고 싶소. 처음에 올 때만 해도 이곳이 고향 같은 기분이었건만 지금은 모든 게 변했소. 지금은 이곳에서 달아나는 것 말고는 그 어떤 욕망도 희망도 없구려. 그래, 바로 그렇소. 말 그대로 달아나고 싶소. 꽃의 덫에서 빠져나가는 새처럼 이 저주받은 섬을 빠져나가는 거요.」 내가 심각한 목소리로 얘기했다.

그때쯤에는 그녀도 일손을 멈춘 터였다.

「나한테 눈도 귀도 없는 줄 알아요? 바다에 던져진 이 사치품들을 갖는 게 난들 가슴 아프지 않겠어요? 당신이 한두 시간 안에 알아낸 걸 매일매일 함께 살아온 내가 왜 모르겠어요? 아뇨, 나도 뭔가 잘못되었다는 정도는 알아요. 그게 뭔지는 알고 싶지도 않지만요. 하지만 내가 끼어든다고 좋아질 일이 뭐죠? 이봐요, 나한테 아버지를 버리라는 말은 하지도 말아요. 아버지의 몸에 숨이 붙어 있는 한 함께 있을 테니까요. 그리고 아버지도 이곳에 오래 있지 않을 거예요, 찰리. 아버지도 오래는 못 있어요. 이마의 주름을 보면 알아요. 어차피 잘된 일이겠죠. 어쩌면……」

나는 한동안 아무 말도 하지 못했다. 무슨 말을 할 수 있단 말인가. 마침내 내가 고개를 들었으나 그녀가 한발 더 뺄렀다.

「찰리, 당신까지 그럴 필요는 없어요. 이 집엔 죄가 있어요. 근심도 있죠. 하지만 당신은 이방인이잖아요. 짐을 챙겨서 더 나은 곳, 더 나은 사람들한테로 돌아가세요. 그러다가 행여 돌아오고 싶으면 언제든 오세요. 행여 그게 20년 후가 될지라도 난 여기 있을 테니까요.」

「메리 엘렌, 난 당신한테 아내가 되어 달라고 했고 당신도 싫다 하지 않았소. 그러면 된 거요. 당신이 어디에 있든, 나도 그곳에 있을 거요, 주님께 맹세코.」

내가 말을 마쳤을 때 갑자기 바람이 휘몰아치다가 멈추는가 싶더니 이내 아로스의 저택을 뒤흔들었다. 최초이자 곧 임박한 폭풍우의 서막이었다. 주변을 둘러보니, 저녁이라도 된 듯 어둠이 내려앉고 있었다.

「불쌍한 바닷사람들을 굽어살피소서! 아버지는 내일 아침에나 돌아오실 거예요.」 그녀가 말했다.

우리는 난롯가에 앉았다. 거세지는 돌풍 소리를 들으며 그녀는 아저씨가 어떻게 변하게 되었는지 얘기해 주었다. 지난 겨울 내내 그는 어둡고 변덕스러웠다. 루스트가 거칠어질 때마다, 아니면 메리 말처럼 메리 맨이 춤을 출 때마다 그는 밤이면 언덕 위에, 낮이면 아로스 꼭대기에 나가 몇 시간이고 들끓는 바다와 항해하는 배를 살폈다. 2월 10일, 보물을 가져다준 난파선이 샌다그에 내던져지자 그는 기이할 정도로 즐거워했다. 그 후에도 그의 흥분은 가라앉지 않았지만, 점점 더 어두운 면이 짙어졌다. 그는 일도 내팽개치고 로리한테 아무 지시도 내리지 않았다. 두 사람은 툭하면 박공지붕 아래 모여 낮은 목소리로 속닥거렸는데 뭔가 큰 죄를 감추려는 사람들처럼 보였다. 처음엔 그녀도 둘 중 하나를 붙잡고 영문을 물었으나 더 큰 당혹감만 갖게 되었다. 로리한테서 배 주변을 서성대는 물고기 얘기를 처음 듣고, 그의 주인은 딱 한 번 로스로 건너갔는데, 그것은 봄이 한창일 무렵 물이 완전히 빠져 바닥이 드러났을 때였다. 문제는 건너편에서 너무 오래 머문 탓에 물이 들어와 길이 끊기고 만 것이었다. 그 바람에 그는 고통의 비명을 지르며 좁은 해협을 건너야 했고, 그 후 집에 다다라서도 공포로 인한 발작을 일으키고 말았다. 그다음 날부터 그의 대화와 기도 속엔 바다에 대한 두려움, 바다에 대한 집착뿐이었다. 입을 다물고 있을 때조차 그의 표정에서는 끔찍한 두려움이 배어났다.

로리가 혼자 저녁 식사에 나타났고 곧바로 아저씨도 모습을 드러냈다. 하지만 그는 겨드랑이에 병을 끼우고 주머니에 빵을 넣고는 다시 감시를 위해 떠났는데 이번엔 로리도 동행했다.

석양이 지면서 돌풍도 절정에 이르렀다. 여름은 물론 겨울에조차 위력을 경험한 바 없는 가공할 만한 돌풍이었다. 메리와 나는 아무 말 없이 앉아 있었다. 머리 위로 집이 삐걱거리고 밖에선 폭풍이 울부짖었으며, 우리 사이의 난롯불은 빗물에 지지직거리는 소리를 내며 타올랐다. 우리 마음도 범선의 불쌍한 선원들을 떠나지는 못했다. 물론 집을 떠나 곳에 나가 있는 아저씨 생각도 했다. 거센 바람이 온몸을 박공지붕에 부딪쳐 오거나 갑자기 물러나며 〈확〉 하고 난롯불을 피워 올릴 때면, 우리는 깜짝 놀라 가슴을 쓸어내려야 했다. 폭풍이 사력을 다해 지붕 네 귀퉁이를 흔들어 대고 분노한 리바이어던처럼 울부짖더니, 이내 잔잔한 회오리바람이 방 안을 떠돌며 우리 사이를 비집거나 머리카락을 헤집어 놓았다. 그리고 다시 폭풍이 우울한 합창곡처럼 터져 나왔다. 굴뚝은 낮은 목소리로 울어 대고 플루트처럼 부드러운 바람의 흐느낌이 방 안을 떠돌았다.

로리가 들어와 나를 문 쪽으로 끌고 나간 건 8시쯤이었을 것이다. 아저씨가 동료까지 불편하게 만든 모양이었다. 로리는 그의 과도한 행동이 불안하다며 함께 감시할 것을 애원했다. 나는 부탁대로 준비를 서둘렀다. 아저씨에 대한 걱정과 밤의 전율로 인해 나 자신도 더없이 불안했기 때문에, 사실 뭐라도 해야 할 판이었다. 나는 아저씨를 안전하게 지켜 줄 터이니 걱정 말라고 메리한테 다짐한 후, 망토로 몸을 감싸고 로리를 따라 밖으로 나섰다.

한여름이 조금 지났음에도 불구하고 밤은 정월만큼이나 어두웠다. 간헐적인 여명과 칠흑 같은 어둠이 번갈아 대지를 내려쳤는데, 미친 듯이 요동치는 하늘에서 원인을 헤아리는 건 불가능했다. 바람 때문에 숨을 쉬기가 힘들었다. 머리 위의 하늘이 거대한 돛처럼 펄럭거렸다. 잠시 폭풍이 잦아들었을 때조차 먼 곳에서 으르렁거리는 돌풍의 울부짖음이 들려왔다. 바다와 마찬가지로 로스의 저지대에도 격렬한 폭풍이 몰아치는 게 분명했다. 벤 키아우의 머리 위에서 들끓는 소동은 거의 상상할 수도 없었다. 물보라와 비가 섞여 채찍처럼 얼굴을 때렸다. 아로스 주변의 파도는 천둥소리와 함께 끊임없이 암초와 해변을 두드렸다. 오케스트라 협주곡 같은 굉음이 여기저기 고저와 장단을 달리하며 터졌으나 전체적인 음량은 거의 변화가 없었다. 그리고 이 소리의 아수라장 너머 루스트의 다양한 목소리와 메리 맨의 간헐적인 포효가 들려왔다. 그들이 그런 이름으로 불리게 된 연유를 실감한 것도 바로 그때였다. 그들의 포효가 거의 기쁨의 환호처럼 들렸기 때문이다. 환호까지는 아니라 해도, 분명 본질적으로 흥겨워내는 소리였다. 그 소리는 그 밤의 다른 소음 모두를 압도했다. 아니, 심지어 인간의 목소리처럼 들리기도 했다. 야만인들이 술에 취해 이성과 언어를 잃고 울부짖듯, 그날 밤 아로스 옆에서는 그렇게 죽음의 파도가 소리치고 있었다.

로리와 나는 바람에 맞서 팔짱까지 끼고 한 걸음 한 걸음 전진을 계속했다. 젖은 풀에 미끄러지고 바위에서 함께 구르기도 했다. 흠뻑 젖은 몸으로 찢어지고 두들겨 맞고 헐떡이며 루스트가 내려다보이는 언덕 정상에 다다른 건 거의 30분이나 지나서였다. 아저씨가 특별히 좋아하는 감시소가 있는 곳이었다. 감시소 바로 앞, 가장 높고 험준한 곳에는 둔덕이 쌓여 방어벽처럼 바람을 막아 주었는데, 한 남자가 그곳에 조용히 앉아 발밑의 조류(潮流)와 미친 듯이 들끓는 파도를 내려다보고 있었다. 그는 마치 창문 밖 거리의 소란을 구경하듯 메리 맨이 공중으로 튀어 올라 뱅그르르 돌고 사라지는 모습을 지켜보았다. 그와 같은 밤, 그는 바다가 거품을 뱉으며 솟구치고 파도가 전쟁이라도 하듯 폭발음을 터뜨리며 포말이 하늘 높이 솟았다가 꺼져 버리는 암흑의 세계를 자세히 들여다본 것이다. 그렇게 격렬한 메리 맨은 나도 처음이었다. 순간적으로 사라지는 회오리 기둥의 높이는 차마 말로 다 표현할 수가 없었다. 암벽 위 우리의 머리 위로까지 하얀 기둥이 치솟았다가 순식간에 유령처럼 사라졌다. 기둥 세 개가 그런 식으로 생겼다가 사라지기도 했고, 때로는 육중한 물보라가 돌풍에 걸려 우리 주변까지 날아들기도 했다. 하지만 그 장관은 위력적이라기보다 정신없이 들끓는 쪽에 가까웠다. 그 난잡한 소음 속에선 생각이라는 것조차 불가능해서 사람들의 머릿속도 텅 빈 채 요동쳤는데, 광기라는 게 아마 이와 비슷하지 않겠나 싶었다. 때때로 내 눈은 악기 연주에 맞춰 위아래로 몸을 흔드는 듯한 메리 맨의 춤을 뒤쫓았다.

아직 몇 미터 거리가 남았지만, 때마침 터진 섬광에 칠흑의 어둠이 걷히며 순간적으로 아저씨의 모습이 드러났다. 그는 방어벽 뒤에 서서 병을 입에 댄 채 고개를 뒤로 젖힌 자세였다. 그가 나를 알아보고는 술병을 내려놓으며 대충 한 손을 머리 위로 흔들어 보였다.

「계속 술 드신 거예요?」 내가 로리에게 소리쳤다.

「바람이 불 때면 늘 저렇게 취한답니다.」 로리가 똑같이 큰 소리로 대답했다. 대화를 하려면 그 수밖에는 없었다.

「그럼, 2월에도 그랬어요?」 내가 물었다.

로리의 〈예〉라는 대답에 난 오히려 마음이 놓였다. 그렇다면 살인은 냉혈한의 의도된 행위가 아니라 광기에서 비롯되었으며, 그건 처벌이 아니라 사면의 근거가 될 수 있었으니까. 아저씨가 위험한 인물일 수는 있으나, 우려했던 것과는 달리 잔혹하거나 비열하지는 않다는 의미이기도 했다. 아무리 그렇다 해도, 이 불쌍한 사내가 선택한 건 대단한 술주정에 믿기 어려운 악행이 아닐 수 없다. 술주정이란 거칠고도 두려운 쾌락이자 악마적 유흥이라고 생각해 오던 터였다. 하지만 지옥의 소용돌이 위쪽, 이 어두운 벼랑 끄트머리에서 술을 마시다니! 아저씨는 루스트처럼 빙빙 도는 머리로 죽음의 문턱에 위태롭게 서서, 두 귀로 열심히 난파의 징후를 살피고 있었다. 그런 일이 아무리 가능하다 해도, 아저씨 같은 사내에겐 당연히 사실상 불가능한 일이어야 했다. 지옥을 두려워하고 불길한 미신에 벌벌 떠는 사람 아니던가. 그럼에도 불구하고 그는 그랬다. 나는 후미진 은신처에 들어가 숨을 고른 다음, 어둠 속에서 사악한 빛으로 번들거리는 아저씨의 눈을 지켜보았다.

「어, 찰리, 기가 막힌 장관이야! 저기, 놈들이 춤추는 장관을 봐라! 대단하지 않으냐?」 그가 큰 소리로 외치며 나를 지옥과 같은 곳 가장자리로 끌어당겼다. 그 아래에서는 귀가 멀 듯한 굉음이 터지고 물보라가 일고 있었다.

그는 그 말을 입맛 다시듯 내뱉었는데 그 광경과 잘 어울린다는 생각이 들었다.

그가 계속 소리를 질렀다. 가늘고 광적인 목소리가 무척이나 선명하게 들렸다.

「놈들이 스쿠너를 향해 짖어 대고 있어. 배도 점점 더 가까이 접근하고 있다. 조금씩, 조금씩, 조금씩. 그래, 놈들은 다 알고 있어. 알고 있다고. 이제 곧 저들과 함께할 것임을 알고 있는 거야. 이봐, 찰리, 스쿠너 뱃놈들은 모두 취했다. 열 명

모두. 저 〈크라이스트안나〉도 다들 취했었지. 바다에 빠져 죽은 놈치고 브랜디에 안 취한 놈이 어디 있더냐? 빌어먹을, 네가 뭘 알겠느냐?」 그가 갑자기 화를 냈다. 「하, 내 말하지만, 그건 불가능하다. 술 없이 익사할 수는 없어! 자, 너도 한 모금 마셔라!」 그가 술병을 내밀었다.

내가 거절하려는데 로리가 툭 쳐서 경고했다. 그래서 난 그 기회를 이용하기로 하고는 병을 받아 들고 벌컥벌컥 들이켰다. 물론 그보다 많은 양을 쏟아 버리기는 했다. 아저씨는 눈치채지 못하고 다시 고개를 젖혀, 병을 마저 비워 버렸다. 그가 광소를 터뜨리며 메리 맨을 향해 병을 던져 버렸다. 놈이 고함을 치며 뛰어올라 병을 삼켜 버렸다.

「이봐, 찰리! 저기 네 선물이 있다. 저것보다 더 좋은 선물은 어디에도 없을 게야.」

순간 바람이 잦아들면서 어둠을 뚫고 사람의 목소리가 또렷하게 들려왔다. 150미터도 채 안 되는 거리였다. 그리고 그 순간 언덕 위로 강풍이 불고 루스트도 새로운 분노로 굉음을 터뜨리며 미친 듯이 춤을 추었다. 하지만 분명 소리를 들었다. 물론 그 불쌍한 배가 끝내 난파 지경에 이르렀으며, 그 소리는 바로 마지막 명령을 내리는 선장의 포효임을 우리는 알고 있었다. 우리는 벼랑 가장자리에 웅크리고 앉아 고통스럽게 최후의 순간을 기다렸다. 종말은 좀체 오지 않았다. 영겁의 세월이라도 흐른 듯했다. 이윽고 한순간 파도와 맞서고 있는 스쿠너의 모습이 어렴풋이 드러났다. 돛의 아래 활대가 갑판 위로 길게 쓰러지고 접혔던 돛도 풀린 채 펄럭였다. 검은 선체 위로 키와 싸우고 있는 남자의 모습도 선명하게 드러났다. 그러다 배의 모습은 번개보다 빠르게 사라졌다. 위협적이던 파도가 배를 영원히 삼켜 버렸기 때문이다. 죽음을 앞둔 선원들의 어지러운 비명 소리마저 메리 맨의 포효에 묻히고 말았다. 마침내 비극은 끝이 났다. 거대한 범선과 그 모든 장구들, 선실 안에서 여전히 불타고 있을 램프, 그리고 다른 사람에게뿐 아니라 하늘에까지 너무도 소중했을 수많은 선원들이 한순간 용솟음치는 파도에 모두 잠기고 만 것이다. 마치 꿈을 꾸는 것만 같았다. 바람은 여전히 비명을 지르며 불어 댔다. 루스트의 무심한 파도 역시 변함없는 분노를 터뜨리며 차오르고 무너져 내리기를 반복했다.

우리 셋은 아무 말도 하지 못했다. 그 자리에 얼마나 엎드려 있었는지는 모르겠으나 무척 오랜 시간이었을 것이다. 한참 후 우리는 한 명씩 거의 무의식적으로 일어나 은신처로 되돌아갔다. 나는 방어벽에 기대 축 늘어졌다. 심신이 완전히 탈진해 아무 생각도 할 수가 없었다. 아저씨는 조금 전과 달리 풀이 죽은 채 혼잣말로 중얼거렸으나 같은 말을 반복하는 것에 불과했다. 「끔찍한 운명이야. 정말로 끔찍해. 불쌍한 사람들. 불쌍한 사람들.」 그러곤 곧 〈모든 게 완벽한 증거야〉라며 비통해하기도 했다. 배가 해안으로 올라오지 못하고 메리 맨 속으로 침몰했기 때문이다. 그리고 그의 헛소리 속에선 〈크라이스트안나〉라는 이름이 섬뜩한 전율과 함께 오르내렸다. 이제 폭풍도 빠른 속도로 잦아들더니, 30분 후에는 산들바람 수준으로 줄어들었다. 이제 차가운 폭우가 위협을 대신하고 나섰다. 그때쯤 아마 깜빡 졸았던 모양이었다. 정신을 차려 보니, 온몸이 흠뻑 젖고 욱신거렸다. 벌써 새벽의 여명이 밝기 시작했다. 축축하고 우울하고 불쾌한 하루가 열리고 있었다. 바람은 약하고 불규칙했으며 썰물 때라 루스트도 계속해서 얕아져만 갔다. 하지만 밤의 분노를 온전히 목격한 아로스 해안에서는 여전히 강한 파도가 휘몰아치고 있었다.

5
바다에서 온 사나이

로리는 몸을 녹이고 아침 식사를 하기 위해 집으로 떠났지만 아저씨는 열심히 아로스 해변을 살폈다. 나는 그와 끝까지 동행하는 게 내 의무 중 하나라는 생각이 들었다. 그는 지금 유순하고 조용하지만 몸과 마음은 지치고 쇠해진 터였다. 그가 탐색을 계속하는 건 어린애 같은 오기 때문이었다. 그는 높은 바위 위에서 아래로 내려왔다. 그러고는 해변에서 물러나는 파도를 쫓기 시작했다. 깨져 나간 널빤지나 끊어진 밧줄조차 그에게는 목숨을 걸고 지켜 내야 할 보물이었다. 그가 비틀거리며 밀려드는 파도를 피하거나 이끼 낀 바위 사이를 헤집는 광경엔 나도 끊임없이 애간장을 태워야 했다. 나는 그를 부축하고 옷자락을 움켜쥐기도 하면서 그가 파도 저 너머의 잔해를 끌어 내리도록 도와주었다. 아이 일곱을 돌보는 유모도 이렇게까지 불안하지는 않을 것이다.

전날 밤의 광기로 탈진했다고는 하나 그의 내면에서 끓어오르는 열정만큼은 더할 나위 없이 강했다. 그 순간만큼은 억눌려 있다고 하나 바다에 대한 두려움도 여전했다. 하지만 만일 바다가 살아 있는 불꽃 천지였다 해도, 그가 그것에 더

미친 듯이 손대는 걸 막을 수는 없었을 것이다. 한번은 그의 발이 미끄러져 물웅덩이에 허벅지까지 빠졌는데, 그때 그의 영혼이 내지른 비명은 마치 죽음의 단말마와도 같았다. 그는 한동안 그대로 앉아 개처럼 헐떡였으나 난파선의 잔해를 향한 갈망에 다시 한 번 두려움을 이겨 냈다. 그는 엉겨 붙는 파도 위를 터덜거리며 걷거나 거품 속에 가려진 바위들 사이를 엉금엉금 기어다니며 유목(流木)들을 열심히 쫓아다녔다. 기껏해야 화로에 던져 넣을 가치도 없는 나무 쪼가리밖에 못 되는데도 말이다. 그는 자신의 전리품을 크게 기꺼워했으며 다른 한편으로는 끊임없이 불만을 토로하기도 했다.

「아로스는 잔해가 모일 만한 데가 못 돼. 그럼, 그렇고말고. 그렇게나 오래 살았지만 이번이 겨우 두 번째야. 쓸 만한 잔해들은 완전히 쓸려 내려갔다고.」

「아저씨, 어젯밤에 뵈었을 때 취해 계셨어요. 그런 모습을 볼 줄은 상상도 못 했는데 말이에요.」 내가 말했다. 지금 우리는 활짝 펼쳐진 백사장에 있는 터라 그의 신경을 거스를 만한 건 아무것도 없었다.

「아니, 아니야. 그게 그렇게 나쁜 건 아니다. 그래, 술을 마시는 건 사실이야. 솔직히 나도 어쩔 수 없는 습관이구나. 평상시엔 누구보다 맨정신이다만 귓속에 바람 소리가 들리기만 하면 아무래도 제정신이 아니구나.」

「하느님을 믿으시잖아요. 이건 죄예요.」 내가 대답했다.

「오, 죄가 아니라 해도, 내가 술을 찾게 되리라고는 상상도 못 했다. 너도 알다시피 이건 반항이야. 저 바다엔 태고의 끔찍한 죄가 숨어 있다. 아무리 선하다 해도 결국 비기독교적인 죄가 말이다. 그런데 그 죄가 일어나고 바람이 몰아치면(내 생각에 바람과 주님은 한몸이란다) 저 철부지 악동 메리 맨이 웃고 까불고, 그러면 불쌍한 사자의 영혼들도 저 산산조각 난 배들을 타고 거친 밤과 싸워야 하는 거야. 그래, 그런 생각이 마술처럼 머릿속을 떠도는구나. 난 악마다. 그건 안다. 불쌍한 선원들에 대해선 아무 생각도 하지 않으니까. 나는 바다와 한편이고 신이 부리는 메리 맨과도 같다.」

아무래도 그를 억제해야겠다는 생각이 들었다. 나는 바다를 향해 돌아섰다. 파도가 갈기를 날리며 경쾌하게 해변을 향해 달려가다가 물결이 썻어 버린 모래 위에서 끊임없이 허물어졌다. 소금 바람, 겁먹은 갈매기, 여기저기 퍼져 있는 바다의 돌격자들은 마치 아로스를 습격하기 위해 한자리에 모인 것처럼 서로가 서로에게 울부짖고 있었다. 하지만 아무리 많은 수와 분노를 앞세워 돌진해 본들 이 평평한 백사장의 선을 넘지는 못하리라.

「여기까지 와야 했으되, 더 이상 가지는 마라.」 나는 가능한 한 경건한 목소리로 시 한 수를 읊기 시작했다. 파도의 합창에 맞춰 전에도 종종 부르던 시였다. 「저 위에 계시는 주님은/수많은 파도의 소음보다/거대한 바다의 너울보다/더욱 더 위대하시도다.」

「그래, 저 위에서야 주님께서 늘 승리하시겠지. 그걸 의심하지는 않는다. 하지만 여기 이 땅에선? 어리석은 중생들이 함부로 주님께 도발하지. 물론 바보 같은 짓이다. 그게 잘한 거라고 얘기하자는 건 아니지만, 분명한 건 그 도발이야말로 눈의 자존심이자 인생의 갈망이며 기쁨의 원천이라는 거야.」 아저씨가 대답했다.

나는 더 이상 말하지 않았다. 샌다그로 이어지는 좁은 길을 건너기 시작했기 때문이었다. 그리고 그의 죄와 관련된 장소에 다다를 때까지는, 그의 이성에 호소하려는 시도를 보류하기로 했다. 그도 그 문제를 더 이상 따지지 않고 조용히 옆에서 걷기만 했다. 이제는 발걸음에도 좀 더 힘이 있었다. 그의 마음에 던져 놓은 조약돌이 자극제가 되었는지, 지금은 조난 시 생긴 쓸데없는 것들에 대한 탐색도 잊고, 좀 더 심오하고 심각한 생각의 흐름에 빠져든 것처럼 보였다. 3~4분 후 우리는 구릉 꼭대기에 올랐다가 다시 샌드그 쪽으로 내려갔다. 바다가 난파선을 무자비하게 다룬 탓에, 선수가 한 바퀴 돌아가고 좀 더 아래쪽으로 처져 있었다. 선미 역시 더 높이 솟아오른 탓에 이제는 두 부분이 완전히 분리되어 버렸다. 무덤에 다다른 다음 나는 멈춰 서서 모자를 벗고 아저씨를 바라보았다. 비가 얼굴을 적셨다.

「한 사내가 주님의 섭리 덕분에 간신히 죽음의 위험을 탈출했습니다. 가난하고 헐벗고 춥고 지친 이방인이었으니 아저씨의 동정을 청할 자격은 얼마든지 있었겠죠. 어쩌면 그는 이 땅의 소금이었을지도 모릅니다. 성스럽고 유익하고 친절한 사람 말입니다. 물론 죽음이 고문의 시작일 만큼 죄로 가득한 자였는지도 모르죠. 아저씨께 하늘의 견지에서 묻겠습니다. 고든 다너웨이, 예수님께서 살려 주신 그 남자는 어디 있는 거죠?」

그는 마지막 질문에 깜짝 놀란 듯했지만 대답은 하지 않았다. 표정에도 막연한 불안감 정도만 묻어 났다.

「아저씨는 제 아버지의 동생뻘이십니다. 아저씨 댁을 아버지 집처럼 여기라고 말씀하셨죠? 우리 둘 다 인생의 죄와 위험을 끌어안고 주님 앞에 선 죄인입니다. 하느님께서 우리를 선으로 이끄시는 것도 바로 우리의 죄악 때문이죠. 우리는 죄를 짓습니다. 하지만 그것을 주님의 시험이 아닌 자신의 일처럼 생각하시는 마음에 따라서, 죄를 지혜의 원천으로 삼으려는 한 잔인한 사내에게 말씀드리려는 겁니다. 주님께선 이 죄를 통해 아저씨께 경고하셨습니다. 지금도 저 어처구니없는 무덤을 빌려 아저씨께 경고하시죠. 그런데 참회가 따르지 않는다면, 그리하여 회개로 보상하지 않는다면, 가혹한 심판을 따르는 것 말고 또 뭘 기대할 수 있겠습니까?」 내가 이 말을 하는 동안에도 아저씨는 내 눈을 피하지 않았다. 설명하기는 어려우나, 표정은 좀 바뀌었다. 체구도 줄어드는 듯하고 두 뺨에서는 핏기도 가셨다. 그가 떨리는 손을 들어 어깨 너머를 가리켰다. 이윽고 종종 되풀이되던 이름 하나가 그의 입에서 떨어졌다.

「크라이스트안나!」

내가 돌아섰다. 아저씨만큼 놀라지는 않았지만(다행히 내겐 그만큼 놀랄 이유가 없었다) 그래도 눈앞에 펼쳐진 모습이 당혹스럽기는 마찬가지였다. 한 남자가 난파선 선실 위에서 있었기 때문이다. 그는 우리를 등진 채 바다를 훑어보고 있었다. 바다와 하늘을 배경으로 드러낸 전신에, 한눈에도 대단한 거한으로 보였다. 나는 미신을 믿지 않는다고 수천 번을 떠들어 대왔으나, 바다로 둘러싸인 고도에서, 그것도 삶과 죽음의 문제에 골몰하던 참에 느닷없이 나타난 이방인의 존재는 공포에 가까운 전율을 불러일으켰다. 어젯밤 미친 듯이 들끓던 아로스의 바다를 뚫고 이곳 해변에 상륙한다는 건 말이 되지 않았다. 그것도 살아서 말이다. 인근에 하나밖에 없던 선박이 바로 우리 눈앞에서 침몰하지 않았던가. 나는 답답함을 견디다 못해 당장 그 문제를 해결하기로 했다. 그래서 앞으로 나서며 그자를 향해 고함을 질렀다.

그가 돌아서서 우리를 바라보았다. 이에 나는 용기를 내 그에게 가까이 오라고 손짓했고, 그도 모래로 내려서서 천천히 다가오기 시작했는데, 여러 번 멈춰 서는 모습이 어쩐지 망설여지는 모양이었다. 불편해하는 그의 모습에 나도 좀 더 용기를 내 한 발짝 앞으로 나섰다. 그를 격려하기 위해서였다. 어쩌면 우리 섬에 대해 좋지 않은 소문을 들었을지도 모를 일이었다. 사실, 그 당시 북쪽 사람들의 평판은 유감스러울 정도였으니.

「이런, 흑인이잖아.」내가 말했다.

그리고 그 순간, 거의 알아듣지 못할 정도의 작은 소리로 아저씨가 저주 섞인 기도를 토해 내기 시작했다. 나는 그를 돌아보았고, 그는 고통스러운 표정으로 털썩 무릎을 꿇었다. 그리고 낙오자가 한 발짝 내디딜 때마다 그의 목소리도 올라갔다. 기도는 그 어느 때보다 유창했으며 목소리도 잔뜩 들뜬 터였다. 내가 기도라고 한 것은 호소의 대상이 주님이었기 때문이나, 이제껏 우리 같은 미물들이 그런 식의 폭언과 넋두리를 창조주께 바친 경우는 절대 없었을 것이다. 기도도 죄가될 수 있다면 이 광기의 열변이야말로 크나큰 죄악이리라. 나는 아저씨한테 달려가 어깨를 붙잡고 강제로 일으켜 세웠다.

「이런, 조용히 하세요. 실천까지는 아니더라도, 최소한 말로라도 주님을 존중해야죠. 여기 아저씨가 저지른 부정의 현장에 주님께서 보상의 기회를 주신 겁니다. 어서 가서 기회를 끌어안으세요. 아저씨의 자비를 구하는 저 불쌍한 피조물을 아버지처럼 환영하는 겁니다.」내가 말했다.

그 말을 끝으로 그를 흑인 쪽으로 밀어내려 했다. 하지만 그는 나를 바닥에 메다꽂더니, 내 손을 뿌리치고 웃옷까지 벗어 던진 다음 아로스 언덕 꼭대기를 향해 사슴처럼 달아나 버렸다. 나는 비척거리며 일어났다. 몇 군데 멍이 들기도 했지만 그보다는 당혹스럽기가 그지없었다. 흑인은 나와 난파선 중간쯤에 멈춰 섰다. 그 역시 놀라기보다는 겁이 났을 것이다. 아저씨는 이미 바위 언덕을 깡충거리며 멀리까지 달아나 있었다. 나는 한동안 두 가지 의무 사이에서 방황해야 했다. 하지만 결국 백사장의 낙오자가 우선이라는 생각을 했다. 오, 주여, 제 판단이 옳았기를. 그의 불행은 그가 자초한 것이 아니었으며, 또한 내가 도와줄 수 있는 종류이기도 했다. 그때쯤 나는 아저씨를 이미 불치의 광인쯤으로 여기고 있었다. 나는 흑인에게 다가갔다. 그도 내가 다가오기를 기다렸다. 두 팔을 벌리고 선 모양새가 정말로 어느 운명이든 달갑게 받아들이겠다고 선언하는 것 같았다. 내가 가까이 다가가자 그는 목사님처럼 엄숙한 태도로 손을 내밀더니 목사님 같은 목소리로 말을 했다. 하지만 도통 알아듣지 못할 말이었다. 나도 처음엔 영어로, 그리고 아일랜드어로 말을 걸어 보았으나 소용이 없었다. 결국 둘은 서로의 손짓과 몸짓에 의존하기로 했다. 나는 그에게 따라오라는 손짓을 보냈고 그는 흡사 폐위된 왕에 버금가는 장엄한 태도로 내 지시에 따랐다. 지금껏 표정의 변화도 없었다. 기다리는 동안에도 불안한 기색은 없었지만 안전이 확인된 지금도 특별히 안도하는 표정은 아니었다. 그가 아무리 노예로 잡혀 왔다 해도, 자신의 모국에서는 꽤나 높은 신분이었을 것 같았다. 그리고 지금은 영락했다 하나 난 그의 태도에 감탄하지 않을 수 없었다. 나는 무덤을 지나다 말고 잠시 멈춰 서서 하늘을 향해 두 손과 두 눈을 들었다. 주께는 존중의 표현이며 사자에게는 슬픔을 드러낸 것이다. 그도 내게 답하듯 고개는 숙이고 두 손을 넓게 펼쳤다. 그에게는 무척이나 익숙해 보이는 동작이었는데, 분명 자기 나라의 의식이었으리라. 이윽고 그는 야산 위에 웅크리고 있는 내 아저씨를 가리키며 그가 미쳤다는 것을 나타내기 위해 머리에 손을 댔다.

우리는 해변을 돌아가는 우회로를 택했다. 괜히 아저씨를 흥분시킬 필요는 없었다. 집으로 돌아가는 동안 약간의 극적인 동작을 통해 어느 정도 궁금증을 해소할 수 있었다. 우리는 바위 위에 잠시 멈추었다. 내가 그 전날 샌다그에서 나침반으로 방위를 재던 사내의 동작을 흉내 내 보이자 흑인은 곧바로 알아들었다. 그러더니 내 손동작을 흉내 내 배가 있던 곳을 가리켰다. 그가 스쿠너의 위치를 알리듯 바다 쪽을 지적하더니 바다 가장자리를 따라 내려가며 〈에스피리토 산토〉라고 말했다. 발음이 다소 이상했으나 알아듣는 데는 문제가 없었다. 내 추측이 옳았다. 역사적 연구는 보물 사냥의 위장에 불과했다. 로버트슨 박사의 손을 빌렸던 이자는, 지난 봄 그리사폴을 방문했고 지금은 다른 사람들과 함께 아로스의 루스트 밑에 수장되어 있는 외국인과 동일한 인물이었다. 탐욕이 그들을 이곳으로 데려와 영원히 바닷속에 내던져 버린 것이다. 그사이 흑인은 계속해서 손짓 발짓으로 상황을 묘사해 나갔다. 그러더니 이제는 폭풍의 접근을 지켜보듯 하늘을 올려다보다가, 배에 오르기 위해 발판을 흔들어 보았다. 그러고는 다시 상급 선원으로서 배 안에 들어가더니 곧바로 다급한 어부처럼 열심히 노를 젓기 시작했다. 하지만 내내 경건한 모습을 유지했는데 그 바람에 내 얼굴에 슬며시 미소가 번지기도 했다. 마침내 그가 나에게 형언하기 어려운 동작으로 그 자신이 직접 좌초된 난파선을 조사하러 다녔고, 애석하게도 동료들은 하나도 살아남지 못했다고 알려 주었다. 그러고 나서는 다시 팔짱을 끼고 고개를 숙이는 식으로 운명을 받아들이는 자의 위용을 보여 주었다.

그의 신비한 등장은 그렇게 설명되었다. 나는 바닥에 그림을 그려 배의 운명과 관련된 여러 상황을 설명해 주었다. 그는 놀란 표정도 슬픈 표정도 짓지 않았다. 마침내 그가 손바닥을 들어, 과거의 동료들을 신의 처분에 맡긴다는 뜻을 비쳤다. 그를 볼수록 존경심이 점점 더 커져만 갔다. 아로스의 집에 다다랐을 때쯤에는 이미 낯선 피부색을 잊고 또 개의치도 않게 되었다.

비록 가슴이 아프긴 했지만 나는 메리에게 있는 대로 얘기해 주었다. 하지만 그녀의 판단력은 흐트러짐이 없었다.

「잘하신 거예요. 나머진 하느님의 뜻에 맡겨야죠.」 그러고서 그녀는 우리를 위해 고기 요리를 내왔다.

나는 요기를 마치자마자 식사 중인 표류자를 로리한테 맡기고 아저씨부터 찾아 나섰다. 찾는 건 어렵지 않았다. 아저씨는 야산 꼭대기에 그대로 앉아 있었는데, 마지막으로 봤을 때와 자세도 똑같았다. 앞에서 말했듯 아로스와 이웃한 로스 대부분이 발아래 지도처럼 펼쳐지는 위치이므로, 그가 사방을 똑똑히 지켜보고 있었다는 것만큼은 분명했다. 내가 첫 번째 비탈 위로 얼굴을 내밀자 그가 벌떡 일어나 나를 향해 돌아섰다. 나는 저녁 식사가 준비되었다고 부를 때만큼이나 아무렇지도 않은 말과 어투로 그를 소리쳐 불렀다. 그는 아무

반응도 보이지 않았다. 대화를 시도해 보아도 결과는 마찬가지였다. 하지만 다시 접근을 시도했을 땐 그의 광적인 두려움이 재발하고 말았다. 그는 한마디 말도 없이 가공할 만한 속도로 험준한 바위 사이를 넘어 달아나기 시작했다. 한 시간 전만 해도 송장처럼 지쳐 있었고, 반면에 나는 상대적으로 힘이 남아 있었건만, 광기의 열기에 한껏 고양된 그를 쫓아갈 엄두는 도무지 나지 않았다. 아니, 행여 괜한 추적이 아저씨의 두려움을 더 키워 상황이 악화되지나 않을까 불안하기도 했다. 결국 나는 집으로 돌아와 메리한테 슬픈 소식을 전할 수밖에 없었다.

　그녀는 종전과 마찬가지로 차분한 태도로 소식을 들었다. 그러고는 내게 고생했다며 남은 식사와 휴식을 명하곤 직접 길 잃은 아버지를 찾아 나섰다. 이 나이에 내가 고기나 잠을 마다한다면 더 이상한 일 아니겠는가. 나는 오랜 숙면을 취했다. 잠에서 깨어 아래층 부엌으로 내려간 건 정오가 한참이나 지나서였다. 메리, 로리, 흑인 표류자는 아무 말 없이 난롯가에 앉아 있었다. 메리는 울고 있었다. 얘기를 들어 보니 울 만한 이유가 있었다. 메리 다음엔 로리까지 아저씨를 찾아나섰고 두 사람 모두 언덕 꼭대기에 쭈그리고 있는 그를 발견했으나, 이번에도 아무 대답 없이 재빨리 달아났다는 얘기였다. 로리는 그를 쫓으려고 해봤으나 실패했다. 광기에다 새로운 힘까지 더한 그가 바위와 바위 사이를 족제비처럼 뛰어넘더라는 얘기였다. 바람처럼 언덕 정상을 날아다니고 개한테 쫓기는 산토끼처럼 갑자기 방향을 바꾸는 통에 결국 로리도 포기할 수밖에 없었다. 그가 마지막으로 보았을 때 아저씨는 전처럼 아로스 정상에 앉아 있었다. 발 빠른 하인이 거의 잡을 뻔했을 때조차 광인은 한마디도 내뱉지 않고 그저 동물처럼 말없이 달아나기만 했다. 그의 침묵에 이제는 오히려 추격자가 두려워졌다.

이 상황엔 어딘가 가슴 아픈 면이 있었다. 광인을 어떻게 잡을 것이고, 그때까지 어떻게 먹을 걸 제공할 것이며, 그를 잡은 후에는 또 어떻게 할 것인가가 우리가 해결해야 할 세 가지 난제였다.

「흑인이 이 난국의 원인이에요. 아저씨가 언덕 위를 떠나지 않는 것도 그가 집 안에 들어와 있기 때문일 겁니다. 이 정도면 충분히 한 겁니다. 실컷 먹이고 몸도 녹였으니, 이제 로리가 코블선[12]에 태워 로스의 그리사폴에 데려다 주는 게 좋겠어요.」 내가 말했다.

이 제안엔 메리도 흔쾌히 동의하여, 흑인에게 따라올 것을 명했다. 우리 셋은 잔교로 내려갔다. 하지만 아무래도 하늘의 의지는 고든 다녀웨이를 거부하는 모양이었다. 아로스에선 전례 없던 일이 발생했는데, 지난 폭풍 속에 코블선이 부서졌던 것이다. 파손된 잔교에 부딪혀 한쪽에 구멍이 뚫린 배는 1미터 물속에 가라앉아 있었다. 배를 다시 띄우려면 최소 사흘은 필요할 것이다. 그렇다고 포기할 수는 없었다. 나는 사람들을 이끌고 해협에서 가장 좁은 지점으로 가 다른 쪽으로 헤엄쳐 건넌 다음 흑인에게 따라오라고 소리쳤다. 그는 전처럼 차분하면서도 분명한 동작으로 수영할 줄 모른다는 의사를 표했다. 그건 분명한 사실인지라 누구도 그를 의심할 수는 없었다. 결국 우리는 희망을 접고 아로스의 집으로 돌아가야 했다. 그 와중에도 우리 둘 사이에서 걸어가는 흑인

12 스코틀랜드의 바닥이 평평한 외돛 어선.

167

은 당당하기만 했다.

그날 우리가 할 수 있는 일이라곤 광인 아저씨와의 대화를 다시 시도하는 것뿐이었다. 이번에도 그는 말없이 달아났다. 우리는 그의 안전을 위해 먹을 것과 따뜻한 외투를 남겨 두었다. 다행히 비도 완전히 그쳐 그날 밤은 춥지 않을 것 같았다. 우리는 내일까지 맘 편히 지켜보기로 했다. 어려운 상황일수록 심신의 휴식이 무엇보다 중요했다. 우리는 극도로 지친 데다 서로 할 말도 없던 까닭에 일찍 서로의 방으로 헤어졌다.

나는 오랫동안 뜬눈으로 내일의 싸움 계획을 세웠다. 흑인을 샌드그로 보내 그곳에서 아저씨를 집 쪽으로 몰게 하고 로리는 서쪽, 나는 동쪽에 방어선을 치는 게 좋을 것 같았다. 쉽지는 않겠지만, 섬의 배치도를 그려 보니 그를 아로스 만의 저지대로 유인할 가능성은 충분했다. 일단 그곳으로 몰린 다음에는 아무리 미쳤다 해도 궁극적인 탈출을 시도하지는 않을 것이다. 내가 믿는 건 흑인을 향한 아저씨의 두려움이었다. 그래서 아저씨가 달아난다 하더라도 죽음에서 돌아왔다고 믿는 흑인 쪽은 확실히 아닐 것이고, 그런 만큼 적어도 그쪽은 걱정할 필요가 없었다.

나는 간신히 잠이 들었으나, 이내 난파선 꿈으로 인해 깜짝 놀라 깨고 말았다. 흑인들, 해저 탐험 등 나는 너무 놀라 몸서리를 치고 말았다. 나는 곧바로 자리에서 일어나 계단을 내려갔다. 로리와 흑인은 부엌에 잠들어 있었다. 집 밖으로 나가니 선명하고 아름다운 별들로 가득한 밤이었다. 폭풍우의 마지막 잔재인 듯 여기저기 구름이 걸려 있기도 했다. 밀물 때의 정점이라 바람 한 점 없는 고요한 밤에도 메리 맨은 가혹하게 들끓었다. 지금껏 단 한 번도, 심지어 태풍의 한가운데에서조차 이렇듯 경건한 마음으로 그들의 노래를 들어본 적이 없었다. 이제 바람이 잦아들고 바다는 깊은 여름잠에 빠져들며 별들이 대지와 바다 위로 부드러운 빛을 쏟아 내고 있건만, 조수의 파도가 내는 목소리는 여전히 아수라장을 능가했다. 실제로 저들은 세상의 악이자 삶의 비극적 측면을 드러냈다. 더군다나 밤의 정적을 찢는 건 저들의 무의미한 아우성뿐이 아니었다. 루스트의 포효와 더불어, 한 인간의 날카롭고 섬뜩한 목소리, 익사하는 사람이 지르는 듯한 비명소리 같은 것이 들려왔기 때문이다. 그것은 바로 아저씨의 목소리였다. 순간 주님의 심판과 세상의 악에 대한 끔찍한 두려움이 뇌리를 스쳤다. 나는 은신처를 찾듯이 어둠에 싸인 집으로 되돌아와 그 신비에 관해 곱씹으며 오랫동안 침대에 누워 있었다.

다시 잠에서 깨었을 땐 벌써 새벽이었다. 나는 후다닥 옷을 걸치고 부엌으로 달려갔다. 아무도 없었다. 로리와 흑인 둘다 밖으로 나간 지 오래였다. 그 광경에 난 심장이 멎는 듯했다. 로리의 마음은 믿을 수 있지만 그의 판단력은 아니었다. 이런 식으로 아무 말 없이 나간 이유야 물론 아저씨를 돕기 위해서겠지만, 혼자 무슨 도움이 될 수 있단 말인가. 하물며 아저씨의 두려움의 원인인 흑인 남자를 동반하고서 말이다. 치명적인 불행을 막을 가능성이 조금이라도 있다면 이렇게 머뭇거릴 수만은 없었다. 나는 곧바로 집 밖으로 달려 나갔다. 평소에도 종종 아로스의 험로를 달렸으나 그 운명의 아침만큼은 너무도 필사적이라, 오르막을 모두 오르는 데 12분밖에 걸리지 않았다. 실로 기적 같은 속도였다.

아저씨는 제자리에 없었다. 바구니는 산산이 찢기고 고기도 풀밭에 버려졌으나, 후에 살펴본 바로는 누군가 입을 댄 흔적조차 없었다. 넓은 공터엔 다른 사람의 흔적도 없었다. 햇빛은 맑은 하늘을 가득 채우고 붉게 상기된 벤 키아우를 비추었으나, 발아래 아로스의 거친 야산과 바닷물은 아직 새벽의 거무레한 여명을 벗어나지 못했다.

「로리!」 하인을 목 놓아 불러 보았으나 목소리는 정적에 묻히고 대답은 들려오지 않았다. 아저씨를 잡을 계획이라면, 추격자들은 신뢰를 얻기 위해서라도 마구 달려드는 쪽보다는 몰래 접근하는 방식을 택했을 것이다. 나는 열심히 좌우를 살피며 곧바로 샌다그 위쪽의 구릉 위로 달려갔다. 그곳에서는 난파선, 모래 띠, 한가로운 파도, 기다란 바위 턱 등이 내려다보이고, 다른 한편으로는 야산들과 뭉우리돌, 섬의 협곡들이 사방에 펼쳐져 있었으나, 사람의 흔적만은 어디에도 없었다.

햇살이 한달음에 아로스를 덮치며 그림자와 색채들이 생명을 얻기 시작했다. 이윽고 서쪽 아래 놀라 달아나는 양들이 보였다. 그리고 비명 소리가 들리고 아저씨가 달아나는 모습도 드러났다. 흑인이 열심히 뒤를 쫓고 있었다. 곧이어 로리도 모습을 드러내고는 양 떼를 쫓는 개한테 열심히 방향을 지시했다. 그 모든 게 내가 미처 상황을 이해하기도 전에 벌어졌다.

나도 그들을 돕기 위해 달리기 시작했다. 하지만 어쩌면 내가 서 있던 그곳에서 기다리는 게 현명했을지도 모르겠다. 내가 광인의 마지막 탈출로를 막는 수단이었기 때문이다. 아저씨 앞에는 이제 무덤, 난파선, 그리고 샌다그 만의 바다만 남아 있었다. 어쨌든 내 선택이 최선이었음을 하늘은 알아줄 것이다.

끔찍하게도 사방에서 고든 아저씨의 추격자가 몰려드는 형국이었다. 그는 이리저리 방향을 틀며 좌우 어디로든 달아나려 했다. 하지만 흑인이 훨씬 더 빨랐다. 어디로 방향을 돌리든, 길은 이미 막혀 버리고 그는 결국 자신이 저지른 범죄의 현장으로 내몰리고 말았다. 그의 비명 소리가 해안을 메아리쳤다. 나와 로리가 흑인에게 그만두라고 소리치기 시작했지만 모든 게 허사였다. 이미 운명은 결정되었기 때문이다. 추격자는 계속 쫓아다니고 사냥감은 비명을 지르며 달아났다. 두 사람은 무덤을 피하고 난파선의 유목들을 스쳐 지나더니 순식간에 백사장까지 다다랐다. 아저씨는 멈추지 않고 곧바로 파도 속으로 들어갔다. 흑인도 계속해서 그의 뒤를 쫓았다. 거의 다 따라잡은 터였기 때문이다. 로리와 나는 도중에 멈춰 섰다. 더 이상 어찌해 볼 도리가 없었다. 눈앞에 펼쳐진 참극은 이미 신의 명령으로 굳어지고 말았다. 그보다 더 확실한 결말은 없었다. 그 가파른 해안에서 두 사람은 깊이의 한계선을 넘고 말았다. 두 사람 모두 수영에는 문외한이었다. 흑인이 한 번 물 밖으로 나와 답답한 비명을 질렀으나, 조류는 두 사람을 데리고 바다 한가운데로 달아나 버렸다. 이제 그들이 다시 떠오른다면 10분 후, 바닷새들이 물고기를 잡으며 떠다니고 있는 아로스 루스트의 반대편이 될 것이다.

마크하임

「예, 우리의 이득이야 종류가 다양하죠. 손님들이 무지할 경우엔 제 탁월한 지식에 대한 보수를 받아 낸답니다. 정직하지 못한 고객들이라면 미덕에 대한 요금을 청구하고요.」그가 촛불을 들어 강렬한 불빛으로 손님을 비추었다.

마크하임은 이제 막 밝은 거리에서 들어온 터라 빛과 어둠이 마구 얽힌 상점이 혼란스럽기만 했다. 게다가 상점 주인의 이런 노골적인 말과 불빛의 공격에 마크하임은 고통스러운 듯 눈을 깜빡이며 고개를 돌렸다.

주인이 키득거리며 웃었다.

「크리스마스인 오늘, 더 이상 손님을 받지 않겠다는 뜻으로 덧창까지 닫고 혼자 있었는데, 그걸 알고도 당신은 여기 들어오셨습니다. 그러니 그 대가는 치르셔야 합니다. 그리고 또 장부 정리할 시간을 빼앗으셨으니까, 그것에 대해서도 지불하셔야 하고요. 아, 물론 손님의 기이한 태도에 대해서도 대가를 물릴 겁니다. 신중한 사람이라 섣부른 질문은 하지 않겠습니다만, 내 눈을 똑바로 보지도 못하시는군요. 이런 경우도 당연히 그냥 넘어갈 수 없죠.」주인이 다시 키득거리더니 갑자기 원래의 사무적인 말투로 바뀌었다. 그래도 비꼬는 어투는 여전했다. 「자, 언제나 그랬듯, 어떻게 물건을 손에 넣었는지부터 설명해 보시죠. 이번에도 삼촌의 장식장에선가요? 대단한 수집가시로군요, 예?」

다소 창백한 표정에 등이 굽은 주인은 거의 까치발로 서서 금테 안경 너머 마크하임을 넘겨다보았고, 뭔가 의심쩍은 것이 있을 때마다 고개를 끄덕였다. 마크하임은 무한한 동정심과 약간의 두려움으로 그를 마주 보았다.

「이번엔 틀렸소. 내가 온 이유는 파는 게 아니라 사기 위해서라오. 나한텐 더 이상 처분할 물건도 없소. 삼촌의 장식장도 바닥이 났으니까. 하긴 장식장이 온전하다 해도 이제 주식으로 한몫 건진 터라 비우기보단 채워야 할 거요. 오늘 온 것도 어느 숙녀분을 위해 크리스마스 선물을 준비하려는 거라오. 물론 이런 하찮은 일로 성가시게 한 데 대해서는 무척 유감이오. 어제는 미처 올 수가 없었소. 하지만 오늘 저녁엔 기필코 선물을 해야 하오. 잘 알겠지만 부자와의 결혼을 소홀히 할 수는 없지 않겠소?」 마크하임이 말을 이어 나갔다. 준비해 둔 말이라 유창하기 짝이 없었다.

잠시 정적이 흘렀다. 상점 주인은 그 말의 진위를 의심하는 듯 보였다. 가게의 기이한 잡동사니들 속에서 시계들이 일제히 울어 댔다. 옆 골목에서 작은 마차 소리도 들려왔다.

「좋습니다, 손님, 그렇게 하죠. 어쨌든 단골이시니까요. 더군다나 말씀대로 수지맞는 결혼이시라면야 내가 어찌 방해하겠소이까. 마침 숙녀분을 위한 좋은 물건이 있습죠. 이 손거울입니다. 보증서까지 있는 15세기 물건인데, 역시 고급 소장품에 속하죠. 아, 그 고객의 이름은 밝히지 않겠습니다. 하지만 손님과 마찬가지로 거물 수집가의 조카이자 유일한 상속자랍니다.」

주인은 갈라진 목소리로 빈정거리며 허리를 굽혀 물건을 꺼냈다. 마크하임의 전신에 전율이 흘렀다. 손과 발이 파르르 떨리고 복잡하고 격앙된 감정들이 순간적으로 얼굴을 뒤덮었다. 격정은 금세 스러졌지만 그래도 거울을 받아 든 손은 미세하게 떨렸다.

「거울? 크리스마스 선물로? 지금 농담하오?」 그가 목청을 가다듬고 따지듯 되물었다.

「안 될 이유가 어디 있습니까? 손거울이 어때서요?」 주인이 큰 소리로 항변했다.

마크하임은 기가 막힌다는 표정이었다.

「왜 안 되느냐고 물었소? 이런, 당신이 직접 보구려. 거울을 통해 자신의 모습을 보란 말이오! 그게 맘에 드는 거요? 난 아니오. 그 누구도 아닐 거요!」

갑자기 마크하임이 거울을 들이대자 키 작은 주인이 펄쩍 뒤로 물러섰다. 하지만 고객의 손에 든 게 거울뿐임을 깨닫고는 키득거리며 웃었다.

「미래의 마나님께서 미모가 많이 달리는 모양이군요.」 그가 말했다.

「내가 부탁한 건 크리스마스 선물인데, 기껏 세월과 죄와 어리석음만 비춰 주는 저주의 물건을 내놓다니. 진심이오? 도대체 생각은 있는 거요? 어디 말해 보시오. 아, 그게 당신한테도 좋겠군. 당신 자신에 대해 고백하는 거요. 아니면 내 생각을 말해 드릴까? 당신 혹시 드러내지는 않지만 자선심이 많은 사람 아니오?」

주인은 손님을 물끄러미 바라보았다. 기이했다. 마크하임이 농담하는 것 같지는 않았다. 뭔가 간절히 바라는 표정이긴 했지만 웃음기는 전혀 없었다.

「도대체 뭐하자는 겁니까?」 주인이 물었다.

「자선심이 많지는 않은가 보죠? 자비롭지도 독실하지도 않고, 사랑한 적도 사랑받은 적도 없는 파렴치한. 가진 거라곤 돈을 세는 손과 그 돈을 지킬 금고밖에 없겠지? 그렇지 않소? 맙소사, 이봐요, 그게 전부요?」 마크하임이 침울한 목소리로 중얼거렸다.

주인은 마크하임을 노려보다기 다시 기득거리며 웃기 시작했다.

「알려 드리는 게 어려울 건 없습니다만…… 그보다 사랑의 줄다리기 중이신가 보군요. 그래서 속상해 술을 드신 모양입니다그려.」

「아! 사랑에 빠져 본 적은 있으시오? 어디 그 얘기 좀 들어봅시다.」 마크하임이 예상 밖의 호기심을 보이며 외쳤다.

「제가 사랑에 빠져요? 이런, 지금껏 그럴 시간이 없었지만 지금도 그런 헛소리에 낭비할 시간은 없답니다. 그래서, 거울을 사시겠습니까?」

「서두를 필요 없잖소. 이렇게 여기 서서 얘기하니 기분도 좋구려. 이 덧없고 위태로운 세상에 즐거움을 마다할 이유가 어디 있단 말입니까? 그런 건 당연히 없소이다. 아무리 지금처럼 사소한 즐거움이라 한들 절대 놓치지 말아야 하오. 벼랑에 매달린 사람처럼 꽉 잡아야 한다 이거요. 어차피 매시매초가 인생의 벼랑 아니겠소? 그래요, 삶은 높디높은 벼랑이라, 거기서 떨어지는 순간 우리의 인간적 특성은 모두 사라

178

지고 말 거외다. 즐거운 대화가 제일이오. 그러니 우리 서로에 대해 얘기해 봅시다. 왜 가면을 쓴단 말이오? 터놓고 얘기하는 거요. 혹시 알겠소? 우리가 친구가 될지?」 마크하임이 말했다.

「손님께 드릴 말씀은 한마디뿐입니다. 물건을 구입하시든지, 아니면 가게에서 나가요!」 주인이 외쳤다.

「이런, 좋소. 농담은 그만하고 본론으로 들어갑시다. 어디다른 것도 보여 주구려.」

주인은 다시 상체를 굽혀 손거울을 선반 위에 되돌려 놓았다. 그의 금발 머리가 두 눈 위로 흘러내렸다. 마크하임은 한손을 외투 주머니에 넣은 채 좀 더 가까이 다가섰다. 그는 꼿꼿이 버티고 서서 숨을 크게 들이켰다. 그의 얼굴엔 무수한감정이 마구 뒤섞여 있었다. 두려움, 공포, 결의, 경이, 그리고안면 경직까지. 윗입술이 말려 올라가며 치아가 드러났다.

「이 정도면 맘에 들 겁니다.」 주인의 말이었다. 그러고서그가 몸을 일으킬 때 마크하임이 뒤에서 공격했다. 송곳처럼뾰족한 단검이 반짝이며 내리꽂혔다. 가게 주인은 암탉처럼버둥대다가 선반에 관자놀이를 부딪히고는 그대로 바닥에고꾸라졌다.

상점 내의 시계들은 수십 개의 서로 다른 소리를 지녔다. 어떤 소리는 나름의 세월에 걸맞게 당당하고 느렸으며, 가볍고 촐싹거리는 소리들도 있었다. 시계는 째깍거리며 복잡한화음으로 초를 노래했다. 그때 인도 위를 달리는 한 아이의발소리가 상점 안으로 치고 들어와 마크하임은 깜짝 놀라지않을 수 없었다. 그는 떨리는 가슴을 쓸어내리며 주변을 둘러보았다. 계산대 위의 촛불이 가게 안의 외풍에 맥없이 꼬리를 흔들었는데, 그 사소한 움직임에 방 전체가 소리 없는 동요로 채워지고 또 파도처럼 넘실거렸다. 키 큰 그림자들이 고개를 끄덕이고, 커다란 얼룩들이 숨을 쉬듯 꿈틀거렸다. 갖가지 초상화와 도자기 신상들의 얼굴이 물에 비친 이미지처럼 꿈틀거리고 흔들렸다. 살짝 열어 둔 내실 문 안쪽에선 손가락처럼 기다란 햇빛이 어둠의 패잔병들을 엿보고 있었다.

마크하임은 두려움이 빚어낸 동요를 간신히 떨쳐 내고 다시 희생자의 시신을 보았다. 잔뜩 웅크린 채 널브러진 시신은 살았을 때보다 훨씬 작고 초라해 보였다. 구두쇠다운 허름한 옷차림 때문인지 주인은 흡사 버려진 톱밥처럼 보이기까지 했다. 마크하임은 보는 것조차 두려웠다. 아니다, 보라. 두려워할 필요 없어! 그리고 그가 바라보는 동안, 아무렇게나 구겨진 옷과 피 웅덩이가 저마다 비명을 질러 댔다. 시체는 도망가지 않는다. 관절을 움직일 수도, 기적처럼 자리를 바꿀 수도 없다. 결국 발견될 때까지 그곳에 있을 것이다. 그럼 발견된 다음엔? 죽은 살덩어리의 비명은 영국 땅덩이를 진동시키고 전 세계를 추적의 메아리로 가득 채울 것이다. 하지만 생사를 막론하고, 이자는 아직도 그의 적이었다. 〈두뇌 활동이 중단됐을 땐 시간도 내 적이 되었지.〉 그가 이런 생각을 할 때, 문득 〈시간〉이라는 단어가 마음에 와 박혔다. 시간, 그 일을 끝낸 지금, 이 시간. 희생자에겐 아무 의미 없는 시간이 살인자에겐 시시각각 치명적이었다.

하필 시간을 생각하고 있을 때 시계들이 하나둘씩 오후 3시를 알리기 시작했다. 대성당 종탑의 종소리처럼 깊은 소리부터 왈츠의 전주처럼 고음에 이르기까지 소리는 속도도 울림도 다양했다.

고요하던 상점에서 일제히 터져 나온 수많은 울림에 마크 하임은 크게 동요했다. 그는 촛불을 들고 이리저리 돌아다녔으나, 꿈틀거리는 그림자에 속고 거울에 비친 제 모습에 영혼까지 얼어붙고 말았다. 고급 수제품부터 베니스나 암스테르담에서 수입한 제품까지 거울도 참 많았다. 그리고 그 거울들 속에서 수없이 자신의 얼굴을 보아야 했다. 거울은 스파이처럼 그를 노리고 감시했다. 발소리도 그랬다. 아무리 조심스럽게 발을 디뎌도 그 소리만으로 주변엔 격랑이 일었다. 주머니에 물건을 채우는 동안, 그는 계획을 시행하며 범했던 수천 가지의 오류들을 끊임없이 따져 봐야 했다. 좀 더 조용한 시간을 고르고 알리바이도 준비했어야 했어. 칼을 사용한 것도 잘못이야. 그냥 주인을 묶고 재갈을 물리는 게 더 낫지 않았을까? 아냐, 어쩌면 더 대담하게 하녀도 죽였어야 했을지 몰라. 차라리 완전히 다른 방식으로 했으면 어땠을까? 혹독한 후회들. 돌이킬 수 없는 상황을 돌이키고 소용없는 계획을 세우고 사실로 굳어진 과거를 재건해 보려는 집요하고도 끈질긴 상상들. 게다가 이 끔찍한 두려움이라니! 두려움은, 마치 버려진 다락방을 헤집는 쥐들처럼, 이런 생각들 이면에 깊숙이 자리한 무의식의 방들까지 마구 흔들어 놓았다. 매 순간 경찰의 손이 그의 어깨를 건드리는 듯했고 그때마다 신경은 바늘에 걸린 물고기처럼 펄쩍 뛰었다. 상점의 좁은 통로를 돌아다니는 동안, 그는 피고석과 감옥과 교수대를 보고, 끝내 그가 들어가게 될 검은 관까지 보아야 했다.

 거리를 지나는 사람들에 대한 두려움도 포위군처럼 그의 마음을 에워쌌다. 절대 그럴 리 없어. 아니야, 어쩌면 버둥거리던 소리가 새어 나가 사람들의 호기심을 건드렸을 수도 있잖아? 지금쯤 이웃집마다 사람들이 숨죽이고 앉아 귀를 쫑 긋거리고 있을지도 몰라. 혼자 과거의 추억에 젖다가 깜짝 놀라 정신을 차린 사람들, 행복한 크리스마스 파티를 벌이다 갑자기 정적에 빠진 가족들, 난롯가에 모인 온갖 계층과 나이와 성격의 사람들이 일제히 동정을 살피고 귀를 기울이며 그의 목을 매달 밧줄을 엮고 있을지도 모른다. 그가 움직이는 소리도 너무 컸다. 보헤미아 술잔이 딸랑거리는 소리가 교회 종소리처럼 울려 퍼졌다. 째깍거리는 초침에 놀라 시계를 모두 죽이고 싶다는 생각도 했다. 아니, 그 반대로, 가게가 너무 조용해도 위험하지 않을까? 지나가던 행인들이 갑작스러운 정적을 의심해 발걸음을 멈출 수도 있다. 그래서 그는 좀 더 대담하게 가게 물건들을 뒤지기 시작했다. 이제야 마음 편히 자기 집을 어슬렁거리는 모습 같았다.

하지만 이번엔 두 가지 상반된 두려움에 빠져들고 말았다. 한편으로는 여전히 긴장하고 조심스러운 반면, 다른 한편으로는 꿈틀거리는 광기가 밀려든 것이다. 특히 한 환영이 그의 나약한 심성을 건드렸다. 창문 옆에 숨죽인 채 귀를 기울이는 사람들, 인도를 걷다 막연한 의구심에 우뚝 멈춰 선 행인들. 이들이야말로 의심을 품을 수도 있다. 하지만 확신까지는 아니겠지. 벽돌과 덧창의 틈새 사이로 드나들 수 있는 건 오직 소리뿐이니까. 그런데…… 그런데 정말 이곳에 나 혼자뿐일까? 물론 혼자다. 나름대로 곱게 차려입은 하녀가 〈저 외출해요〉라는 표정을 지으며 애인을 만나러 나서는 것도 보지 않았던가. 당연히 혼자여야 했다. 그럼, 이 텅 빈 저택을 울리는 저 아련한 발소리는 뭐지? 설명할 수는 없지만 분명 누군가의 존재를 느낄 수 있었다. 그의 상상력은 방과 방, 구석과

구석마다 그 존재를 찾아 헤맸다. 심지어 얼굴에 눈만 달린 괴물을 보기도 했지만 괴물은 자신의 그림자로 변하고 말았다. 죽은 가게 주인의 모습도 보았다. 간계와 증오로 부활한 그를.

때로는 열린 문을 힐끔거려야 했다. 문이 자꾸만 그의 시선을 흔들어 놓았기 때문이다. 집은 높고 채광창은 작고 더러웠으며, 밖은 안개가 짙었다. 바닥까지 새어 들어온 빛이 너무도 적어 가게의 문지방마저 희미해 보였다. 그런데 저 어슴푸레한 입구에 그림자가 알짱거리지 않았던가?

갑자기 누군가 지팡이로 가게 문을 두드리기 시작했다. 무척이나 힘이 센 자였다. 그는 장난기 어린 목소리로 주인의 이름을 불러 댔다. 마크하임은 완전히 얼어붙은 채 시체를 내려다보았다. 물론 주인은 그대로 누워 있었다. 친구의 노크와 고함 소리를 듣기엔 너무 멀리 떠나 버린 터였다. 그는 이미 침묵의 무저갱 속에 가라앉았다. 한때는 태풍 속에서도 알아들었을 자신의 이름이 이젠 공허한 소음에 불과했다. 손님은 금세 노크를 멈추고 떠나 버렸다.

그는 서둘러 일을 마무리하기로 했다. 그리하여 이웃의 눈치에서 벗어나 런던의 혼잡한 거리로 숨어든 다음, 밤을 맞아 안전과 무죄의 피난처인 침대로 돌아가야 했다. 이미 방문객이 있었으니, 언제 또 다른 자가 나타나 집요하게 주인을 찾을지 모를 일이다. 살인까지 저질렀는데 아무것도 손에 넣지 못한다면 그보다 멍청한 짓이 어디 있겠는가. 돈. 마크하임의 관심은 오직 그뿐이었다. 그리고 그 목적을 위해 열쇠가 필요했다.

그는 어깨너머로 내실 문을 돌아보았다. 그곳에선 여전히 그림자들이 어른거리고 어슬렁거렸다. 그는 희생자의 시신으로 다가갔다. 속은 거북했지만 별다른 가책은 없었다. 더 이상 인간으로 보이지도 않았다. 주인의 몸은 반으로 접혀 있고 사지는 왕겨를 반쯤 채운 옷처럼 사방으로 흩어져 바닥에 널브러져 있었다. 물론 역겹기는 했다. 두 눈으로야 아무리 무의미하고 하찮아 보인다 해도, 손으로 만지는 건 또 다른 문제였다. 그는 송장의 양어깨를 잡고 똑바로 뒤집었다. 시신은 이상할 정도로 맥없이 흐느적거렸다. 팔다리가 부러지기라도 한 듯 기이한 형태로 축 흘러내렸다. 얼굴은 밀랍처럼 창백할 뿐 아무 표정도 없었다. 한쪽 관자놀이가 피로 물들어 있었는데, 이것이 마크하임한테는 유일하게 불쾌한 상황이었다. 그는 문득 어느 어촌의 박람회를 떠올렸다. 흐리고 바람이 거센 날이었고 거리도 북적거렸다. 나팔 소리, 드럼 소리, 민요 가수의 콧소리, 그리고 소년 하나. 그 소년은 호기심과 두려움이 복잡하게 얽힌 심정으로 사람들 사이를 뚫고 중앙 광장으로 빠져나왔다. 그는 그림이 잔뜩 전시된 부스를 보았다.[1] 색칠만 요란하고 어설프기 짝이 없는 그곳에는 하녀를 때리는 브라운리그,[2] 살해당한 초대 손님과 함께 있는 매닝 부부,[3] 위어의 목을 찌르는 서틀[4]을 비롯해 유명한 살인 사건들이 잔뜩 묘사되어 있었다. 이 장면들은 환영

1 스티븐슨은 그림 전시장으로 묘사했지만, 실제로 이런 장면들이 그리고 있는 곳은 밀랍 박물관의 공포의 방이다.

2 엘리자베스 브라운리그. 18세기 여성 살인자. 하인을 살해한 죄로 교수형에 처해졌다.

3 1849년 매닝 부부는 남편이 아내의 연인, 패트릭 오코너를 살해해 동시에 사형당했다.

4 1823년 존 서틀은 칼로 윌리엄 위어의 목을 벤 후 머리에 총을 쏴 죽였다.

처럼 선명하게 뇌리에 떠올랐다. 그는 다시 당시의 그 어린 소년이 되었다. 그리고 다시 한 번 그 끔찍한 그림들을 보며 욕지기를 느끼고 있었다. 어디선가 쿵쿵 하고 북소리도 들려왔다. 이때 그날 들었던 음악 한 소절이 기억났고, 그날 처음으로 현기증을 느꼈다. 욕지기도 나고 무릎도 후들거렸다. 그는 마음을 단단히 먹었다.

이런 식의 환영은 피하는 것보다 맞서는 게 현명하다는 판단에, 그는 죽은 자의 얼굴을 똑바로 보고 자신이 저지른 범죄의 본질과 대담성을 정확히 인식하려 했다. 조금 전만 해도 저 얼굴은 온갖 감정을 표현했고 저 창백한 입술은 말을 했으며, 저 몸 또한 적절한 에너지로 꿈틀거렸다. 그런데 시계 제작자가 불쑥 손을 밀어 넣어 초침의 흐름을 막듯, 마크하임 자신이 그의 생명의 추를 멈춰 세운 것이다. 그래, 부질없는 두려움이야. 이제 더 이상 양심의 가책으로 괴로워하지 않을 것이다. 살인자들의 그림 앞에서 덜덜 떨었던 심장이지만 지금부터는 동요 없이 현실을 직시할 것이다. 이 세상을 마법의 정원으로 만들 수 있는 온갖 능력들을 헛되이 써버린 채 세상을 뜬 사람. 물론 그에 대한 동정심은 있었다. 하지만 참회 따위는 없다. 전혀.

그는 헛된 상념을 마저 떨쳐 내고 열쇠를 찾기 위해 내실 문으로 향했다. 밖에서는 비가 퍼붓기 시작했고, 지붕을 때리는 빗소리가 정적을 깨뜨렸다. 마치 물방울이 뚝뚝 듣는 동굴처럼 집요한 빗소리가 시계 소리와 어울려 각각의 방과 그의 두 귀를 가득 채웠다. 그리고 순간 마크하임의 조심스러운 발소리에 화답하듯, 다시 계단 위로 멀어져 가는 발소리가 들렸다. 착각인가? 문지방의 그림자들은 여전히 꿈틀거리고 있었다. 그는 다시 한 번 마음을 다져 먹고 문을 잡아당겼다.

뿌연 안개 같은 빛이 헐벗은 바닥과 계단을 희미하게 비추었다. 층계참 위로 놓인, 미늘창을 든 멋진 갑옷도 비추고, 어두운 목조각과 노란색 징두리널에 걸어 둔 액자 사진들도 비춰 주었다. 빗소리가 어찌나 크게 집 안을 울려 대는지, 다른 수많은 소음과 빗소리를 정확히 구분해 낼 수 있을 정도였다. 발소리, 한숨 소리, 멀리서 들리는 대부대의 행군 소리, 짤랑거리는 동전 소리, 그리고 삐걱거리는 문소리들이 돔 지붕을 때리는 빗물 소리와 콸콸거리며 배수관을 지나는 물소리와 마구 뒤섞였다. 집 안에 누군가 있다는 생각은 점점 확고해져 거의 미칠 지경이었다. 유령들이 사방을 에워싸고 배회하였다. 위층에서 귀신들이 움직이고 가게에선 죽은 자가 일어나는 소리가 들렸다. 간신히 계단을 올랐건만, 앞에서는 재빨리 달아나고 뒤에서는 몰래 따라오는 발소리가 들렸다. 차라리 귀머거리였다면 영혼이나마 평온했으련만! 하지만 그는 새롭게 마음을 다졌다. 오히려 전초 기지의 초병처럼 자신의 생명을 사수해 주는 이 바지런하고 믿음직한 감각들에 감사해야 할 일이 아닌가. 그는 부단히 고개를 좌우로 돌렸다. 눈을 부릅뜨고 구석구석 살필 때마다 눈초리로 무언가 꼬리를 감추고 달아나는 게 느껴졌다. 2층으로 오르는 스물네 계단은 말 그대로 스물네 번의 고통이었다.

2층의 방문 세 개가 모두 조금씩 열려 있는 탓에, 문은 매복처가 되고 문틈은 총구가 되어 그의 신경을 흔들었다. 사람들의 감시에 면역되는 건 앞으로 영원히 불가능하겠다는 생각이 들었다. 집에 가고 싶었다. 집에 돌아가 벽 속에 숨고 침대보에 파묻혀 신을 제외한 모두로부터 달아나고 싶었다.

그런 생각이 들자 다소 의아하기는 했다. 천벌에 대한 두려움으로 고통을 겪었다는 다른 살인자들의 이야기가 떠올랐으나 그와는 상관없는 얘기다. 그가 두려워하는 건 오히려 자연의 법칙이었다. 그것은 냉엄하고 변함없는 시간의 추이 속에 빌어먹을 범죄의 증거를 간직하고 있을 수도 있기 때문이다. 그런데 그보다 열 배나 더 두려운 건 무조건적이고 미신적인 공포였다. 행여 경험의 연속성이 단절되고 그 자리에 자연의 심술궂은 변덕이 끼어든다면? 그는 규칙에 기초해 원인에서 결과를 도출해 내는 기술의 게임을 했다. 그런데 자연이 폭군처럼 체스 판을 뒤집고 시간의 연속성을 깨뜨릴 수도 있지 않은가! 나폴레옹이 실패한 것도 겨울이 너무 일찍 찾아왔기 때문이라고 했다. 그런데 마크하임이라고 비껴갈 근거가 어디 있겠는가? 단단한 벽이 유리처럼 투명해지며 그의 행위를 만천하에 드러낼 수도 있다. 견고한 마룻바닥이 모래 늪처럼 꺼져 그를 무저갱으로 낚아챌 수도 있다. 아니, 좀 더 현실적인 이유로 파멸할 수도 있겠다. 예를 들어, 집이 무너져 시체와 함께 갇히게 되면? 이웃집에 화재가 나 소방관들이 사방에서 들이닥친다면? 그는 두려웠다. 어떤 점에선 그런 일들이야말로 단죄의 손이라고 부를 수 있으리라. 그래도 하느님이 무서운 건 아니었다. 그의 행위가 지극히 예외적이긴 해도, 이유는 분명 있었다. 하느님도 그 정도는 알고 계신다. 사람들은 몰라도, 하느님은 그가 정당함을 알고 계시리라.

무사히 거실에 들어가 문을 닫자 다소 안심이 되었다. 방은 완전히 헝클어져 있었다. 침대 곁에 카펫도 깔려 있지 않고 포장 상자들과 기이한 가구들로 온통 뒤덮여 있었다. 체경(體鏡)도 몇 개 걸려, 그의 모습을 마치 무대 위의 배우처럼 다각도로 비춰 주었다. 그림들은 앞면을 벽으로 향해 기대 놓았는데, 액자로 장식한 것도 있고 그러지 않은 것도 있었다. 고급 셰러턴풍의 장식장과 상감 세공의 진열장, 그리고 태피스트리 커튼으로 에워싼 낡은 대형 침대도 보였다. 창문은 바닥 쪽이 열려 있었으나 다행히 덧창 아래쪽이 닫힌 덕에 이웃 사람들에게 들킬 염려는 없었다. 마크하임은 포장 상자 하나를 진열장 앞으로 끌어낸 뒤 열쇠들을 뒤지기 시작했다. 열쇠가 많은 탓에 쉬운 작업은 아니었다. 게다가 진까지 빠졌다. 어쩌면 결국엔 열쇠가 진열장에 없을 수도 있는데, 그렇다면 이 무슨 시간 낭비라는 얘긴가. 다행히 시간이 흐르고 작업이 끝나 가면서 그는 다소 진정이 되기는 했다. 그는 곁눈질로 문을 훔쳐보았다. 때로는 포위당한 지휘관이 요새의 방어 상태를 점검하듯 똑바로 바라보기도 했지만, 사실 특별히 불안한 건 아니었다. 거리의 빗소리도 자연스럽고 유쾌하게 들렸다. 잠시 후 거리 맞은편에서 찬송가를 연주하는 피아노 소리가 들리더니 아이들이 연주에 맞춰 합창을 시작했다. 얼마나 장엄하고 편안한 멜로디인가! 어린아이들의 목소리들도 너무나 청량했다! 마크하임은 열쇠를 뒤지며 기분 좋게 노랫소리에 귀를 기울였다. 마음도 덩달아 가벼운 생각과 이미지들로 충만해졌다. 교회에 가는 아이들과 웅장한 파이프오르간 소리, 마당에서 뛰놀거나 개울에서 멱 감는 아이들, 가시덤불 공원을 산책하는 사람들, 바람 불고 구름 많은 하늘을 향해 연을 날리는 사람들. 그때 찬송가의 가락이 바뀌면서, 그의 생각은 다시 교회와 여름날의 따분한 예배, 목사님의 세련된 목소리(그는 그 목소리를 회상하며 미소 지었다), 예쁘게 장식한 제임스 1세 시대의 무덤들, 그리고 성단 근처에 흐릿하게 적은 십계명으로 돌아왔다.

　그처럼 바쁘게, 그러면서도 멍하니 생각하며 앉아 있다가, 그는 깜짝 놀라 벌떡 일어섰다. 얼음과 불이 동시에 전신을 뒤덮고 피가 역류했다. 그는 그 자리에 완전히 얼어붙었다. 누군가 느리지만 꾸준한 보폭으로 계단을 오르더니, 이윽고 문고리를 잡은 것이다! 마침내 자물쇠가 딸깍 소리를 내며 풀리고 문이 열렸다.

　공포가 마크하임을 옥죄었다. 도대체 뭐지? 죽은 자가 걸어 다니는 건가? 아니면 경관? 누군가 우연히 현장을 목격하고 나를 교수대에 넘길 양으로 무작정 쳐들어오기라도 한 걸까? 한 사내가 문틈으로 빼꼼 얼굴을 내밀고 방 안을 둘러보더니 그를 발견하고는 반가운 듯 미소를 짓고 다시 문 뒤로 숨었다. 문도 닫혔다. 마크하임은 순간 긴장이 풀려 큰 한숨을 내쉬었다. 그리고 그 소리에 방문객이 돌아왔다.

　「나를 불렀는가?」 그가 쾌활한 목소리로 물었다. 아예 방 안으로 들어와 문을 닫기까지 했다.

　마크하임은 멍하니 서서 그를 바라보았다. 눈에 뭔가 씌었는지, 방문자의 윤곽이 마치 상점의 촛불에 흔들리는 초상들처럼 모호하게 가물거렸다. 왠지 아는 사람 같기도 했다. 아니, 그 자신과 닮은 것 같기도 했다. 분명한 사실은 저자는 이 땅의 존재도, 하늘의 존재도 아니라는 것이다. 그리고 그 확신이 살아 있는 공포처럼 마크하임의 가슴을 짓눌렀다.

　하지만 그 존재는 기이하게도 보통 사람의 분위기를 풍겼다. 그가 미소 지으며 마크하임을 보더니 이렇게 덧붙였다.

　「돈을 찾는 모양이로군.」 역시 일상적이고 공손한 말투였다.

　마크하임은 대답하지 못했다.

「경고 하나 하지. 하녀가 애인과 일찍 헤어지는 통에 곧 이 곳에 다다를 걸세. 마크하임, 자네가 이 집에 있다가 들키는 날엔 결론이 뻔하지 않겠나?」 그가 덧붙였다.

「날 아오?」 살인자가 외쳤다.

방문자가 미소 지었다.

「내가 좋아하는 친구니까. 오랫동안 지켜본 데다 이따금 돕기도 했지.」

「도대체 정체가 뭐요? 악마?」 마크하임이 소리 질렀다.

「정체가 뭐든, 자네를 돕겠다는 것에는 변함이 없을 걸세.」 방문자의 반응이었다.

「아니, 변할 수 있어! 얼마든지! 당신이 날 돕는다고? 아니, 절대 그럴 일 없소. 당신은 아니야! 날 알지도 못하잖소, 응? 맙소사, 절대 알 리가 없지!」 마크하임이 소리쳤다.

「알고 있네. 자네 영혼까지 속속들이.」 방문자가 말했다. 부드럽지만 냉엄하고 단호한 목소리였다.

「안다고? 누가 날 알지? 나 자신도 부끄러울 만큼 비천한 인생인데? 난 일평생 본성을 속이며 살아왔소. 다들 마찬가지긴 하겠지. 사람들의 선한 본성은 스스로를 얽매는 위선에 질식당하고 있소. 강도에게 보쌈당한 사람처럼, 삶에 질질 끌려가는 사람들을 봐요. 그들에게 절제력만 있어도, 혹은 자신의 얼굴을 볼 수만 있었어도 상황은 완전히 달라졌을 거요. 다들 영웅이나 성인들처럼 온몸에서 빛이 났겠지! 하지만 난 그들보다 심각하오. 나 자신은 어둠에 가려져 있고 그 이유를 아는 것도 나와 하느님뿐이니까. 하지만 때가 되면, 나는 나 자신에 대해 털어놓을 생각이오.」

「나한테?」 방문자가 물었다.

「무엇보다 당신한테 먼저 말이오. 솔직히 난 당신이 지적인 존재일 줄 알았소. 당신이 실존하니까, 마음을 읽을 수도 있다고 믿었지. 그런데 기껏 행동으로 나를 판단하려 들다니! 알겠소? 내 행동으로 말이야! 난 거인의 땅에서 태어나고 자랐소. 엄마 배에서 나오자마자 거인들은 내 손목을 잡아끌고 갔지. 바로 환경이라는 거인 말이오. 그런데 내 행동으로 날 판단해? 당신은 내면도 볼 줄 모르나? 나도 죄악을 싫어한다는 사실을 이해 못 한다는 거요? 내 안에 이렇게 투명한 양심이 있는 것도 보지 못하는 거요? 번번이 무시되기는 했으되 그 어떤 궤변에도 오염되지 않은 이 양심을? 인간성만큼이나 모든 이에게 공통된 속성도 못 읽는다는 거요? 누구나 피치 못해 죄인이 된다는 사실을?」

「아주 감동적인 얘기로군. 하지만 나와는 상관없는 얘기일세. 정합성(整合性)에 관한 그런 논리들은 내 분야가 아니야. 그러니까 자네가 올바른 길을 가는데 어떤 힘에 이끌려 왔는지는 내 알 바가 아니란 말일세. 아무튼 시간이 촉박하이. 하녀가 사람들을 구경하고 광고판의 그림을 보느라 걸음이 늦기는 하지만, 그래도 점점 가까워지고 있네. 그것은 마치 교수대가 크리스마스 거리를 따라 자네에게 접근하고 있는 것과 같지. 도움이 필요하지 않은가? 난 모든 걸 알고 있네. 원한다면 돈이 어디에 있는지도 말해 줄 수 있지.」

「대가는?」 마크하임이 물었다.

「크리스마스 선물 정도로 생각하게나.」 방문자의 대답이었다.

마크하임은 슬며시 미소부터 지었다. 일종의 쓸쓸한 승리감 때문이었다.

「아니, 아무 도움도 받지 않겠소. 내가 아무리 갈증으로 죽어 간다 해도, 주전자를 내미는 자가 당신이라면 죽음을 무릅쓰고라도 거부할 거요. 경솔한 짓일지도 모르지만, 절대 악마의 제물은 될 수 없으니까.」

「임종을 앞둔 참회라면야 얼마든지 하게나.」 방문자가 말했다.

「참회의 가치를 부정한다는 얘기요?」 마크하임이 외쳤다.

「그런 말이 아닐세. 다만 다른 각도에서 상황을 볼 뿐이야. 목숨이 다하면 결국 내 관심도 사라진다네. 저기 누워 있는 자도 살아서는 너를 도왔지. 종교의 색을 덧씌워 검은 욕망을 내보였으니까. 아니면 자네처럼 욕망에 순응해 밀밭에 독보리 씨를 뿌렸을지도 모르겠군. 이제 구원의 시간이 다가왔으니 그도 날 위해 한 가지 봉사를 더할 수 있을 거야. 바로 참회하고 미소 띤 모습으로 죽어서, 내 겁 많은 추종자들에게 확신과 희망을 심어 주는 거지. 난 그렇게 가혹한 주인은 못 된다네. 한번 믿어 보라고. 내 도움을 받아들이고 지금까지 해왔듯 인생을 만끽하는 거야. 느긋하게 식탁에 팔꿈치를 대고 누릴 만큼 누리게나. 해가 지고 커튼이 내려오면, 양심과의 타협은 물론 신과의 휴전 역시 훨씬 쉬워진다는 사실을 깨닫게 될 테니까. 조금 전 그런 식의 임종을 보고 왔다네. 방에는 정말로 슬퍼하는 사람들이 모여 사내의 유언에 귀를 기울이고 있었지. 그런데 내가 자비와는 상관없이 냉혹해 보이는 그의 얼굴에서 희망의 미소를 보지 않았겠나?」

「날 그런 존재로 생각하는 거요? 평생 죄만 짓다가 마지막 순간에 천국에 몰래 숨어들어 가려는 파렴치한 정도로? 생각만 해도 역겹군. 결국 인간에 대해 아는 게 그것뿐인 거요?

아니면 이 피 묻은 손 때문에 날 그런 저열한 인간으로 여기는 거요? 살인죄가 선(善)의 샘을 말릴 만큼 그렇게 불경한 죄란 말이오?」

「살인이 특별한 의미가 있는 건 아니지. 모든 삶이 전쟁이듯 모든 죄는 곧 살인이니까. 자네 종족은 뗏목 위의 굶주린 선원이나 다를 바 없다네. 배고픈 사람한테 빵 조각을 빼앗고 서로의 생명을 갉아먹는 부류지. 내가 좇는 건 행위의 순간 이면의 죄일세. 나는 그 모든 것에서 최종 결론은 결국 죽음이란 걸 알았지. 내가 보기엔, 무도회 문제로 엄마한테 함부로 대하는 예쁜 처녀의 손에서도, 자네 같은 살인자처럼 살상의 피가 줄줄 흘러내린다네. 내가 죄를 좇는다고 했던가? 아니, 난 미덕을 좇기도 한다네. 둘은 눈곱만치도 차이가 없네. 둘 다 죽음의 사신을 처치하기 위한 낫일 뿐이니까. 내 존재의 이유인 악은 행위가 아니라 기질에 있네. 내게 소중한 건 악인이지 악행은 아니라는 뜻일세. 세월의 급류를 충분히 따라 내려가다 보면, 악행의 성과들이야말로 가장 고귀한 미덕의 결과들보다도 더 많은 축복을 받게 될 걸세. 내가 탈출을 도우려는 이유는 가게 주인을 죽여서가 아니라, 자네가 바로 마크하임이기 때문이라네.」

「솔직히 말하겠소. 당신이 지금 문제 삼는 행위야말로 내 마지막 악행이오. 여기까지 오면서 많은 걸 깨달았지만 그 자체로도 큰 교훈이었소. 그것도 아주 중요한 교훈이었지. 이제껏 원치 않는 삶을 살아온 건 어쩔 수 없었기 때문이었소. 가난의 노예로 태어나 이리 쫓기고 저리 휘둘렸던 게지. 물론 그런 유혹을 이겨 낼 강인한 심지도 있다지만 난 그렇지 못했소. 그보다는 쾌락에 탐닉했지. 하지만 오늘 이 일이 끝나면, 교훈과 재산을 얻고 또 내 본연의 모습을 되찾을 힘과 의지도 생길 거요. 이제부터는 자유로운 배우가 되어 세상을 살아갈 생각이오. 나 자신을 완전히 바꾸는 거지. 이 손은 천사의 대리인이 되고 이 심장은 평화를 위해 바치리다. 그렇소, 과거의 꿈을 돌이킬 생각이라오. 안식일 저녁 교회 오르간 연주를 들을 때마다 성서 위에 눈물을 떨구며 꾸던 그 꿈을 말이오. 내 삶은 그곳에 있소. 몇 년간 방황했지만 이제 다시 내 운명의 도시를 찾겠소.」

「돈을 주식에 투자할 생각인가? 내가 제대로 알고 있다면 이미 수천 달러를 잃지 않았나?」 방문자가 지적했다.

「아, 하지만 이번엔 감이 확실히 좋소.」

「이번에도 잃고 말 걸세.」 방문자가 조용히 예언했다.

「그래서 반 정도는 남겨 둘 생각이오!」 마크하임이 항변했다.

「그것도 잃을 걸세.」

마크하임의 이마에 땀이 맺히기 시작했다.

「좋아, 그럼 또 어때? 잃는다고 하자고. 그래서 또다시 가난뱅이 신세가 되는 거야. 그렇다고 해서 악한 본성이 선한 본성을 짓밟게 될까? 내 내면엔 선과 악이 동시에 양쪽 방향으로 나를 끌어당기고 있소. 난 어느 한쪽이 아니라 양쪽을 다 사랑하오. 위대한 업적과 달관, 순교를 꿈꿀 수도 있소. 비록 살인 같은 범죄를 저지르기는 했으나, 나라고 동정심이 없겠소? 난 가난한 사람들도 동정하오. 그들의 시련을 누가 나보다 더 잘 알겠소? 난 그 사람들을 동정하고 돕기도 하오. 또 사랑도 소중히 여기고 정직한 웃음도 높이 평가하오. 이 세상엔 선도 진실도 없다지만 그래도 그런 가치들을 사랑하고 있소. 진심으로 말이오. 그런데 내 악한 심성만이 내 삶을 이끌고, 내 미덕은 무기력하게 물러나 있다고? 쓸모없는 통나무처럼? 천만에. 선 역시 내 행동의 원천이란 말이오.」

그때 방문자가 손가락 하나를 들었다.

「이 세상을 살아온 지난 36년 동안, 자네는 운명은 물론 성격까지 많은 변화를 겪었네. 난 자네가 꾸준히 타락해 가는 모습을 지켜보았지. 15년 전 자네는 도둑만 봐도 질겁했을 걸세. 3년 전이라면 살인이라는 단어만으로도 하얗게 질렸겠지. 이제 자네를 위축시킬 범죄가 남아 있는가? 지금의 자네한테 불가능한 폭력이 있나? 앞으로 5년 후면 그 모든 게 현실로 드러날 걸세! 자네는 끊임없이 추락하고, 결국 자네를 막을 수 있는 건 죽음밖에 남지 않을 거라고!」

「인정하겠소. 어떤 점에선 악을 추종한 셈이니까. 하지만 누군 안 그런가? 아무리 검소하고 소박한 삶을 사는 성인들이라 해도, 결국 환경의 영향을 받는 것 아니오?」 마크하임이 갈라진 목소리로 따졌다.

「간단한 질문 하나 하겠네. 그리고 자네가 대답하면, 자네 양심의 운세를 일러 주지. 자넨 살아오는 동안 수없이 많은 방종을 저질렀네. 어쩌다 좋은 일도 했겠지. 그래, 어떤 점에선 누구나 다 마찬가지일 거야. 하지만 아무리 그렇다 해도, 그래, 자네한테 특별히 만족하기 힘들었던 일이 따로 있나? 아니면 매사가 다 그렇게 되는대로인가?」

「특별히 불만스러운 일 말이오?」 마크하임이 되뇌고는 곰곰이 생각해 보더니 이내 절망적인 표정을 지었다. 「아니, 그런 일은 없소. 만사가 다 그 모양이었으니까.」

「그럼, 지금의 자네한테 만족하게나. 자네는 바뀌지 않아. 이 무대에서의 자네 역할은 이미 돌이킬 수 없게 되었다네.」

마크하임은 아무 말 없이 한참을 서 있었다. 정적을 깨뜨린 건 방문자였다.

「그건 그렇고, 이제 돈을 보여 줄까?」

「그럼 신의 자비는?」 마크하임이 외쳤다.

「그거야 이미 자네가 시도해 보지 않았나? 2~3년 전 자넨 부흥회에 참석했네. 가장 큰 목소리로 찬송을 부른 게 자네 아니었던가?」

「사실이오. 아무튼 좋소. 내게 남은 의무가 뭔지 분명히 알았소. 내 영혼의 깨달음을 준 데 대해 감사하오. 드디어 나도 눈을 떴소이다. 이제야 내 실체가 보이는군요.」

그때 날카로운 초인종 소리가 울리기 시작했다. 그러자 마치 신호를 기다리기라도 한 듯 방문자의 태도가 바뀌었다.

「하녀야! 그녀가 돌아온다고 경고했지? 이제 좀 더 어려운 관문이 남았네. 자네는 주인이 아프다고 말하고 여자를 들어오게 하게. 당황하지 말고. 되도록 심각한 표정을 지어야 하네. 미소나 과장은 금물이야. 그럼 분명 성공할 걸세. 일단 여자가 안으로 들어오고 문이 닫히면, 주인을 처리한 것과 똑같이 처리하게나. 그럼 마지막 장애도 제거되고 오늘 저녁 시간은 온전히 자네 차지가 된다네. 아니, 필요하다면 밤새도록 집 안 보물을 약탈해도 좋아. 얼마든지 빠져나갈 수 있으니까. 그야말로 하늘의 은총이 위험의 가면을 쓰고 자네를 찾아온 격이 아니겠나! 일어나게. 어서! 지금 자네의 인생은 흔들린 채 저울 위에 매달려 있다네. 자, 그러니 빨리 움직이라고!」 그가 외쳤다.

마크하임이 가만히 조언자를 바라보았다.

「내가 악행을 저지를 운명이라 해도, 자유의 문은 아직 남아 있소. 모든 행동을 포기하는 거요. 삶 자체가 사악하다면 삶을 포기할 수도 있소. 당신의 지적대로, 내가 온갖 사소한 유혹에 이끌려 다녔다 해도, 단 한 번의 결정적 행동이면 나 또한 그 어떤 유혹에서도 벗어날 수 있소. 비록 선에 대한 사랑이야 결실을 못 보겠지만, 그래도 상관없소. 중요한 건 내가 아직 악을 증오한다는 사실이니까. 당신이야 크게 실망하겠지만, 난 바로 그 사실로부터 힘과 용기를 끌어낼 참이오.」

방문자의 외모가 환상적이고도 아름답게 변하기 시작했다. 이목구비가 밝아지고 부드러워지며 은은한 기쁨을 풍겼다. 그는 그렇게 밝아지면서 동시에 흐리고 투명해졌다. 하지만 마크하임은 그 변화를 지켜볼 시간도, 이해할 생각도 없었다. 그는 문을 열고 아주 천천히 아래층으로 내려갔다. 과거가 한눈에 펼쳐졌다. 그는 있는 그대로 과거를 보았다. 마치 꿈을 꾸듯, 추하고 격렬하고 우연처럼 제멋대로인 과거. 요컨대 실패의 삶이리라. 이렇게 돌이켜 보니 삶은 더 이상 매력이 없었다. 그러나 그 이면에 삶의 닻을 내릴 조용한 항구가 드러났다. 그는 복도에 잠시 멈춰 서서 가게를 돌아보았다. 시체 옆에 아직 촛불이 타오르고 있었다. 이상할 정도로 고요했다. 그렇게 지켜보는 동안 가게 주인에 대한 생각이 밀물처럼 밀려들기도 했다. 그리고 초인종이 다시 초조하게 울어 댔다.

그는 문간에서 하녀를 맞이했다. 그의 입가엔 가녀린 미소가 걸려 있었다.

「경찰을 부르도록 해요. 내가 당신 주인을 죽였으니까.」 그가 말했다.

목이 돌아간 재닛

머독 술리스 목사는 듈 계곡에 있는 밸위어리의 황무지 같은 교구에서 오랫동안 성직자로 일해 왔다. 교인들이 두려워한 무뚝뚝하고 어두운 이 노인은 말년의 나이에도 불구하고 친척도 하인도 친구도 없이 행잉쇼 기슭의 작고 쓸쓸한 목사관에서 혼자 지냈다. 그는 강철처럼 차가운 인상을 주었지만 두 눈은 초점을 잃고 불안한 데다 끝없이 흔들렸다. 더군다나 버릇없는 사람을 앉혀 두고 훈계를 할 때면, 그 눈빛은 시간의 폭풍우를 뚫고 영겁의 공포를 꿰뚫어 보는 듯했다. 그래서 첫영성체를 준비하는 기간에 어린 신도들은 그의 설교에 잔뜩 겁을 집어먹었다. 매년 8월 17일 이후 첫 번째 일요일에는 「베드로의 첫 번째 편지」 5장 8절의 〈으르렁대는 사자와 같은 악마〉를 주제로 설교했는데, 섬뜩한 내용에 목사의 위협적인 태도까지 더해져 예배당은 공포의 도가니가 되고 말았다. 아이들은 놀라 경련을 일으켰고 어른들도 유령이라도 본 듯 하루 종일 불길한 표정이었다. 목사관은 울창한 숲 속의 듈 계곡에 위치했다. 한쪽으로는 쇼라는 이름의 큰 산이 우뚝 솟아 있고 다른 쪽으론 으슬으슬하고 황량한 언덕들이 하늘을 향해 뻗은 곳이었다. 하지만 술리스 목사가 목사관에 들어온 이후, 조심성이 많은 사람들은 어스름한 시간대에는 절대 그 근처를 알짱거리지 않았다. 작은 선술집에 모인 사람들도, 야심한 시간에 그 무시무시한 계곡을 지나야 한다고 생각하면 절레절레 고개를 저었다. 사실 마을 사람들이 특별히 두려워하는 장소는 따로 한 곳 있었다. 좀 더 구체적으로 말하자면 이렇다. 목사관은 큰길과 듈의 물줄기 사이에 자리잡고 있었다. 그리고 박공지붕 뒤로는 8백 미터 떨어진 곳에 밸위어리 교회 마을이, 정면의 개울과 도로 사이에는 가시나무 울타리를 두른 헐벗은 정원이 있있다. 집은 2층으로 각 층마다 큰 방이 하나씩 있었다. 문은 곧바로 정원으로 연결되지 않고 자갈이 깔린 샛길을 지나야 했는데, 그것의 한끝은 큰길과 이어져 있고 반대편은 개울가의 키 큰 버드나무와 딱총나무 숲으로 막혀 있었다. 밸위어리의 어린 신도들 사이에 악명 높은 곳이 바로 이 좁은 자갈길이었다. 밤이 어두워지면 목사는 그 길을 산책하며 큰 소리로 신음을 흘리곤 했는데, 절박한 기도라도 올리는 모양이었다. 그래서 그가 목사관을 잠그고 출타하기라도 하면 겁 없는 학생들이 조마조마한 가슴으로 〈선구자를 쫓아〉 전설의 샛길을 가로지르곤 했던 것이다.

이런 공포 분위기는, 저 무결점의 성격과 교리로 무장한 신앙인을 둘러싸고 있으며 우연이나 용무로 간혹 이 오지 마을을 찾는 이방인들의 놀라움과 호기심을 자아내기에 충분했다. 하지만 술리스 목사가 부임한 첫해의 기이한 사건에 대해 아는 교구민은 별로 없었다. 자세한 내용을 아는 사람들은 입을 다물고 다른 사람들도 언급 자체를 꺼렸기 때문이다. 간혹 맥주 몇 잔에 흥이 오른 어느 노인네가, 목사의 기이한 외모와 쓸쓸한 생활이 어떻게 시작되었는지 들려주기는 했다.

50년 전, 처음 뱀위어리에 왔을 때만 해도 술리스 목사는 젊은이였어. 사람들이 〈애송이〉라고 부를 정도였지. 학식도 높고 설교도 화려했지만, 애송이들이 다 그렇듯 종교적 경험은 거의 일천하다고 봐야 했어. 그래, 젊은 세대야 그 친구의 재주와 말솜씨에 매료되었지만, 조바심 많은 노인네들이야 어디 그런가. 젊은 목사가 자기기만에 빠져 있다고 걱정하고 기도까지 했지. 그런 성직자를 받아들인 마을을 안쓰러워도 했고. 당시는 온건파가 득세하기 전이었지만(참 지긋지긋한 인간들이지. 하지만 비가 와야 땅도 굳는 법이잖아?) 그래도 조금씩 늘어나는 추세였어. 대학교수들은 제멋대로 가르치고, 그들한테 배운 청년들은 박해받은 선구자들 흉내라도 내듯 겨드랑이에 성서를 끼고 마음엔 기도를 품은 채 토탄(土炭) 늪에 나가 앉아 있는 걸 더 좋아했으니까. 물론 사람들이야 주님께서 그자들을 벌하지 않는다고 투덜댔지. 아무튼 술리스 목사가 대학에 너무 오래 있었던 것만은 분명했다. 그는 신중하고 조바심이 많은 친구였어. 책도 많았고. 사제관에 그렇게 책이 많았던 적은 없었는데, 덕분에 짐꾼들이 고생깨나 했지. 이곳과 킬매컬리 사이에 있는 악마의 늪을 모두 메울 정도로 책이 많았으니까! 물론 다들 신학 서적이었겠지만, 노인네들은 그렇게 많은 책이 무슨 소용이냐는 쪽이었지. 기껏해야 이 손바닥만 한 촌구석에 주님의 말씀을 전하는 일이잖아? 게다가 목사는 반나절에 밤까지 더해 줄곧 글을 썼는데(그것도 보기 좋은 모습은 아니야!) 처음엔 그가 예배에서 그 설교문들을 읽을까 봐 다들 겁을 먹었지. 그런데 나중에 알고 보니 책을 쓰던 중이었더군. 사실 그 나이엔 그것도 주제넘은 짓이었어. 아는 게 뭐 있다고!

그래, 그에게도 나이 들고 정숙한 아내가 필요했지. 목사관도 꾸미고, 잘 먹는 사람은 아니었지만 식사도 챙겨 줘야 했으니까. 당시 재닛 맥클루어라는 여자를 소개받았는데 그도 외로운 탓에 싫지 않은 기색이었어. 아, 결혼을 반대하는 사람들도 없지는 않았지. 밸위어리의 유지들이 재닛을 의심했기 때문이야. 아주 오래전 한 악당과 살면서 아이를 낳기도 한 데다 거의 30년 동안 성체를 받아 본 적이 없었거든. 더군다나 해 저문 후에 혼자 중얼거리며 전당포에 오르는 걸 봤다는 아이들도 있었는데, 주님을 두려워하는 여인이 드나들기엔 시간도 장소도 적절하지 못했어. 목사에게 재닛을 소개한 사람은 마을 지주였는데, 목사도 당시엔 지주의 환심을 사려고 애쓸 즈음이라, 사람들이 재닛을 악마의 자식이라 해도 그는 미신이라고 우겼고, 목사와 엔도르라는 마녀[1]에게 성서라도 들이밀어 보이면, 그런 건 이미 오래전 얘기고 지금은 악마도 자비를 얻어 제멋대로 굴지 못한다는 말로 그들의 입을 막아 버렸지.

근데, 재닛 맥클루어가 목사관 하녀로 일한다는 소문이 돌자, 사람들은 두 사람 모두에게 화를 냈어. 부녀자 몇은 문 옆에 숨어 재닛이 군인의 아이를 낳고 존 톰슨의 소 두 마리를 훔쳤다며 욕을 퍼부어 대기도 했지. 그래도 그녀가 말을 잘 안 했기에, 대부분의 사람들은 그녀를 건드리지 않게 되었고

1 혼백을 불러내는 영매.

204

그녀도 사람들 일에 개의치 않았어. 심지어 〈안녕하세요〉 같은 인사도 없었어. 하지만 일단 화가 나면 방앗간 주인도 꼼짝 못 할 만큼 목소리가 컸지. 그래서 그녀가 흥분했다 하면, 밸위어리엔 그날 누군가 식겁했다는 소문이 돌았던 거야. 당사자는 아무 말도 못 하고 그녀 혼자 날뛰었다는 얘기라네. 그러다 결국 여자들이 올라가 그녀의 외투를 벗겨 낸 다음 마을 너머의 뒬 계곡으로 끌고 갔어. 그녀가 마녀인지 아닌지, 수영을 하는지 아니면 익사하는지 보겠다는 거였네. 그녀는 행잉쇼까지 들릴 정도로 비명을 지르고 미친 듯이 발악했지. 그로 인해 많은 여자들이 상처를 입었는데, 그 후로도 한참 후까지 흉터가 남을 정도였어. 그런데 한창 드잡이하고 있는데, 그 자리에 글쎄 누가 나타났겠나? 바로 (죄 많은) 신참 목사였다네!

「부인들, 주님의 이름으로 명하노니 그 여자를 놔주시오!」 그가 외쳤어. (목소리가 우렁차다는 얘기는 했던가?)

재닛이 그에게 달려가 매달렸어. 그녀는 크게 겁에 질린 채 제발 살려 달라고 애원했지. 하지만 여자들도 그가 모르는 끔찍한 얘기들을 고해바치기 시작했어.

「부인, 그게 사실이오?」 그가 재닛에게 물었지.

「주님께서 절 지켜보시고 절 만드셨습니다. 맹세코 모르는 얘기입니다. 아이라뇨? 전 평생을 정숙하게 살아왔답니다.」

「그럼 주님과 그분의 미천한 사제인 내 앞에서 악마는 물론 그의 악행들과도 단절할 것을 선언하겠습니까?」 술리스 목사가 물었어.

음, 그의 요청에 그녀가 이를 드러내며 분노하는 통에 사람들이 섬뜩해하기도 했다네. 부드득 이를 가는 소리까지 들을 수 있었으니까. 하지만 그뿐이었어. 결국 재닛은 손을 들어 모두의 앞에서 악마와의 단절을 맹세해야 했지.

「됐습니다. 다들 집으로 돌아가서 주님께 용서를 비세요.」
술리스 목사가 여자들에게 말했어.

그리고 그는 속옷 차림의 재닛을 귀부인처럼 부축해 집까지 데려다 주었는데, 그때 그녀의 비명과 웃음소리는 그 후에도 내내 추문으로 남았다네.

그날 밤엔 많은 사람들이 오랫동안 기도를 올렸네. 그런데 아침이 오자, 뱰위어리에 너무도 끔찍한 일이 벌어진 거야. 아이들이 무서워 몸을 숨기고 어른들마저 자리에서 일어나 문밖을 엿보았어. 재닛이 마을로 내려오고 있었기 때문인데, 사실 재닛인지 그녀의 유령인지는 모르겠지만, 여자는 마치 교수형을 당한 사람처럼 목이 돌아가 머리가 한쪽으로 꺾인 채였어. 얼굴은 죽은 시체처럼 잔뜩 일그러져 있었지. 하지만 사람들도 점점 그 모습에 익숙해져 갔어. 어쩌다 그렇게 되었는지 재닛한테 묻기까지 했지만, 그녀는 이제 기독교 여인들처럼 말을 할 수가 없었던 거야. 그뿐 아니라, 침을 흘리고 이를 사시나무 떨듯 달그락거리기도 했지. 물론 그 입으로 주님의 이름을 부를 수도 없었어. 주님을 찾고 싶어도 그럴 수가 없었으니까. 현자들은 거의 말을 하지 않았지만, 그 괴물을 재닛 맥클루어라고 부르지도 않았어. 그들이 보기에 재닛은 그날 대지옥에 빠졌던 거야. 그런데도 목사는 그녀를 가두지도 묶어 두지도 않았다네. 오히려 사람들의 학대로 인해 그녀가 중풍에 걸렸다고 설교하는 쪽이었지. 목사는 재닛을 괴롭히는 아이들을 매질하고는 그날 밤 곧바로 그녀를 목사관으로 데려가 행잉쇼 아래서 둘만의 동거를 시작했다네.

그래, 시간은 흘러갔지. 사람들도 당시의 사건을 좀 더 가벼운 시각으로 보기 시작했어. 목사도 좋은 평판을 얻었고. 여전히 밤늦게까지 집필에 몰두한 터라, 사람들은 자정이 넘어서까지 뜐 계곡 옆에서 타오르는 촛불을 볼 수 있었지. 그는 처음 왔을 때처럼 자신에게 만족하고 느긋했는데, 사실 사람들이 보기엔 점점 말라 가고 있었다네. 재닛으로 말하자면, 그녀는 마을을 오가기는 했는데, 전에도 거의 말이 없었지만 이제는 아예 말을 하지 않았지. 그럴 이유도 생겼잖아. 아무와도 접촉하지 않았으니까 말이야. 이젠 외모까지 무시무시하게 변했지만, 밸위어리 교구를 위해서라도 그녀에게 시비를 걸 사람은 없었던 거야.

7월 말쯤, 이상 기후가 닥쳤지. 바람 한 점 없이 가혹할 정도로 무더운 나날이었는데, 그 인근에서는 한 번도 없던 일이었네. 양 떼들은 블랙힐을 오르지도 못했고 아이들 또한 너무 더워 뛰놀 생각조차 못 했어. 더군다나 계곡을 휘몰아치는 갑작스러운 열풍과, 갈증 해소와 거리가 먼 소나기는 끔찍하기까지 했다네. 아침이면 천둥이라도 내리칠 거라고 생각했건만, 아침이 오고 또 아침이 와도 언제나 똑같은 기괴한 날씨였지. 사람은 물론 짐승들도 견디기 힘들었지만 그래도 그 와중에 가장 고통을 겪은 이는 술리스 목사였네. 잠도 못 자고 먹지도 못한다며 어른들한테 하소연까지 하더군. 그는 그 지루한 책을 쓰지 않는 밤이면 귀신 들린 사람처럼 교외를 싸돌아다니기도 했어. 다른 사람들은 선선한 집 안에서 편안히 쉬고 있는데 말이야.

행잉쇼 위쪽의 블랙힐 들판에 쇠문 달린 작은 울이 있었네. 왕국에 축복의 빛이 내리기 전엔 밸위어리의 교회 묘지로 쓰여 옛 가톨릭교도들이 신성시하던 곳이었어. 그곳은 술리스 목사의 은신처이기도 해서, 그곳에 앉아 설교문을 준비하곤 했지. 하지만 실제로도 작고 평온한 곳이었네. 음, 그런데 어느 날 그가 블랙힐 서쪽으로 올라오는데, 처음엔 두 마리, 그리고 네 마리, 그다음엔 일곱 마리 갈가마귀가 옛 무덤 위를 맴돌고 있는 거야. 새들은 낮고 무겁게 날면서 서로 깍깍거리며 울었어. 술리스 목사는 무언가가 그들을 보금자리에서 쫓아냈다고 생각했지. 그는 쉽게 겁먹는 사람이 아니라 곧바로 울타리 쪽으로 달려갔네. 그런데 뭐가 있었는지 아나? 한 남자가 무덤 위에 앉아 있는 거야. 아니면 남자 모습을 한 유령이든가. 체격이 크고 지옥에서 온 것처럼 검은 사내였는데[2] 정말로 흉측하기가 짝이 없었지. 술리스 목사도 흑인에 대한 소문을 들어서인지, 이자한테서 뭔가 섬뜩한 분위기가 느껴졌다네. 그 더운 날씨에도 불구하고 뼛속 깊이 오한이 일 정도였어. 그래도 그는 말을 걸어 보려 했어. 「여보세요, 이곳에 처음 오셨습니까?」 흑인은 아무 대답도 없었어. 그러더니 자리에서 일어나 미끄러지듯 반대쪽으로 걸어가는 거야! 두 눈은 계속 목사에게 고정되어 있었고, 목사도 그 자리에 서서 그를 마주 보았네. 잠시 후 흑인이 울타리를 타 넘어 숲을 향해 달려갔다더군. 이유야 어쨌든 술리스 목사도 그 뒤를 쫓아 달려갔어. 하지만 오랜 산책에 지친 데다 날씨는 너무도 무더워 답답하게 내리누를 정도였네. 아무리 힘껏 달려도, 자작나무들 사이로 언뜻언뜻 흑인을 보는 게 고작이었어. 마침내 언덕 기슭까지 내려왔을 때 한 번 더 그자를 봤는데, 세상에, 그자가 걷고 달리고 뛰면서 듈 계곡의 물줄기를

2 스코틀랜드의 민담에서 악마는 늘 흑인으로 나온다.

넘더니 곧바로 목사관으로 들어가는 게 아닌가!

저 끔찍한 괴물이 밸위어리의 목사관을 멋대로 드나들게 할 수는 없다는 생각에 그는 더욱 속도를 높였다네. 땀에 흠뻑 젖어 개울을 건너고 산책로를 올라갔지만 검은 악마는 어디에도 없었어. 큰길에 나가 봐도 소용이 없고, 정원 밖에도 흑인은 없었다네. 그는 뒤쪽으로 돌아가, 조금은 불안한 마음으로 문을 열고 목사관으로 들어갔어. 바로 앞에 재닛 맥클루어가 있었는데, 목이 돌아간 그녀는 그를 보고도 전혀 반가운 표정이 아니었네. 한 번도 개의치 않던 모습이건만 그날만은 악마를 본 때처럼 한기가 들고 소름이 끼쳤어.

「재닛, 흑인을 봤소?」 그가 물었지.

「흑인이요? 오, 끔찍해라! 그게 무슨 소리예요, 목사님? 밸위어리엔 흑인이 없답니다.」 그녀의 대답이었어.

그녀의 말투는 되새김질하는 망아지처럼 입속으로 웅얼거리는 식이었네.

「이런, 재닛, 흑인이 없다면 그자는 악마가 분명하오.」

그는 열병에 걸린 사람처럼 주저앉아 이를 덜덜거리며 떨기 시작했어.

「세상에, 목사님, 그게 무슨 바보 같은 소리랍니까?」 그녀는 늘 지니고 다니던 브랜디 조금을 목사에게 건넸네.

그 후 술리스 목사는 서재에 파묻혀 지냈어. 길고 낮고 어두운 방이었는데, 목사관이 개울 바로 옆에 있는 탓에 겨울엔 지독하게 춥고 한여름엔 무척이나 습한 곳이었지. 그는 자리에 앉아 지금까지 밸위어리에서 일어난 일은 물론, 한창 철없이 뛰놀던 어린 시절과 고향 생각도 했네. 하지만 그동안에도 흑인은 오랜 노래처럼 그의 머릿속을 떠나지 않았어. 생각하면 할수록 뇌리엔 흑인뿐이고 기도를 하려 해도 아무 단어도 떠오르지 않는 거야. 글을 쓰려 했지만 그 역시 불가능했어. 게다가 흑인이 바로 옆에 있기라도 한 듯, 우물처럼 식은땀을 쏟기도 했다네. 그는 한참이 지나서야 세례식을 끝낸 아이처럼 정신을 차리고 두려움도 물리쳤지.

목사는 창가로 다가가 듈 계곡을 내다보았어. 목사관 밖에는 기이할 정도로 숲이 우거지고 그 아래로 깊은 물이 흐르고 있었어. 재닛은 그곳에서 웃옷을 걷어 올리고 빨래를 하고 있었어. 등진 방향이라 처음엔 목사도 자기 눈에 비친 광경의 의미를 몰랐지. 그런데 그때 그녀가 고개를 돌렸고, 목사노 그만 그녀의 얼굴을 보고 만 거야. 술리스 목사는 그날만 벌써 세 번째로 소름이 돋고 말았네. 순간 문득 사람들이 했던 얘기가 떠올랐어. 재닛은 오래전에 죽었고 지금 있는 건 썩은 몸뚱이를 뒤집어쓴 유령이라는 얘기 말이야. 그는 조금 뒤로 물러나 자세히 살펴보기 시작했어. 혼자 있던 그녀는 울부짖으며 빨래를 밟고 있었는데, 그런데, 오, 맙소사, 그 끔찍한 얼굴이라니! 그녀는 점점 더 큰 소리로 노래를 불렀지만 그 가사는 누구도 이해할 수 없는 거였어. 그동안에도 그녀는 내내 주변을 살폈지만 아무도 보지 못했지. 물론 목사는 뼛속 깊이 오한을 느꼈어. 그건 분명 하늘의 경고였는데, 그럼에도 불구하고 술리스 목사는 오히려 자신을 책망했어. 그런 생각이야말로 자기밖에 의지할 사람이 없는 늙고 불쌍한 아내에 대한 모독이라고 말이야. 그래서 그는 자신과 그녀를 위해 기도를 올렸어. 가슴이 다시 뛰는 바람에 냉수를 조금 더 마시기는 했지. 그리고 땅거미가 지자마자 자신의 썰렁한 침대로 간 거야.

벨위어리로서는 결코 잊을 수 없는 밤이었어. 1712년 8월 17일 밤. 아까도 말했듯, 매일매일이 혹서였지만 그날 밤은 그 어느 때보다도 더 지독했지. 태양마저 흉측한 구름들 사이로 숨어 버려 무덤처럼 어둡던 날이었네. 별 하나 바람 한 점 없었어. 바짝 갖다 대지 않으면 자기 손도 보이지 않을 정도로 캄캄했고, 마을 노인들마저 침대 덮개를 걷은 채 숨을 헐떡이며 누워 있었어. 술리스 목사야 그런 상황을 겪었으니 물론 제대로 잠을 이룰 수가 없었지. 그는 이리저리 몸을 뒤척였어. 평소에 편안하고 서늘했던 침대가 배겨 견딜 수가 없었거든. 잠은 끝끝내 선잠이었어. 자정을 알리는 시계 소리도 들리고, 누가 죽기라도 한 듯 황무지 위에서 똥개 우는 소리도 들렸어. 때로는 유령들이 속삭이는 소리가 들리더니, 정말로 방 안에서 도깨비불을 보기도 했다네. 아무래도 어디가 안 좋은 모양이라고 생각했는데, 정말로 아프긴 했어. 병에 걸린다는 생각은 해본 적도 없었는데 말이야.

머릿속이 조금 더 맑아지자, 그는 속옷 차림으로 침대 가장자리에 앉아 흑인과 재닛 생각을 하기 시작했어. 이유는 모르겠지만(아니 어쩌면 발밑의 한기 때문이었을지도 모르지), 갑자기 그 둘 사이에 연관이 있으며 둘 중 하나, 또는 둘 모두가 유령일 수도 있겠다는 생각이 들었어. 그런데 그 순간, 바로 옆에 붙어 있는 재닛의 방에서 발소리가 들리기 시작한 거야. 사람들이 싸우는 소리 비슷했는데 잠시 후에는 쾅 하는 굉음까지 들려왔어. 그리고 돌풍이 집 안 구석구석을 들쑤셔 놓더니, 다시 한 번 집은 무덤처럼 고요해졌네.

술리스 목사는 사람도 악마도 두렵지 않았어. 그는 부싯깃 상자를 찾아 촛불을 켠 다음 재닛의 방으로 건너갔어. 불과

세 발짝밖에 되지 않는 거리였다네. 그는 문고리를 비틀어 열고 용감하게 안을 들여다보았어. 목사의 방만큼이나 넓은 방이었는데 크고 단단한 고가구들로 장식되어 있었지. 목사한테는 그런 물건뿐이었거든. 낡은 태피스트리가 걸린 사주식 침대와 고급 오크 장식장이 제일 먼저 보였어. 목사의 신학 서적으로 가득 찬 장식장인데 집 밖으로 내놓으려고 일단 그곳에 둔 거였네. 재닛의 옷가지들도 바닥 여기저기 널브러져 있었는데, 기이하게도 재닛 본인도 보이지 않고 다툰 흔적도 없는 거야. 그는 안으로 들어가 사방을 둘러보고 귀도 기울여 보았어. 누구도 따를 수 없는 대단한 용기였지만, 목사관에도, 밸위어리 교구에도 들리는 소리는 하나도 없었네. 보이는 것 또한 촛불 주변을 에워싼 짙은 그림자들뿐이었지. 그리고 그 순간, 목사는 심장이 멎는 듯한 충격에 그만 그 자리에 얼어붙고 말았지. 소름이 끼치고 머리카락도 곤두섰네. 그 순진한 남자에게는 너무도 끔찍한 광경이었거든. 재닛이 낡은 오크 장 못에 목을 맨 거야. 그녀의 머리는 어깨에 기대 있고 두 눈은 감은 채였어. 혀는 축 늘어져 있었고, 두 발은 바닥에서 50센티미터 이상 떠 있었다네.

〈오, 맙소사! 재닛이 죽었어!〉 술리스 목사는 마음속으로 외쳤어.

시체에 한 발짝 다가서는데 심장이 철렁 내려앉았다네. 도저히 인간의 능력으로는 이해가 불가능했기 때문이지. 그래, 그건 악마의 장난일 수밖에 없었어. 그녀가 단지 양말 짜는 털실 한 올로 목을 맸으니 왜 아니겠나!

그렇게 기이한 경험을 한 후, 어두운 밤에 혼자 있는 것만큼 끔찍한 일도 없었겠으나, 술리스 목사의 신앙심은 너무도 돈독했다네. 그는 돌아서서 방을 빠져나와 문을 잠근 다음, 납덩이만큼이나 무거운 발걸음으로 계단을 하나씩 내려갔지. 그러고는 계단 발치에 있던 식탁 위에 촛불을 내려놓았어. 기도도 생각도 불가능했네. 식은땀이 온몸을 뒤덮었고, 들리는 거라고는 쿵쿵쿵 심장 뛰는 소리뿐이었으니까. 한 시간, 아니면 두 시간쯤 그렇게 멍하니 서 있었을 거야. 그때 갑자기 낮고 기이한 인기척이 들렸어. 목매단 시체가 있는 방에서 이리저리 서성대는 발소리였네. 이윽고 문 열리는 소리도 들리더군. 분명 제대로 잠갔건만! 이윽고 층계참에서 발소리가 들리고, 난간 위에서 누군가 내려다보는 기분도 들었네.

그는 다시 촛불을 들고(이때 촛불보다 중요한 건 없으니까), 조심조심 목사관을 빠져나와 통로 반대편에 섰네. 밖은 칠흑처럼 어두웠지. 양초를 바닥에 내려놓자 촛불은 마치 방 안에 있기라도 한 듯 흔들림 없이 밝게 타올랐다네. 사위가 고요했네. 다만 듈 계곡의 물이 골짜기 아래로 흘러가는 소리와, 누군가 목사관 계단 아래로 내려오는 무거운 발소리뿐이었어. 그도 잘 아는 소리였네. 재닛의 발소리였으니까! 발소리가 가까워질수록 목사는 뼛속 깊이 오한이 스며드는 것을 느껴야 했네. 목사는 그를 창조하시고 지켜 주신 주님께 기도했어.

「오, 주님 오늘 밤 제게 악과 싸울 수 있는 힘을 주소서!」

그때쯤 발소리는 복도를 지나 문을 향하고 있었어. 손으로 벽을 훑는 소리도 들렸는데, 마치 괴물이 더듬더듬 길을 찾는 것 같았네. 언덕 너머에서 깊은 한숨 같은 바람이 불더니, 버드나무들이 서로 몸을 비벼 대고 촛불도 사방으로 요동치기 시작했어. 그리고 드디어 목사관 문간에 목이 돌아간 재닛의 시체가 나타난 거야. 검은색 두건이 달린 거친 가운 차림이었네. 머리는 언제나처럼 어깨까지 늘어뜨리고 이를 드러낸 채으르렁거리는 표정이었지. 마치 살아 있는 것처럼 말이야. 물론 술리스 목사야 그녀가 죽었다는 사실을 잘 알고 있었어.

인간의 영혼이 그렇게 썩기 쉬운 육신에 묶여 있다니……. 그래, 불가사의한 일이 아닐 수 없었으나, 목사는 이미 그 사실을 목격했기에 충격을 견딜 수 있었네.

그녀는 그곳에 잠시 머물렀다가 다시 술리스 목사를 향해 다가오기 시작했어. 천천히, 천천히. 목사는 버드나무 숲 아래 서 있었는데, 육신과 영혼의 에너지가 두 눈에서 불타오르고 있었어. 그녀는 뭔가 할 말이 있는 사람처럼 왼손을 마구 휘저었는데, 마치 말을 잃어버린 사람 같았어. 그때 문득 고양이 입김 같은 바람이 불더니 촛불이 꺼지고 버드나무들이 사람처럼 비명을 질러 댔네. 그리고 술리스 목사는 그 순간이 생사의 기로임을 깨달았어.

「마녀, 마귀할멈, 악마! 전능하신 주님의 이름으로 명하노니 사라져라. 죽었다면 무덤으로, 저주받은 존재라면 당장 지옥으로 꺼질지어다!」 목사가 외쳤네.

그 순간 주님의 손이 하늘에서 내려오시어 악마를 힘껏 내리치셨네. 마녀 — 아내의 늙고 저주받은 시체는 악령에 붙들린 채 너무 오래 무덤 밖을 헤맸기 때문에, 순간 유황 불꽃처럼 파르르 타오르더니 금세 재가 되어 바닥에 떨어져 내렸어. 잠시 후 천둥이 연이어 터지더니 폭우가 쏟아지기 시작하더군. 술리스 목사는 정원 울타리를 지나 허둥지둥 마을을 향해 달려갔네.

다음 날 아침, 존 크리스티는 흑인이 공동묘지의 돌무덤

사이를 지나는 모습을 봤다고 했네. 시계가 6시를 치고 있을 때였어. 8시가 되기 전엔 녹도우의 선술집 옆을 지났고, 잠시 후엔 샌디 맥레런이 킬매컬리의 강둑을 내려가는 그를 봤다고 했지. 재닛의 몸을 그렇게 오랫동안 장악한 건 분명 그자였고, 마침내 떠나고 만 거야. 그리고 그 후로 밸위어리에서 악마가 우리를 괴롭힌 적은 없다네.

아무튼 목사에게는 고통스러운 시련이었네. 그는 아주 오랫동안 침대에 누워 헛소리와 신열에 시달렸어. 그리고 그 이후, 자네가 아는 바로 그 목사가 된 거라네.

프랑샤르의 보물

1
죽어 가는 어릿광대 옆에서

6시 전, 그들은 부롱으로 사람을 보내 의사를 불렀다. 8시경 마을 사람 몇이 공연을 보러 왔다가 상황 얘기를 듣고는 어릿광대가 진짜 사람처럼 쓰러진 건 주제넘은 짓이라고 투덜대며 돌아갔다. 10시경, 탕타용 부인이 크게 놀라 그 거리 아래 사는 데프레 의사를 불렀다.

심부름꾼이 왔을 때 의사는 작은 거실 한쪽에서 원고를 정리하는 중이었고, 그의 아내는 다른 방에 불을 피워 놓고 잠들어 있었다.

「맙소사! 왜 이제 부르러 온 거요. 이건 위급 상황이란 말이오!」 그러고는 그는 실내화에 스컬캡[1] 차림으로 심부름꾼을 쫓아갔다.

여인숙은 30미터도 안 되는 거리였다. 심부름꾼은 멈추지 않고 계속 어느 집 안뜰로 들어가더니 마구간 옆의 층계 위로 길을 안내했다. 어릿광대는 고미다락에 누워 있었다. 데프레는 앞으로 1천 년을 더 산다 해도 절대 그 방을 잊지는 못할 것 같았다. 광경이 기괴했을 뿐 아니라 그의 인생에서 의

1 성직자 등이 쓰는 테두리 없는 베레모.

미 있는 순간이 되었기 때문이다. 이유는 모르겠지만, 사람들은 대개 사회에 처음 발을 내디딘 날부터 자신의 삶을 하나씩 따져 보기 시작한다. 마치 그날이 최초로 굴욕을 느낀 날인 듯 말이다. 아마도 자신보다 볼품없이 무대에 등장하는 배우는 없을 거라고 여기기 때문이리라. 하지만 너무 복잡하게 생각하며 깊이 파고들 필요는 없다. 감동적이고 결정적인 사건들은 뒤이어 일어나게 돼 있다. 그리고 그 사건들은 출생만큼이나 필연적인 단계가 된다. 예를 들어 여기, 데프레 박사의 경우도 그렇다. 소위 인생의 실패로 허덕이는 데다 결혼까지 한 40대의 이 남성은 탕타용 여인숙의 마구간 위 다락방 문을 열었을 때 자신이 새로운 출발점에 와 있음을 깨닫게 되었다.

넓은 장소였지만 조명이라고는 바닥에 놓인 촛불 하나가 고작이었다. 어릿광대는 밀짚 위에 똑바로 누워 있었다. 알코올 기운으로 코가 빨갛게 물든 거한이었다. 탕타용 부인은 그의 옆에 웅크리고 앉아 뜨거운 물과 겨자로 다리를 찜질하고 있었다. 바로 옆 의자엔 11~12세 정도 되는 아이가 발을 흔들며 앉아 있었다. 그림자를 제외하면 방 안엔 그 셋이 전부였으나, 사실 그림자들도 존재감은 충분했다. 넓은 공간덕분에 크기가 기형적으로 커진 데다 낮은 바닥의 촛불이 일그러진 형상을 위로 쏘아 올렸기 때문이다. 어릿광대의 옆얼굴도 확대되어 벽에 캐리커처를 그렸는데 촛불이 바람에 흔들릴 때마다 신기하게도 그의 코가 작아졌다 커졌다를 반복했다. 탕타용 부인의 그림자는 잔뜩 구부린 어깨와 머리 반쪽을 나타낼 뿐이었다. 의자 다리도 기둥처럼 길게 늘어져 보여, 그 위에 앉은 소년은 마치 구름 조각처럼 지붕 한구석에 처박혔다.

박사의 상상력을 자극한 건 소년이었다. 크고 둥근 두개골에 음악가의 이마와 손, 그리고 인상적인 두 눈을 지닌 소년. 소년의 눈이 크고 미동도 하지 않기 때문은 아니었다. 너무나 부드러운 적갈색이기 때문도 아니었다. 그의 눈엔 표정이 있었다. 박사가 소름이 돋고 또 다소 불편해진 것은 바로 그 표정 때문이었다. 전에도 그런 표정을 보긴 했으나, 언제 어디서인지는 기억나지 않았다. 분명 이 소년은 난생처음 보는 아이였지만, 옛 친구 혹은 원수의 눈을 가진 듯했다. 그래서 이 아이는 그를 껄끄럽게 만들었다. 아이는 상황에 완전히 무감하거나, 현실을 초월한 듯했다. 흡사 고귀한 명상에라도 빠진 듯, 두 손은 가지런히 무릎 위에 올려놓고 두 발로 의자 가로대를 가볍게 두드려 댔는데, 그동안에도 두 눈만은 집요하게 박사를 따라다녔다. 그가 소년을 매료시킨 것인지, 아니면 자신이 매료된 것인지 혼란스러웠다. 그는 열심히 환자를 살폈다. 질문을 하고 맥박을 재고 농담도 했으며, 조금씩 다락이 더워지는 통에 짜증을 내기도 했다. 그런데 그가 고개를 돌릴 때면 아이의 우울하고 호기심 어린 갈색 눈이 그를 기다리고 있었다.

박사는 마침내 해답을 찾아냈다. 그 표정이 기억난 것이다. 아이는 지팡이처럼 곧았지만 눈 주위만은 분명 곱사등 같았다. 그러니까 기형아처럼 툭 튀어나온 이마 아래 눈을 숨긴 채 사람을 쳐다보고 있었던 것이다. 박사가 긴 한숨을 내쉬었다. 해답을 얻어서 기쁘기도 했지만, 그 덕분에 비로소 아이에게서 관심을 거둬들일 수 있었다.

그는 평소의 민첩함으로 재빨리 응급조치를 마치고, 그대로 무릎을 꿇은 채 아이를 돌아보았다. 아이는 전혀 당황한 기색 없이 박사의 시선을 마주 보았다.

「네 아빠냐?」 데프레가 물었다.

「오, 아닙니다. 제 주인이십니다.」 아이의 대답이었다.

「주인을 좋아하느냐?」 박사가 다시 물었다.

「아니, 아닙니다.」 아이가 대답했다.

탕타용 부인과 데프레가 시선을 교환했다.

「그러면 안 된다, 얘야. 죽어 가는 사람을 미워하면 못써. 적어도 감정을 숨겼어야지. 네 주인은 죽어 가고 있구나. 버찌를 훔쳐 가는 새를 봤다 해도 새가 정원 담 너머 저 숲으로 사라지는 것을 보면 아쉬움을 느끼는 법이란다. 네 주인처럼 힘세고 치밀하며 재능이 출중한 인물이 얼마나 되겠느냐? 이제 몇 시간 후면 말은 침묵 속에 잠기고 호흡은 끊어지며 심지어 저 벽의 그림자마저 사라진다고 생각하니, 비록 처음 보는 나도, 손님으로 맞이한 이 숙녀분도 안타까움을 금치 못하는데 말이다.」

소년은 잠시 생각을 하는지 대답하지 않았다.

「선생님은 주인님을 잘 모르세요. 저 사람은 악당입니다.」 마침내 소년이 대답했다.

「그 아이는 다소 비기독교적이랍니다. 그런 문제라면 어릿광대, 곡예사, 예술가 모두 마찬가지죠. 그들에게 내면이라는 건 없답니다.」 집주인이 말했다.

박사는 찬찬히 어린 이교도를 살피다가 눈썹을 쫑긋거렸다.

「이름이 뭐지?」

「장마리.」 아이가 대답했다.

데프레가 갑자기 흥분해 달려들더니 인종학적 견지에서

아이의 머리를 여기저기 만져 보았다.

「켈트! 켈트인이야!」 그가 외쳤다.

「켈트요? 불쌍해라, 위험한가요?」 탕타용은 그 말을 뇌수종 비슷한 말로 알아들은 모양이었다.

「그럴 수도 있죠.」 박사가 딱 잘라 대답하고 다시 소년에게 물었다. 「그래, 무슨 일을 하느냐, 장마리?」

「곡예를 합니다.」 소년의 대답이었다.

「그래! 곡예? 그럼 건강하겠군. 탕타용 부인, 감히 말씀드립니다만, 곡예는 건강한 생활에 아주 좋습니다. 그래, 곡예 말고 다른 일은 안 해봤더냐?」

「곡예를 배우기 전엔 도둑질을 했습니다.」 장마리가 진지하게 대답했다.

「이런, 어리지만 정말 대단한 아이구나. 부인, 부롱에서 의사가 오면 저의 비관적인 견해를 전해 주세요. 이 건은 그 친구에게 맡길 생각입니다. 아, 물론, 특별한 증세, 특히 회복의 징후가 나타나면 언제든 부르셔도 좋습니다. 지금까지는 몰라도, 이제 전 더 이상 의사가 아니랍니다. 안녕히 계십시오, 부인. 잘 자거라, 장마리.」

2
아침의 대화

데프레 박사는 항상 일찍 일어났다. 굴뚝 연기가 피어오르고, 들일을 나가는 첫 번째 마차가 달그락거리며 다리를 건너기 전, 그는 이미 정원을 어슬렁거렸다. 때로는 포도송이를 따고, 때로는 격자 울타리 아래에서 커다란 배를 먹고, 때로는 지팡이 끝으로 오솔길 위에 기이한 그림을 그리고, 때로는 오솔길을 내려가 그의 보트가 정박해 있는 선창의 강물을 하염없이 바라보았다.

그는 해돋이에 정통한 사람으로, 그날이 어떨지를 안내해 주는 다양한 극적 효과들을 소중히 했다. 그는 이슬의 원리를 알고 있었고, 이를 통해 날씨를 예견할 수도 있었다. 이웃 마을들에서 들려오는 종소리, 숲의 냄새, 새와 물고기의 움직임, 정원 식물들의 빛깔, 구름의 모양, 햇빛의 색 등, 사실 대부분의 것이 그의 일기 예보에 도움이 되었다. 그리고 마지막으로 잔디 위 나무 궤짝 안에 들어 있는 각종 기상 장비들도 어느 것 못지않게 중요했다. 그레스에 정착한 후로 그는 이 지역의 기상학자로 변신해 갔다. 이른바 무보수 지역 기상 전문가인 셈이다. 처음에는 군(郡) 전체에서 그곳만큼 건강에 좋은 곳이 없다고 생각했다. 2년째 말경에는 도(道) 어디에도 그만큼 건강한 사람은 없다고 믿었다. 그리고 장마리를 만나기 전만 해도 완벽한 건강의 경쟁자를 찾기 위해 프랑스 전체와 유럽 상당 지역을 찾아볼 각오까지 하던 참이었다. 그는 늘 이런 식으로 말했다.

「의사. 의사란 정말 불결한 단어야. 절대 여성들 앞에서 쓸 호칭이 못 돼. 질병을 뜻하잖아? 문명화된 우리 국민들에게 흠이 하나 있다면 단연코 질병에 대한 두려움의 결여라고 말하겠어. 나로 말하자면, 완전히 질병과 관계를 끊었지. 나는 학자로서의 명예도 포기하고 의사도 그만두었으니까. 난 이제 의사가 아니야. 그저 히기에이아 여신[2]의 신봉자일 뿐이라고. 장담하지만, 아프로디테의 허리띠[3]를 가지고 있는 것도 그녀야! 그리고 여기, 이 보잘것없는 촌이 그녀가 자신의 사당을 세운 곳이라네. 지금 여기 머무르면서 여신의 재능을 아낌없이 쏟아붓고 있는 거라고! 이른 아침, 나는 그녀와 함께 산책한다네. 그녀는 자신이 농부들을 얼마나 강하게 키웠는지 보여 주지. 그녀는 비옥한 들판을 만들고, 키 큰 나무를 키운 다음 흡족한 표정으로 내려다보곤 해. 강 속의 물고기들도 그녀의 존재로 인해 더 깨끗하고 민첩해지지. 류머티즘! 그래, 우리한테 조금씩 류머티즘이 있긴 해. 알다시피, 강이 있는 마을에선 거의 피할 수 없지. 더군다나 다소 저지대에다 목초지까지 늪으로 되어 있으니, 도리가 없을 거야. 하지만, 이봐, 부롱을 보라고! 물론 부롱은 고지대에 숲과 인접해 신

2 그리스 신화에 나오는 건강의 여신. 의술의 신 아스클레피오스의 딸로 최초의 간호사이기도 하다.
3 누구든 유혹할 수 있다는 마법의 허리띠.

225

선한 공기로 가득하지. 안 그런가? 하지만 말이야, 그레스와 비교하면, 부롱은 완전히 도살장이야.」

죽어 가는 어릿광대를 만나고 온 다음 날 아침, 박사는 정원 끄트머리의 선창으로 내려가 강물의 흐름을 하릴없이 바라보았다. 그는 이를 기도라고 불렀는데, 그의 예배가 여신 히기에이아를 향한 것인지, 아니면 보다 정통적인 신 쪽인지는 모호했다. 종종 정체 모를 신탁들을 입 밖에 냈기 때문이다. 그러니까 강이 신체 건강의 상징이라거나 위대한 도덕적 스승으로서 고통받는 인간의 영혼을 향해 평화와 일관성, 근면 등을 설파한다고 주장하는 식이었다. 그는 눈앞에 펼쳐진 약 2킬로미터의 깨끗한 강물 위로 물고기 두 마리가 은빛을 뿌리며 튀어 오르는 광경을 바라보고, 반대편 강둑에서부터 길게 이어진 숲 그림자와 그림자 사이마다 아른거리는 햇살도 감상한 후, 다시 정원으로 올라가 집 너머의 거리로 나섰다. 마음이 차분하고 힘도 났다.

오솔길을 밟는 발소리가 하루 일과의 신호였다. 마을은 아직 깊이 잠들어 있었다. 새벽 햇살을 머금은 교회 탑이 무척이나 경쾌해 보였다. 교회를 맴도는 몇 마리 새들도 흡사 천상의 개울을 헤엄치는 듯 보였다. 박사는 길게 그늘진 길을 지나며 크게 심호흡을 했다. 지극히 만족스러운 아침이었다.

탕타용 여인숙의 마차 출입구 옆 말뚝 위에 작고 거무스름한 사람이 하나 앉아 있었다. 박사는 곧 장마리를 알아보았다.

「아하! 그래 우리 둘 다 일찍 일어나는구나. 이건 참 철학자의 나쁜 버릇이지.」 그는 손으로 자기 무릎을 짚고 우스꽝스럽게 소년 앞에 섰다.

아이가 일어나 정중히 인사했다.

「그래, 환자는 어떠시냐?」데프레가 물었다.

차도가 없는 모양이었다.

「그런데 왜 이렇게 일찍 일어난 거냐?」그가 다시 물었다.

장마리는 한참 후, 자기도 모르겠다고 대답했다.

「모르겠다고? 얘야, 알려고 하지 않는 한 알 수 있는 건 하나도 없단다. 모름지기 자기의식을 탐문해야 하는 법이다. 그래, 이왕 말이 나왔으니, 나와 함께 철저히 파보자꾸나. 괜찮겠지?」

「예, 물론, 괜찮습니다.」소년이 천천히 대답했다.

「괜찮다고? 왜 괜찮은 거지? (우린 지금 소크라테스의 대화법을 쓰고 있단다.) 괜찮다고 한 이유가 뭐냐?」박사가 계속했다.

「조용한 데다 할 일도 없거든요. 그래서 괜찮겠다고 생각했어요.」소년의 대답이었다.

데프레 박사는 반대편 말뚝에 앉았다. 대화가 흥미로워지기 시작했다. 소년은 충분히 생각한 후에 대답을 내놓을 뿐 아니라 솔직하려고 노력 중이었다.

「너도 좋은 느낌을 구분할 줄 아는 모양이구나. 그래, 그건 무척 흥미로운 사실이야. 하지만, 나한테 도둑이었다고 말했지? 불행하게도 그 두 가지는 어울리지 않는단다.」

「도둑이 그렇게 나쁜 건가요?」장마리가 물었다.

「일반적으로 그렇게들 생각하지.」박사가 대답했다.

「모르겠어요. 제가 훔친 건 선택의 여지가 없었기 때문입니다. 나는 빵을 얻는 건 당연히 옳은 일이라고 생각해요. 그건 옳은 일이어야만 해요. 그러니 그것에 대한 욕구는 너무나 당연한 거예요. 게다가 빈손으로 돌아가면 무섭게 때리는걸

227

요. 옳고 그름을 모르는 건 아니었어요. 그전에 신부님께 열심히 배우기도 했죠. 저한테 무척 친절하셨어요.」 박사는 〈신부〉라는 단어에 잔뜩 인상을 찌푸렸다. 「하지만 먹지도 못한데다 매질까지 당하면, 그건 완전히 다른 문제가 되죠. 과일 파이라면 훔치지 않았겠지만 빵집 빵이면 누구든 훔치려 들 겁니다.」

「내 생각도 그렇다.」 박사가 말했다. 박사는 점점 냉소적이 되어 갔다. 「물론 주님께 용서를 빌고 상황 설명도 충분히 했겠지?」

「왜요? 잘 모르겠는데요?」 장마리가 되물었다.

「하지만 네 신부님은 알 거야.」 데프레가 말했다.

「그래요? 그보다는 주님이 아실 거라고 생각했는데요.」 그가 중얼거렸다. 처음으로 당혹스러운 표정이었다.

「응?」 박사가 되물었다.

「하느님께서 저를 이해하셨을 거라고 믿었어요. 선생님은 이해 못 하시겠지만, 아무튼 그렇게 생각하게 만든 건 하느님 아니셨나요?」

「이런, 애야, 네가 철학의 폐해를 가지고 있다고 내가 이미 말했지? 그러니 네가 양해해 준다면, 난 이만 가봐야겠구나. 나는 기쁜 마음으로 건강의 법칙을 연구하고, 분명하고 절도 있는 자연의 흐름을 관찰하는 사람이란다. 그렇기 때문에 괴물 같은 존재 앞에서 도무지 마음의 평정을 유지할 수가 없어. 이해하겠니?」

「아뇨, 선생님.」 소년이 대답했다.

「그럼 똑똑히 말해 주겠다. 저 하늘을 봐라. 먼저 종탑 너머를 보면 무척 밝다는 걸 알 게다. 이제 고개를 뒤로 젖혀 하늘 꼭대기를 보는 거야. 벌써 정오만큼이나 푸르지? 저 아름다운 색깔에 가슴이 뛰지 않느냐? 평생 보아 온 하늘이니 너도 완전히 익숙해져 있을 게다. 자, 이제 저 하늘이 갑자기 황갈색으로 타오른다고 가정해 보자. 그러니까 잉걸불처럼 하늘 꼭대기가 진홍빛으로 물드는 거야. 물론 아름답기야 하겠지. 하지만 그렇다고 좋아할 수 있을까?」 박사는 어투까지 바꾸며 예를 들었다.

「그러지 못할 겁니다.」 장마리가 대답했다.

「나도 너와 마찬가지다. 나는 기이한 인간들은 정말 딱 질색인데, 보아하니 너야말로 세상에서 제일 기이한 놈 같구나.」 박사가 거칠게 몰아붙였다.

장마리는 한참 생각하는 듯하다가 다시 고개를 들어 박사를 보았다. 정말로 궁금하다는 표정이었다.

「하지만 선생님도 기이한 분 아니신가요?」 그가 물었다.

박사는 지팡이를 집어던지고 아이한테 달려들더니, 그를 꼭 끌어안고 양 볼에 입을 맞추었다.

「대단해! 대단해! 마흔두 살의 이론가에게 이 얼마나 놀라운 아침이더냐. 너 같은 아이들이 존재하리라고는 상상도 못 했구나. 그들이 그들 자신을 그렇게 만들었다는 사실을 몰랐던 거야. 그동안 내 동족을 의심했건만, 지금은 마치 연인을 재회한 것 같구나. 세상에, 어찌나 흥분했던지 아끼는 지팡이까지 상처 내고 말았어! 뭐, 심각한 건 아니다만.」 그는 한참 들뜬 목소리로 외치다가, 문득 소년이 그를 바라보고 있음을 깨달았다. 놀라움과 당혹감과 두려움이 혼재된 표정이었다. 「이봐, 왜 그런 눈으로 보는 거냐? 맙소사, 내가 맘에 안 드는 거로군. 내가 싫은 거냐, 애야?」

「오, 아닙니다. 다만 이해가 안 가서 그럽니다.」 장마리가 심각하게 대답했다.

「너는 나를 이해해 줘야 해.」 박사가 진지하게 대꾸했다. 「내가 아직 미숙하군. 이런 젠장!」 그가 자신에게 덧붙여 말하더니, 다시 자리에 앉아 소년을 노려보았다. 그는 머릿속으로 이런 생각을 하고 있었다. 〈이 아이 덕분에 조용한 아침을 망쳤군. 하루 종일 심란하겠어. 괜한 고민에 열까지 날지도 모르니, 아무래도 진정할 필요가 있겠다.〉 그는 특유의 의지력으로 상념을 밀어내고 다시 아침의 명상에 영혼을 맡겼다. 그는 아침의 공기를 마시며, 감식가가 포도주를 감별하듯 그 맛을 음미하고 다시 숨을 크게 내쉬었다. 하늘의 양떼구름을 세어 보기도 하고, 교회 탑을 돌아가는 새들의 궤적을 좇아도 보았다. 새들은 커다랗게 날갯짓을 하며 가만히 정지해 있거나 멋지게 공중제비를 돌았다. 조금씩 심신의 평화와 평정이 회복되고 있었다. 손발의 감각이 돌아오고 주변 경관이 시야에 들어오면서 목젖을 간질이는 공기의 청량한 과일 맛도 느껴졌다. 마침내 그는 무아지경 속에서 노래를 부르기 시작했다. 그가 부른 노래는 「말보로, 전쟁에 나가다」[4] 하나였는데, 그마저 잘 아는 노래 같지는 않았다. 그가 진짜로 노래를 부르는 경우는 혼자 있을 때뿐이었다. 그것도 너무나 행복할 때.

그를 지상으로 끌어내린 건 소년의 얼굴에 나타난 고통스러운 표정이었다.

「내 노래 솜씨가 어떠냐?」 그가 노래를 하다 말고 물었다. 하지만 아무리 기다려도 아이의 대답이 없기에 그가 참다 못

4 18세기 프랑스 동요.

해 다시 물었다. 「내 노래 솜씨가 어떠냐니까?」

「맘에 들지 않습니다.」 장마리가 머뭇머뭇 대답했다.

「오, 이런! 그러는 넌 가수라도 된다는 말이냐?」 박사가 외쳤다.

「그래도 선생님보다는 잘 부릅니다.」 소년의 대답이었다.

박사는 아연해서 잠시 아이를 보았다. 사실 기분도 언짢아 얼굴까지 붉어졌는데, 그 바람에 더 화가 나기도 했다.

「네 주인한테도 이따위로 얘기하느냐?」 그가 어깻짓을 하고는 두 팔을 휘저으며 소리쳤다.

「주인님께는 아무 말도 하지 않습니다. 싫어하니까요.」

「그럼, 날 좋아한다는 말이냐?」 데프레 박사가 물었다. 소년의 대답이 정말로 궁금했다.

「모르겠습니다.」 장마리가 대답했다.

박사가 일어났다.

「잘 있어라. 넌 정말 신기한 아이로구나. 어쩌면 네 혈관엔 피가 아니라 영액(靈液)이 흐를지도 모르겠다. 아니면 정말 공기만 흐를 수도 있겠지만, 분명한 건 네놈이 사람이 아니라는 사실이다. 절대로. 절대 아니고말고. 잘 새겨 둬라. 머릿속에 단단히 새겨 둬. 〈난 인간이 아니다. 인간이 될 생각도 없다. 나는 정령이자 꿈이며, 천사, 유령, 환영인 동시에 모든 존재이지만 절대 인간은 아니다〉라고 말이야. 자, 내 미천한 인사를 받으려무나. 안녕!」

이 말을 끝으로 박사는 다소 흥분한 채 거리를 걸어갔다. 소년은 멍하니 그 자리에 서 있었다.

3
입양

　아나스타지라는 세례명의 데프레 부인은 지극히 여성적인
유형에 지나칠 정도로 건강해 보였다. 짙은 갈색 머리, 부드
러운 뺨, 검은색의 안정된 눈, 그리고 어떠한 기술이나 자연
도 그렇게 만들어 낼 수 없을 정도로 섬세한 두 손. 그녀는 고
난조차 여름날의 구름처럼 지나치는 부류의 사람이다. 최악
의 상황이 닥친다 해도 그녀가 눈살 한 번 찌푸리면 다음 순
간 어려움이 모두 눈 녹듯 사라질 것이다. 그녀는 평온한 수
녀처럼 느긋한 성격이나 신앙심을 갖지는 못했다. 매우 세속
적인 데다, 굴과 와인을 좋아하고, 다소 음란한 농담을 즐겼
다. 남편에게 헌신하는 것도 남편을 위해서가 아니라 자기 자
신을 위해서였다. 여유롭고 선한 품성임에는 분명했으나 희
생이라는 관념은 눈곱만치도 없었다. 뒤뜰에 푸르른 정원이
있고 창가에 밝은 꽃들이 만개한 우아한 고택에 살며, 최고
급 음식을 먹고 마시며 15분 동안 이웃과 남의 흉을 보고, 퐁
텐블로에 물건을 사러 가지 않을 때면 코르셋이나 드레스도
입지 않고 음란한 소설을 끊임없이 읽어 대며, 데프레 박사와
결혼한 이상 질투할 이유도 없기 때문에, 그녀의 인생의 컵은

언제나 가장자리까지 찰랑거렸다. 박사가 총각 시절에 다양한 분야의 수많은 이론들을 내놓았다는 사실을 아는 사람들은 지금의 철학을 아나스타지에 대한 연구 탓으로 돌렸다. 그가 합리화하고 어쩌면 헛되이 흉내 내고 있는 대상이야말로 바로 그녀의 비이성적인 쾌락과 다름없기 때문이다.

데프레 부인은 부엌의 예술가였다. 커피도 기가 막히게 끓이고 정리와 청소에도 일가견이 있었다. 그리고 박사도 그에 영향을 받은 터라 모든 게 가지런하며, 반들거리는 물건은 뭐든 반짝반짝 닦아 놓아야 했다. 그녀의 제국에 먼지는 결코 허용되지 않았다. 하나뿐인 하녀 알린이 하는 일이라고는 오직 문지르고 닦고 광내는 것뿐이었다. 이렇게 데프레 박사는 살진 송아지처럼 보호받고 귀염받으며 살았는데, 그도 무척이나 흡족했다.

점심 식사는 훌륭했다. 잘 익은 멜론, 유명한 베어네이즈 소스를 가미한 민물 요리, 프리카세 닭 요리,[5] 아스파라거스와 약간의 과일이 나왔다. 박사는 7년산 고급 코트로티 와인을 반병에서 한 잔 더 마시고 그의 아내는 반병에서 한 잔 덜 마셨는데, 이것은 소위 남편의 특혜였다. 그다음엔 커피가 나오고 부인을 위해 샤르트뢰즈 한 병이 나왔다. 박사는 그런 식의 허브티는 딱 질색이었다. 이윽고 알린이 떠나자 부부는 느긋하게 추억과 소화의 시간을 즐겼다.

「아주 다행인 상황이오, 여보. 이 커피도 맛있고, 아주 모든 것에 운이 따라 줬소, 아나스타지. 부탁이니 오늘만은 그 독약을 삼가구려. 단 하루만이라도. 그럼 그 효과를 실감할

---

5 닭이나 송아지 고기를 잘게 썰어 버터에 살짝 볶은 후 야채를 넣고 끓여 화이트 소스와 함께 먹는 요리.

거요. 내 명예를 걸고 장담하리다.」

「다행이라니, 대체 뭐가 다행이라는 말씀이죠?」아나스타지가 물었다. 늘 있는 일이라 허브티에 대한 그의 항의는 무시해 버렸다.

「우리한테 아이가 없다는 것 말이오. 세월이 흐를수록 점점 더 그런 생각이 드는구려. 우리에게 육아의 고통을 면해 주신 은총에 대해 나날이 감사하는 바요. 당신의 건강, 나의 명상, 우리의 작고 우아한 부엌, 그 모든 걸 희생해야 했을 텐데 도대체 그럴 이유가 어디 있겠소? 아이들은 인간적 미완성의 결정판이라오. 그들의 눈앞에선 건강도 이겨 내지 못하오. 거기에 툭하면 우는소리에 난감한 질문들까지. 어디 그뿐이겠소? 먹여 주고 닦아 주고 가르치고 코를 풀어 줘봐야 조금 더 자라면 부모의 마음부터 찢어 버리잖소. 마치 이 설탕 조각을 자르듯 말이오. 당신과 나 같은 전문적 주아론자(主我論者)에게 자식은 부질없는 짐일 뿐이오.」

「세상에! 그야말로 당신답군요. 어쩔 수 없는 일에 그런 식으로 가치를 갖다 붙이다뇨.」부인이 웃으며 대답했다.

「우리, 입양하면 어떻겠소, 여보?」박사가 갑자기 심각하게 물었다.

「절대, 절대 안 돼요! 동의 못 해요. 내 살과 피로 낳은 자식이라면 마다할 생각이 없지만 다른 사람의 부주의를 짊어지다니……. 여보, 그러기엔 난 너무 합리적인 사람이에요.」

「그야, 우리 둘 다 그렇지. 물론 우리 공동의 합리성에는 나도 무척 흡족해하는 바요. 왜냐하면…… 왜냐하면……」그가 그녀를 뚫어져라 보았다.

「왜냐하면이라뇨?」그녀가 물었다. 무척이나 불안한 목소리였다.

「왜냐하면 덕분에 정말 괜찮은 아이를 찾았다는 얘기요. 오늘 오후에 아이를 입양할 생각이오.」박사가 단호하게 선언했다.

아나스타지는 정신이 바짝 들었다.

「정신 나가셨군요.」그녀의 목소리는 한바탕 소란이라도 퍼부을 기색이었다.

「그렇지 않소. 정신이야 완벽하지. 내 변덕을 감추지 않고 단도직입적으로 털어놓은 게 바로 그 증거 아니겠소? 바로 당신의 각오를 돕기 위해서라오. 그 점에서 당신 남편의 철학성을 엿볼 수 있을 것이오. 사실인즉슨, 지금껏 내내 그 생각을 하고 있었소. 난 한 번도 내 자식을 바란 적이 없소, 여보. 그런데 어젯밤에 아이 하나를 만난 거요. 그렇게 긴장할 필요 없어요, 여보. 내가 아는 한, 내 피가 한 방울도 섞이지 않은 아이니까. 그리고 부자의 연을 맺고자 하는 건 그의 피가 아니라 정신이오. 그 아이의 정신.」

「아이의 정신! 앙리, 지금 바보 놀이라도 하자는 거예요? 아니면 정말 미친 건가요? 아이의 정신이요? 그럼 내 정신은 어쩌죠?」그녀는 경멸과 히스테리로 인해 키득거리기까지 했다.

박사가 어깨를 으쓱했다.

「사실, 당신한테 이로울 건 없소. 그 아이는 내 아름다운 아나스타지에게 반감을 가질 게 거의 확실하니까. 당신은 그를 이해 못 하고 아이도 마찬가지일 게요. 당신은 내 본능의 동물적 측면과 결혼했소. 반면에 장마리에게 끌리는 영역은 영적인 측면이지. 솔직하게 말하면 그 아이한테 감탄했소. 당신도 눈치챘겠지만, 나는 지금 당신에게 골칫거리를 선물하겠다고 고백하는 거요. 아니, 식사 후에 눈물은 금물이오, 아나스타지. 그랬다간 곧바로 소화 불량에 시달리게 될 게요.」

아나스타지는 각오를 다졌다.

「당신도 알다시피 합리적인 경우라면 전 언제나 당신 생각을 따르려고 노력했어요. 하지만 이 문제는 ──」

하지만 박사가 그녀의 말을 끊었다. 반대를 용납하지 않겠다는 시위였다.

「여보, 파리를 떠나려 한 건 당신이었소. 카드를 못 하게 한 것도 당신이고. 오페라, 산책, 사교 생활 등등, 당신을 알기 전의 내 생활은 모두 어디 있지? 나는 당신에게 복종했고 헌신했소. 내가 기꺼이 운명을 감내하지 않았던가? 솔직히 말해 봅시다, 아나스타지. 그러니 내 쪽에서도 조건을 내걸 수 있지 않겠소? 당신도 알겠지만 내게도 그럴 권리는 있소. 그리고 난 아들을 그 권리로 내걸겠소.」

아나스타지는 패배를 깨닫고 즉시 항복을 선언했다.

「내 심장을 찢어 놓으시는군요.」 그녀가 한숨을 내쉬었다.

「그렇지 않소. 아무래도 한 달 정도야 사소한 불편을 느끼겠지. 이 비천한 촌구석에 처음 왔을 때 나도 그랬으니까. 어쨌든 그 후엔 당신의 훌륭한 분별력과 기개가 발휘되고 전처럼 만족한 생활을 이어 가리라 믿소. 남편을 가장 행복한 사람으로 만든 여인이잖소.」

「당신을 정말로 행복하게 만들 수 있다면야 뭔들 마다하겠어요? 하지만 이번 일도 그럴까요? 확신하세요? 어젯밤에 처음 봤다고 안 했나요? 어쩌면 최악의 사기꾼일 수도 있어요.」 그녀는 마지막으로 미미한 저항을 해보았다.

「그럴 리가 없소. 설마 내가 아무 생각 없이 입양을 결정했겠소? 내 자랑 같지만, 난 세상에서 가장 완벽한 사람이라오. 이미 모든 가능성을 고려했고 또 그 모두를 만족시킬 계획도 세웠소. 그 아이를 마구간지기로 데려올 참이오. 아이가 도둑질을 하거나 불평 따위를 한다면, 내가 실수한 것으로 판단하고 거리로 돌려보낼 거요.」 박사가 말했다.

「당신은 그렇게 못 해요. 그러기엔 너무나 선한 분이시니까요.」

그녀가 한숨을 내쉬며 남편을 향해 손을 내밀었다. 박사는 미소를 지으며 그녀의 손을 자기 입술로 가져갔다. 기대했던 것보다 훨씬 수월하게 목표를 달성했다. 적어도 스무 번쯤은 효험을 본 작전이었다. 파리에 대한 언급이야말로 그의 엑스칼리버[6]였다. 의사 선배와 친구들이 우글거리는 도시에서의 6개월은 파멸에 가까운 재앙이었다. 아나스타지는 그를 시골에 묶어 두는 방법으로 남은 재산을 구해 냈다. 파리라는 지명만 들어도 그녀가 식겁하는 건 당연한 노릇이었다. 그곳으로 복귀한다는 얘기만 아니라면 그가 뒤뜰에 동물원을 만들겠다고 해도 허락했을 터였다. 그러니 마구간지기를 들이는 게 무슨 대수겠는가.

오후 4시쯤 어릿광대는 결국 숨을 거두었다. 졸도 이후로 한 번도 의식을 회복한 적이 없었다. 박사는 그의 마지막을 지켰다가 얼굴을 덮어 주었다. 그리고 장마리의 어깨를 끌어안고 여인숙 정원으로 데리고 나갔다. 그곳 강 옆에 편안한 벤치가 하나 있었는데, 그가 먼저 의자에 앉고 아이도 왼쪽에 앉게 한 후 심각한 목소리로 얘기를 꺼냈다.

「장마리, 이 세상은 엄청나게 넓다. 프랑스라고 해봐야 기

6 영국의 영웅 아서 왕이 지녔던 전설의 검(劍).

껏 세상의 한 귀퉁이에 불과하지. 그래도 너 같은 아이가 살아가기엔 만만치 않아. 불행하게도 힘 있고 욕심 많은 사람들로 가득하고, 그 많은 사람들을 먹일 빵집은 절대적으로 부족하니까. 네 주인은 죽었다. 그리고 넌 아직 어려 혼자 생계를 꾸리기엔 아무래도 역부족이겠지. 설마 다시 도둑질을 원하는 건 아니겠지? 그래, 그럼 상황은 더 어려워질 거다. 당연히 위험하기도 하고. 반면에, 너도 봐서 알겠지만, 내 비록 중년의 나이이나 그렇게까지 늙지는 않았다. 마음과 지혜는 그보다 훨씬 젊어. 교육도 많이 받고 어느 정도는 성공도 했기 때문에 맛난 음식도 자주 먹을 수 있으며, 친구나 주인으로서 존경도 받고 있다. 네게 먹을 것과 옷을 주고 저녁에는 공부도 시켜 주마. 너 같은 성격의 아이한테는 내 교육이 유럽의 사제들이 모두 모여 가르치는 것보다 훨씬 적절할 게다. 급료는 약속 못 한다. 하지만 언제든 떠나고 싶으면 문은 열려 있다. 그 경우 새 삶을 시작할 수 있도록 네게 1백 프랑을 줄 생각이다. 그 대신 나한테 늙은 말 한 필과 이륜마차가 있는데, 넌 열심히 배워 그 말과 마차를 깨끗이 닦고 언제든 탈 수 있도록 해두어야 한다. 지금 당장 대답할 필요는 없다. 제안을 받아들이는 것도 거절하는 것도 다 네 자유다. 단, 이것 하나만 기억해라. 난 감상주의자도 아니고 자선 사업가도 아니야. 그보다는 오히려 자신만을 위해 산다고 할 수 있지. 따라서 이 제안을 하는 것도 나 자신의 목적을 위해서라는 얘기다. 내게 이익이 된다고 본 거야. 자, 이제 생각해 봐라.」

「기꺼이 그리하겠습니다. 그러잖아도 막막했는걸요. 진심으로 감사합니다, 선생님. 열심히 노력하겠습니다.」 소년의 대답이었다.

「고맙다.」 박사가 따뜻이 대답하곤 이마의 땀을 닦으며 일어났다. 일이 어찌 될지 몰라 잔뜩 긴장했던 것이다. 정오에 그런 소란을 벌였는데 거절까지 당한다면 아나스타지 앞에 설 면목이 없을 터였다. 「정말, 저녁인데도 덥고 나른하구나! 여름이면 늘 물고기가 되는 꿈을 꾼단다. 여기 그레스 옆의 루앙 강에서 말이야. 거기 수련 아래서 종소리를 들으면 너무도 우아할 것 같거든. 그런 게 사는 거야. 그렇게 생각지 않느냐?」

「예, 저도 그렇게 생각합니다.」 장마리가 대답했다.

「그래, 상상력이 있는 아이라고 생각했다!」 박사가 소리치며 평소 흔히 보이곤 하는 과장된 열정으로 아이를 끌어안았다. 물론 그건 아이를 당혹게 하는 행동이었다. 영국 학생이 되라 해도 그만큼 난감하지는 않았을 것이다. 「자, 이제 내 아내한테 인사하러 가자.」

데프레 부인은 시원한 실내복 차림으로 거실에 앉아 있었다. 블라인드는 모두 내리고 타일 바닥도 새로 물을 뿌려 놓은 터였다. 그녀는 눈을 감고 있다가 두 사람이 들어가자 얼른 소설책을 읽는 척했다. 열심히 쏘다니는 탓에 틈틈이 휴식이 필요했지만 사실 잠도 특별히 많은 여자였다.

박사는 형식적인 소개를 마치고 두 사람을 위해 이렇게 덧붙였다.

「나를 위해서라도 서로 잘 대해 주기 바라오.」

「아주 예쁘네요. 나한테 입맞춤해 주겠니, 예쁜 아이야?」 아나스타지의 반응은 그랬다.

박사는 버럭 화를 내며 아내를 복도로 끌고 갔다.

「당신 바보요, 아나스타지? 여자들이 난처한 상황에 대처하는 솜씨에 대해서는 귀에 못이 박히게 들었건만, 그게 무슨 소용이람, 맙소사. 정작 겪어 본 건 내 평생 한 번도 없었으니 말이야. 당신은 내 어린 철학자를 어린애처럼 다뤘소. 제발 좀 더 정중하게 대해 주구려. 입을 맞추어도 안 되고 보통 애들처럼 대해도 안 되오.」

「당신을 기쁘게 하려 했을 뿐이에요. 아무튼 조심할게요.」 아나스타지가 말했다.

박사도 흥분에 대해 미안하다며 사과했다.

「저 아이가 우리와 편하게 지냈으면 하는데, 당신 행동이 너무나 엉뚱하고 부적절해서 그랬소. 내가 아무리 성인이라도 당혹스럽고 화가 났을 게요. 부디 노력해 보구려. 아니, 부질없는 짓이겠군. 여인네가 어린 친구를 이해해야 가능한 일인데 그럴 리가 없으니. 그보다 되도록 입을 다물고 내 행동을 유심히 관찰하는 게 좋겠소. 당신한테 본이 될 테니.」

아나스타지는 시키는 대로 하고 또 박사의 행동도 열심히 살폈다. 그녀가 살펴본 결과, 남편은 저녁때 아이를 세 번 안아 주고, 말과 식욕을 잃을 정도로 아이를 당혹스럽게 만들어 놓았다. 하지만 그녀는 사소한 혼란 중에도 여성으로서의 위력을 십분 발휘했다. 박사처럼 잘못을 지적하는 식의 싸구려 보복을 삼가는 대신, 그런 실수들이 장마리에게 악영향을 미치지 않도록 최선을 다했던 것이다. 첫날 데프레가 잠들기 전 바람을 쐬러 나갔을 때 그녀는 소년의 옆으로 다가가 그의 손을 잡아 주었다.

「남편의 행동에 놀라거나 겁먹을 필요 없단다. 어느 누구보다 친절한 분이시란다. 다만 너무 머리가 좋은 탓에 이따금 이해하기가 어려울 뿐이야. 너도 곧 익숙해지면 그분을 사랑하게 될 거야. 누구나 다 그러니까. 나도 믿어도 된다. 나도 널 행복하게 해주고 싶단다. 괴롭히려는 게 아니야. 너와 난 좋은 친구가 될 거야. 영리하지는 못해도 본성은 착한 여자니까. 나한테 입맞춤해 주겠니?」

그가 고개를 들어 입을 맞추었다. 그녀는 아이를 품에 안고 울기 시작했다. 애기는 사근사근했으나 자기 말에 흥분해 그만 울컥하고 만 것이다. 박사는 둘이 끌어안고 있는 장면을 목격하곤 곧바로 아내가 또 문제를 일으켰다고 단정 지었다. 그래서 화난 목소리로 〈아나스타지!〉 하고 부르려는데, 그녀가 고개를 들더니 미소를 지으며 한 손가락을 들어 보였다. 그녀가 소년을 고미다락으로 데려가는 동안, 박사는 멍하니 서 있어야 했다.

4
철학자를 가르치다

입양한 마구간지기의 정착은 순조롭게 진행되었다. 박사의 집 운명의 수레바퀴도 별 탈 없이 돌아갔다. 장마리는 아침에 말과 마차를 돌보고 이따금 집안일도 도왔다. 박사와 멀리 산책을 다니며 지혜의 샘을 받아 마시고, 밤이면 과학과 죽은 언어와도 인사했다. 그는 자기 나름대로 마음과 태도에 평정을 유지했다. 실수는 거의 없었으나 공부는 진척이 느린 데다 가족 관계도 여전히 서먹하기만 했다.

박사의 생활은 철저히 규칙적이었다. 오전 내내 그는 위대한 저서, 『비교 약전(藥典) 및 의학 총사전』을 집필했다. 아직까지 메모나 낙서 수준에 불과했으나, 책이 완성되면 사적 관심 영역을 거의 포괄할 뿐 아니라 희귀서로서의 관심과 전문적 효용성도 동시에 만족시킬 수 있을 거라며 큰소리를 쳤다. 하지만 박사는 문학적인 우아함과 생생한 문체에 열심이었으며, 과학 연구보다 기담(奇談), 풍습, 도덕률, 과장된 경구 등을 선호했다. 까딱하면 『시로 쓴 비교 약전』을 집필할 판이다! 예를 들어 〈미라〉 항목이 그렇다. 비록 다른 항목들은 첫 줄도 기록하지 못했으나, 그 부분만큼은 완성한 지 오래였다.

양도 방대하고 색다른 문체와 문채(文彩)로 쓰여 흥미로웠으며 정확하고 박식하기까지 했지만, 문제는 문학 작품은 될 수 있을지언정 오늘날의 개업의에게 거의 아무런 지침도 되어 주지 못한다는 데 있었다. 그의 아내도 여성 특유의 직감으로 이 점을 단호히 짚고 넘어갔다. 하긴 박사가 큰 소리로 『약전』을 읽어 주는 동안 그녀가 비몽사몽간을 헤매기도 했다. 게다가 박사도 미라라는 주제를 껄끄러워했고, 간혹 언급 자체를 불쾌하게 생각하기도 했기에 가능했을 것이다.

점심 식사와 약간의 소화 시간 후에는 산책을 했다. 혼자일 때도 있고 장마리가 동행할 때도 있었는데 부인은 산책보다 좀 더 활동적인 일을 선호했다.

앞서 말했듯이, 그녀는 무척 바빴다. 주로 세속적인 즐거움을 추구했는데 그 일이 끝나면 곧바로 소설을 읽다 잠에 떨어졌다. 사실, 그 모습이 그다지 천해 보이지는 않았다. 잠을 자는 동안 코를 골거나 외모가 일그러지는 법도 없었다. 오히려 그럴 때면 호사스럽고 매혹적인 휴식을 그린 그림 같았는데, 깨어날 때도 깜짝 놀라거나 멍한 표정을 짓는 일 없이 곧바로 정신을 회복했다. 그녀야말로 정말로 동물적이라고 생각되지만, 설령 그렇다 해도 곁에 두고 싶은 그런 동물인 것이다. 이런 점에서 볼 때 그녀는 장마리와 전혀 닮은 점이 없었다. 하지만 첫날 밤 둘 사이에 맺어진 교감은 계속되어서 이 두 사람도 때때로 대화를 나누었으나, 주로 집안일에 대한 이야기였다. 박사가 크게 실망하자, 이들은 이따금 함께 배를 타고 저급한 미신의 신전인 마을 교회를 찾기도 했다. 한 달에 두 번은 최고급 옷을 입고 퐁텐블로에 가 물건을 산더미같이 사가지고 돌아왔다. 요컨대, 박사는 여전히 두 사

람을 양립 불가의 이질적 존재로 여겼지만, 두 사람의 관계
는 그들의 성격이 허용하는 만큼 친밀하고 친근하며 또 은밀
했다.

하지만 내밀한 본심으로 말하자면, 어쩌면 그녀가 소년을
얕보거나 동정하고 있는지도 모르겠다. 원래 아이가 속한 계
층이나 그런 성격을 좋아하는 여자가 아니었다. 그보다는 총
명하고 품위 있으며 조숙하고 조금은 짓궂은 아이, 손에 모
자를 들고 있고 발이 빠르며 쉽게 눈에 띄는 그런 아이를 좋
아했다. 그렇다. 그녀가 원하는 아이는 말 잘하고 매력적이며
다소 장난기가 있는, 데프레 박사를 그대로 닮은 2세였다. 더
욱이 장마리가 따분하다는 건 그녀도 잘 아는 사실이라 한번
은 〈불쌍한 아이, 어쩌다 그렇게 재미없게 태어났는지!〉라고
한탄하기도 했다. 물론 그 말을 다시 할 수는 없었다. 박사가
들소처럼 화를 내며 그녀를 멍청한 여자라고 나무랐기 때문
이다. 그는 어리석은 여자와 짝이 된 자신의 운명을 탓하기도
했는데, 무엇보다 가슴 아팠던 건, 그가 삿대질을 하다가 자
칫 식탁 위의 사기그릇을 건드릴 뻔했을 때였다. 그 후 다시
는 아이의 흉을 보지 않았으나 그렇다고 그녀가 자신의 판단
을 굽힌 건 아니었다. 장마리가 일을 하다 말고 멍하니 앉아
있을 때면(물론 불행해서 그런 건 아니다), 그녀는 박사가 없
는 틈을 봐서 아이의 목을 끌어안고 자기 뺨을 그의 뺨에 대
곤 했다. 그의 고민과 교감하려는 시도였다.

「너무 신경 쓰지 마. 나도 총명한 여자는 못 되지만 사는
덴 전혀 불편이 없단다.」 그녀는 종종 그렇게 말했다.

박사의 견해는 본질적으로 달랐다. 그는 자신의 목소리를
좋아했다. 솔직하게 말해서 듣기 나쁜 목소리는 아니었다.

그런데 이제 그에게도 청자(聽者)가 생겼다. 그것도 아나스타지만큼 냉소적이거나 무감하지도 않고, 이따금 매우 적절한 반대로 그를 분발하게 만드는 청자였다. 게다가 그 소년을 교육한 게 바로 자신이 아니던가? 철학자들 말마따나, 교육이야말로 가장 철학적인 임무다. 불쌍한 인간들이 보기에 자신의 취미를 사회에 대한 의무로 환원하는 것보다 더 훌륭한 일이 어디 있겠는가. 실제로 그렇게 함으로써 삶의 길은 유쾌한 길이 된다. 박사는 지금껏 자신의 재능에 그토록 만족할 이유를 찾지 못했었다. 그런데 철학이 저절로 자신의 입술에서 흘러나왔다. 그는 너무도 능란한 변증가인 덕에 자신의 말실수를 더듬어 보고, 공격을 받으면 의미의 뿌리까지 역추적해 자신의 논리에 따라 그것이 일종의 미사여구임을 증명해 냈다. 그리하여 이율배반을 미꾸라지처럼 빠져나와 제자를 율법 학자의 심연에서 허우적거리게 만들었다.

마음 깊은 곳에선 박사 역시 외적으로 교육이 지지부진해 보이는 데 실망하던 차였다. 너무도 빈틈없는 관찰자이자 철학적 교육자인 자신이 직접 선발해 학문의 길로 인도한 아이가 아닌. 따라서 우주 법칙의 본질에 따라, 보다 확연하고 지속적인 진보가 있어야 했다. 그런데 장마리는 모든 일이 더디고, 소통 불가이기까지 했으며, 망각의 속도는 습득의 힘과 거의 맞먹었다. 그로 인해 박사는 소요학파(逍遙學派) 유의 강의를 더 중시했다. 그럴 때만은 아이도 스승을 주목하고 가르침을 즐기는 듯했으며, 종종 결실도 맺었기 때문이다.

그들은 수없이 많은 대화를 나눴다. 의사는 종종 건강과 절제를 주제로 삼았는데 아무래도 그가 좋아하는 주제였기 때문일 것이다.

「너를 푸른 목장가로 이끈다. 내 가설, 신념, 의학은 한마디로 요약할 수 있다. 바로 지나침을 삼가라는 가르침이지. 축복받은 자연, 건강하고 온화한 자연은 지나침을 거부하고 근절한다. 이 점에서 인간의 법칙은 저 멀리 있는 자연의 섭리를 배우려 하지. 그리고 우리는 그 노력을 보충해 주도록 애써야 한다. 애야, 우리는 우리 자신에게, 우리 이웃을 위해 스스로 법이어야 한단다. 〈렉스 아르마타lex armata〉, 즉 절대적이고 전제적인 법칙이라는 뜻이다. 폭식으로 파멸에 이르는 자를 보게 되면, 그에게서 당장 음식을 빼앗아 집어 던져라! 어느 정도의 병폐를 용인한다고 볼 때, 판사는 의사나 사제보다 봐줄 만하다. 의사가 최악이지! 그 곪아 터진 작자와 쓰레기 같은 처방전, 에잇! 순수한 공기를 마셔라! 물론 테레빈유[7]를 얻을 수 있는 송원(松園)의 공기가 최고겠지! 거기에 순수한 와인을 곁들이고, 자연의 위업 앞에 스스로 정제되지 못한 영혼을 반성해라. 애야, 이런 것들이 최고의 의약 처방이자 최고의 종교적 위안이고, 궁극적으로는 네가 추구해야 할 목표란다. 자, 부룽의 종소리가 들리는구나. (북풍이 불어오니 날씨도 청명할 거다.) 정말 청량하고 유쾌한 소리가 아니더냐? 신경이 조화와 평온을 찾고 정신은 침묵에 조율되도다. 심장이 얼마나 부드럽고 규칙적으로 뛰는지 느껴 봐라! 모든 것을 깨우친 너의 의사는 이런 것에 무감할 수 있지만, 너 자신은 아직 그런 감각들이 건강의 일부라고 여기고 있다. 오늘 아침 네 기나피[8]를 기억하느냐? 좋아, 기나피 역시 자연

---

7 소나무에서 얻는 무색의 기름.
8 기나나무의 속껍질을 말린 것으로, 말라리아 치료제인 키니네의 대체 약품으로 쓰였다.

의 산물이다. 하지만 기껏 나무껍질에 불과하잖니? 지방에 산다면 얼마든지 채취할 수 있지. 대단한 세상 아니더냐! 내 비록 공언한 무신론가이나, 이 세상을 향한 나의 신앙을 기꺼이 털어놓으련다. 우리의 산책길을 둘러싼 저 공짜 치료제와 유흥거리를 보거라! 정원을 에둘러 흐르는 강을 보고, 목욕장, 양어지(養魚池), 자연 배수 체계를 봐라. 마당의 우물에는 이 땅의 심장에서 뿜어내는 소다수가 고인다. 깨끗하고 시원하며, 약간의 와인과 곁들이면 건강에도 더없이 좋을 소다수. 이 지역은 건강 마을로 유명하다. 류머티즘이 유일한 불평거리지만 나 자신은 전혀 개의치 않지. 너도 알다시피, 내 견해는 누구보다 냉엄하고 명료한 추론 과정에 기초하고 있다. 행여 내가, 또는 네가 이 만족의 집을 떠나려 한다면, 총을 들이대서라도 말리는 것이 진정한 친구의 도리가 될 것이다. 그게 바로 친구들의 의무이자 특권이 아니겠느냐?」

6월의 어느 아름다운 날, 그들은 마을 밖 언덕에 올랐다. 하늘만큼이나 푸르른 강이 여기저기 풀잎 사이로 밝게 빛났다. 새들은 지치지도 않는지 그레스 교회 탑을 쉬지 않고 맴돌고 건강한 바람이 나무와 푸른 잎을 흔들어, 그 소리가 대기와 두 귀를 가득 채웠다. 의사는 바람 소리를 들으며 얘기도 하고 노래도 불렀다. 풀잎마다 매미가 숨어 있기라도 한 듯 들판은 요정 여왕의 썰매처럼 사방에서 짤랑거리는 싱그러운 매미들의 노랫소리로 요동쳤다. 비탈에 서 있는 두 사람에게 한쪽으로는 포플러 나무가 점점이 박힌 넓은 들판이 펼쳐졌고 다른 편에서는 언덕 위로 바람에 흔들리는 숲이 보였다. 그리고 그 한가운데 놓인 그레스는 한 움큼의 지붕들만 눈에 띄었는데, 넓고 푸른 하늘에 비해 장난감처럼 왜소해 보였다. 드넓은 세상의 한 모퉁이에 이렇게 사람이 살고, 집을 짓고, 숨을 쉰다는 사실이 믿기 어려웠다. 문득 그런 생각이 들자 소년은 자신도 모르게 감탄사를 흘렸다. 아마도 처음 있는 일이리라.

「정말 작아 보여요!」

「그래, 아주 작구나. 하지만 한때는 번성한 성벽 도시였단다. 모피 차림의 백성들과 갑옷의 군인들이 모여 많은 이야기를 만들어 낸 곳이지. 내가 아는 한, 키 큰 첨탑도 있고 성 주변에 망루들도 서 있었다. 만종이 울릴 때에는 수천 개의 굴뚝에서 연기가 피어오르고 성문엔 허수아비만큼이나 많은 교수대가 서 있었어. 전쟁이 일어나 적들이 성에 사다리를 기대면 화살들이 비처럼 쏟아지고, 방어하는 군인들은 일제히 성문 다리로 달려들었지. 그리고 두 진영이 부딪치면서 함성과 무기 소리가 하늘을 메웠겠지? 전설에 따르면, 성벽이 코망드리까지 멀리 이어졌다더구나. 아아, 세월이 무상하구나. 그 혼란에서 남은 거라곤 네 귀를 울리는 내 조용한 말소리뿐이라니. 성읍도 어느새 발밑에 보이는 저 초라한 촌락으로 영락하고 말았구나. 그 후에 영국과의 전쟁이 일어나 그레스가 함락되고 약탈당하고 불태워졌지. 영국에 대해서는 나중에 얘기하겠지만, 오직 실수로만 선행을 베푸는 어리석은 민족이란다. 많은 도시들의 역사가 대개 그렇듯 그레스는 다시 일어나지 못했다. 재건되지도 못했고. 그레스의 폐허는 타산지석이 되어 경쟁 도시들의 성장에 이바지했지. 그리고 지금도 그레스의 돌들은 느무르의 거리들을 따라 서 있단다. 영광스럽게도 우리의 고택은 재앙 이후 처음 세운 집이란다. 바야흐로 성읍의 시대가 끝나고 촌락의 시대가 시작된 거야.」

「저도 영광입니다.」장마리가 대답했다.

「그 집은 보다 소박한 가치들의 성전이다. 어쩌면 아내와 내가 이 작은 촌구석을 사랑하는 이유도 우리와 비슷한 역사를 가지고 있기 때문일 게다. 내가 한때 부자였다는 얘기를 했던가?」

「아닙니다. 제가 듣고 잊은 것 같지는 않으니까요. 재산을 잃으신 데 대해서는 유감입니다.」장마리의 대답이었다.

「유감이라고? 이런, 그동안 뭘 배운 거냐? 잘 들어라! 네놈은 과거의 그레스에서 살겠느냐, 아니면 집 앞까지 온통 푸른 초원인 새로운 그레스에서 살겠느냐? 전쟁의 위협도 소음도 통행 허가증도 강제 징수도 없고 해가 지기 전에 집으로 돌아가라는 통행금지 종소리도 없는 지금의 이곳 말이다.」박사가 기가 막힌다는 듯 물었다.

「아무래도 새로운 그레스가 낫겠죠.」소년이 대답했다.

「그래, 나도 그렇다. 마찬가지로 과거의 부보다 현재의 소박한 삶이 더 좋아. 옛 성현께서 이르기를, 황금 보기를 돌같이 하라셨다. 지당하신 말씀이야. 좋은 와인, 좋은 음식, 좋은 공기. 이곳엔 산책할 들판과 숲이 있고 집이 있다. 훌륭한 아내와 아들처럼 아끼는 아이도 있지. 내가 부자였다면 지금도 틀림없이 파리에 살았을 게다. 파리는 알지? 파리와 파라다이스는 양립 불가의 두 단어임을 명심해야 한다. 나뭇잎들을 흔드는 이 기분 좋은 바람 소리는 역겨운 거리 소음으로 바뀌고, 이 고요한 신록도 무감각한 회벽으로 대체되는 거야. 그럼 신경은 못쓰게 되고 소화는 제 기능을 다하지 못하는 법이다. 저 폭포를 마음에 그려 봐라! 넌 이미 그 결과를 눈치 챘을 거다. 정신이 고무되고 심장 박동 소리가 달라지지. 그리고 그 사람은 더 이상 그가 아니야. 난 열심히 나 자신을 연구해 왔다. 그야말로 철학의 본령이지. 때문에 음악가가 플루트의 구멍들을 알듯 나 또한 내 성격을 속속들이 알고 있다. 파리로 돌아가라고? 그럼 난 노름으로 망가지고 말 게야. 싫다. 무엇보다 부정한 행위로 아나스타지의 마음을 아프게 만들 테니 말이야.」

장마리로서는 버거운 이야기였다. 환경 때문에 사람이 변한다는 얘기도 수긍이 어렵지만, 파리는 누가 뭐라고 해도 멋진 곳이었다.

「그 도시에 살았을 때 전 다른 곳과 비슷하다고 생각했습니다.」

「뭐라고! 파리에서 절도를 하지 않았더냐?」 박사가 외쳤다.

하지만 소년은 절도가 뭐가 나쁘다는 얘긴지 도저히 이해하지 못했다. 게다가 박사도 그가 잘못했다고 생각지는 않았다. 다만 반박이 필요할 때면 박사도 대충 얼버무리는 경향이 있었다.

「그래, 이제 이해가 가느냐? 친구들이야말로 나를 망친 장본인이었지. 그레스는 지금껏 내 학교이자 요양소이며, 순수한 즐거움의 낙원이었어. 누군가 수백만 프랑을 준다 해도 난 거부할 것이다. 〈레트로, 사타나스Retro, Sathanas!〉 물렀거라, 악마여! 내 경험을 타산지석으로 삼아, 부를 경멸하고 도시의 악영향을 피하라. 위생과 검소를 평생의 이정표로 삼도록 하라!」

위생에 대한 박사의 이론은 박사 자신의 구미에 맞았다. 완벽한 삶에 대한 그의 생각도 당시에 그가 영위하고 있는 삶을 그대로 모사한 데 불과했다. 하지만 소년은 논쟁에 필요한 모든 사실들을 배워 가는 중이라, 그런 그를 납득시키는 일은 어려운 일이 아니었다. 게다가 철학엔 훌륭한 점이 하나 있었다. 바로 철학자의 열정이라는 것이다. 그렇게도 기꺼이 기쁨을 받아들이려는 사람은 일찍이 없었다. 그리고 박사가 대단한 논리학자가 아니라서 지성인을 설득할 자격이 부족하다 해도, 시인의 기질을 타고난 것만은 분명한 사실이었기에 상대의 마음을 유혹할 매력은 충분했다. 하지만 자기 자신을 찬양하는 습관적인 유머가 잘 먹히지 않을 때면 갑자기 발작적인 우울증에 빠지기도 했다.

「애야, 오늘은 나를 멀리해라. 미신이라고 해도 좋다. 심지어 날 위해 기도해 달라고 부탁해야 할 심정이란다. 나는 지금 우울증에 빠져 있다. 사울 왕의 악령, 상인 아부다의 마녀, 그 사람만을 노리는, 중세 수사의 마귀가 내 안에서 나를 사로잡는구나. (가슴을 두드리며) 지금은 내 악한 본성이 끓어올라 순수한 기쁨조차 소용이 없어. 파리가 그립다. 그 진창에서의 탐닉이 간절하다.」 그가 한 줌의 은전을 내놓는다. 「자 봐라. 나는 무력하다. 내게 돈이 있으면 무슨 짓을 할지 알 수 없으니 어서 이 돈을 받아라. 내 대신 돈을 맡아 다오. 그 돈으로 유해한 사탕을 사 먹어도 좋고 깊은 강물에 던져 버려도 좋다. 네가 뭘 하든 좋으니, 다만 악으로부터 나를 구해 다오. 내가 머뭇거리면 주저하지 마라. 필요하다면 기차를 전복시켜도 좋다. 물론 지금 비유로 말하고 있는 거다. 어떤 최악의 상황도 살아서 파리로 돌아가는 것보다 나으리.」

박사는 이런 식의 사소한 변칙과 호들갑을 즐겼다. 그것은 다소 인위적인 시적 자아에 내재된 바이런식 영웅[9]을 대변해

9 낭만주의의 전형적 인간상으로 고독, 고통, 반항적 기질 등을 대변한다.

주기 때문이다. 현실감과 현실적 유혹의 무게에 대해서라면, 박사는 거의 문외한인 반면 소년은 지나치게 의식하고 있는지도 모르겠다.

어느 날, 장마리에게 크게 깨달은 바가 있었다.

「부를 제대로 사용할 수는 없나요?」 그가 물었다.

「이론적으로는 가능하다. 하지만 경험상으로는 아무도 그렇게 하지 않지. 세상 사람들 누구나 자신이 부자가 되면 다를 거라고 생각하지만, 소유는 악이므로 새로운 욕망을 창출해 낸단다. 결국 어리석은 허영심이 기쁨의 본질을 갉아먹는 거야.」

「그러면 가진 게 적을수록 좋은 겁니까?」 아이가 되물었다.

「꼭 그런 것도 아니다.」 박사의 대답이었다. 그의 목소리가 약간 흔들렸다.

「왜죠?」 소년의 질문은 가차 없이 이어졌다.

데프레 박사는 한순간 무지개의 색깔 모두를 보았다. 굳건한 우주마저 그와 함께 전복되는 듯했다. 그는 한참 후에야 머뭇머뭇 입을 열었다.

「그건…… 내가 현재의 수입으로 생활을 꾸려 와봐서이다. 내 나이의 남자가 일상적인 생활 습관과 완전히 단절되는 건 옳지 않거든.」

그건 혹독한 갈등이었다. 박사는 숨을 거칠게 몰아쉬더니 그날 오후에는 한마디 말도 하지 않았다. 소년의 경우는 달랐다. 그는 의문의 해답을 얻은 데 크게 기뻐했다. 심지어 그 분명하고도 결정적인 해답을 몰랐다는 게 오히려 이상할 정도였다. 박사에 대한 그의 신뢰는 확고했다. 데프레 박사는 저녁 식사에서 그가 특히 좋아하는 론 와인을 마시고 얼른하게 취하고 싶었다. 그런 다음 그는 얼굴을 붉히며 아나스타지를 향한 애정을 얘기하고, 다소 난감한 미소와 함께 온갖 종류의 주제를 거론하며, 다소 흐트러진 모습으로 어쭙잖은 농담을 풀어놓을 것이다. 하지만 마구간지기 소년은 배은망덕할 기미가 보이는 의심을 그대로 방치해 두지 않을 것이다. 한 남자가 양아버지가 될 수도 있고 술주정을 부릴 수도 있다. 그런데 가장 선량한 성품의 사람은 이런 진실들을 서서히 받아들인다.

박사는 분명 그의 마음을 완전히 사로잡았다. 하지만 아이의 정신에 대한 지배력은 과장되었을 수도 있다. 장마리는 분명 주인의 견해 중 일부를 받아들였다. 하지만 자신의 의지를 포기했는지는 아직 두고 봐야 할 일이었다. 그에게도 타고난 신념은 있었다. 모두가 가공되지 않은 순수하고도 확고한 신념들이었다. 사실 그는 다른 것들을 더할 순 있었지만, 있던 것을 제쳐 놓을 수는 없었다. 그는 그것들끼리 잘 조화가 될 것인지에 대해서는 전혀 개의치 않았다. 게다가 그의 영적인 즐거움은 그것들을 전복시키거나 말로 정당성을 증명하는 데 있지도 않았다. 언어는 춤과 마찬가지로 단순한 숙련 기술에 불과했다. 홀로 있을 때 그의 유희는 거의 식물적인 것이었다. 그는 아세르 인근의 숲으로 기어들어 가 잿빛 자작나무 사이의 동굴 입구에 앉아 멍하니 앞을 바라보곤 했다. 움직이지도 않고 생각도 하지 않았다. 햇빛, 바람에 어른거리는 그림자, 하늘 높이 치솟은 전나무들이 그의 영혼을 가득 채웠다. 그는 순수한 개체이자 완전히 추상화된 영혼이었다. 단 하나의 감정만이 그를 지배하고, 다른 모든 감각의 대상들은 마치 백광 속에 스펙트럼의 색들이 융화되고 소멸되듯 그 감정의 원인이 되었다.

그리하여 박사가 자신의 말에 취한 동안 마구간지기 소년은 침묵과 함께 생각에 잠겼다.

5
보물

박사의 마차는 이륜 포장마차로 시골 의사들이 좋아하는 종류였다. 얼마나 많은 사람들이 그의 마차가 멀리 포플러나무 사이를 달리고, 또 얼마나 많은 마을의 거리 문기둥에 묶여 있는 걸 보았던가! 그런 종류의 마차는 빠른 속도로 달릴 때 이리저리 축을 가로지르는 상하 흔들림에 영향을 받는데, 그건 이륜마차의 전형적인 특징이기도 했다. 또한 풍경을 다 가리는 거대한 활 모양의 덮개는 명상에 잠긴 행인들에게 매우 불합리한 영향을 미치기도 했다. 그러니 그런 마차를 탄다고 자랑스러울 것도 영광스러울 것도 없을 것이고, 다만 간장병에나 도움이 되지 않을까 싶다. 내과 의사들이 좋아하는 것도 어쩌면 그 때문이 아닐까.

어느 날 아침 일찍, 장마리는 박사의 마차를 끌고 나가 대문을 열어 두고 마부석에 올라앉았다. 곧 따라 나온 박사는 머리에서 발끝까지 깔끔한 리넨 옷차림에 커다란 살색 우산을 손에 들고, 어깨띠엔 식물 채집통을 매달고 있었다. 마차는 부드러운 바람의 저항을 뚫고 가볍게 움직였다. 그리고 『비교약전』에 쓸 식물들을 채집하기 위해 프랑샤르로 향했다.

마차는 텅 빈 도로를 덜컹거리며 달린 끝에 숲 가장자리에 다다랐고, 곧바로 적막한 산길로 접어들었다. 모랫길이라 바퀴 소리는 부드러웠고, 이따금 잔가지 부러지는 소리가 들려왔다. 마치 구름처럼 하늘을 가득 덮고 있는 신록의 광활한 나뭇잎들이 가벼운 신음 소리를 내기도 했다. 숲 속의 공기에는 아직 밤의 신선한 기운이 담겨 있었다. 잎이 무성한 산의 나무들이 우람하게 서 있는 모습은 마치 수많은 조각상을 보는 듯 마음을 즐겁게 했고, 나무줄기를 따라 고개를 들면 짙은 나뭇잎 사이로 푸른 하늘이 아른거렸다. 다람쥐들도 허공을 닐아다녔다. 여신 히기에이이의 신도에겐 더없이 신선한 장소일 것 같았다.

　「프랑샤르에 가본 적 있느냐, 장마리? 그럴 리야 없겠지만 말이다.」

　「없습니다.」 소년이 말했다.

　「계곡에 있는 폐허야. 옛날엔 은둔자들의 거처와 교회당이 있었지. 역사적으로 프랑샤르에 대한 이야기가 많단다. 주로 은둔자들에 관한 건데, 굶주리고 강도들한테 학살당하면서도 하루 종일 기도만 하고 살았다더구나. 수도원장이 한 은둔자에게 보낸 편지가 보존되어 있는데 위생에 관한 놀라운 조언으로 가득하단다. 책과 기도를 오가며 머리를 쉬게 하고 그 두 일에 지칠 땐 정원을 산책하며 꿀벌을 관찰하라는 조언은 오늘날까지도 나 자신의 지침으로 삼고 있지. 내가 이따금 『약전』을 두고 밖으로 나가는 건 알지? 바로 집필 중에 해와 바람이 필요할 때다. 그 편지를 쓴 분을 중심으로 존경하는 바이다. 너무도 중요한 주제를 생각한 분이니까 당연하지. 내가 중세에 살았다면(아니라서 너무 기쁘다만) 나 자신

256

도 분명 은자가 되었을 게다. 아니면 전문 어릿광대가 되었든지. 그런 일들이야말로 유일하게 철학적인 삶이니까 말이다. 웃거나 기도하기, 그리고 참, 냉소와 눈물도 언급해야겠구나. 긍정의 태양이 떠오르기 전만 해도, 현자는 그 두 일 중 하나를 선택해야 했어.」박사가 특유의 해설하는 듯한 목소리로 얘기했다.

「전 어릿광대였습니다.」장마리가 대답했다.

「네가 그 일을 잘했을 것 같지는 않다. 평소에 웃기는 하느냐?」박사가 물었다. 소년의 심각한 표정을 지적한 것이었다.

「오, 물론입니다. 자주 웃고 또 농담도 좋아합니다.」소년의 대답이었다.

「거참 희한한 놈이로고! 어쨌든 얘기가 빗나갔다. 이것도 분명 늙어 간다는 얘기겠지? 프랑샤르는 끝내 영국 전쟁으로 파괴되었다. 그레스를 궤멸시킨 바로 그 전쟁이지. 중요한 건, 여러 명의 은자들이 위험을 예견하고 몰래 예기(禮器)들을 감췄다는 게야. 어느 것이나 엄청난 가치가 있는 물건들이다, 장마리. 엄청난 가치, 아니, 무한한 가치라고 해도 좋다. 최고의 솜씨로 최고급 소재를 세공했으니 당연하겠지. 그런데 그 물건들이 발견되었단다. 루이 14세가 통치할 당시 어떤 친구들이 폐허를 발굴하고 있는데, 갑자기 툭, 삽에 뭔가 걸린 거야. 그 사람들은 멍하니 서로를 바라보았겠지. 얼마나 심장이 뛰고 낯빛이 창백해졌을지 상상해 보려무나. 그건 보물 상자였단다. 프랑샤르에 매장된 보물이 있었던 거야! 그들은 굶주린 야수처럼 궤짝을 뜯었어. 맙소사! 그 안에는 보물은 없고 낡은 사제복들뿐이었지 뭐냐. 게다가 그 옷들은 공기에 닿는 순간 그대로 사그라지더니 먼지가 되어 버렸다는구나. 물론 그 광경을 본 순간 사람들의 땀도 얼음처럼 식어 버렸겠지. 살을 에는 바람이라도 불었다면, 틀림없이 한두 사람은 그 고생으로 인해 류머티즘에 걸렸을 게다.」

「옷이 먼지가 되는 건 보고 싶지만, 다른 건 개의치 않았을 겁니다.」 장마리가 대답했다.

「상상력이라고는! 머릿속에 그림을 그리고 생각을 해봐. 몇 세기 동안 땅속에 묻혀 있던 위대한 보물, 최고의 존재들만을 위해 남겨진 옷감, 누구도 보지 못한 명화, 마법에 걸려 아직 한 번도 달려 보지 못한 최고의 명마, 누구도 보지 못한 아름다운 여인들, 카드, 주사위, 오페라, 오케스트라, 성, 아름다운 공원과 정원, 거대한 범선, 아직 빛을 보지도 못한 채 관 속에 누워 있는 그 모든 것을 말이야. 그리고 매년 그 위로는 멍청한 나무들이 햇볕을 받으며 자라고 있는 거라고! 그 생각만으로도 미칠 것만 같지 않느냐?」 박사가 답답하다는 듯 외쳤다.

「그래 봐야 돈 아닙니까. 해로운 물건이죠.」 장마리의 대답이었다.

「오, 이런! 그건 철학이야. 그건 아주 좋은 거지. 하지만 지금 중요한 건 그게 아니다. 게다가 네가 말한 것처럼 그건 단순한 돈 문제가 아니라 예술 작품에 관한 얘기이기도 하다. 그 상자들엔 조각이 새겨 있었으니까. 네 유치한 논평엔 나도 지치는구나. 논리적 맥락은 다 빼먹고 앵무새처럼 내 말을 따라하다니.」

「어쨌든 저희는 보물과 아무 상관 없습니다.」 소년이 공손히 대답했다.

그 순간 두 사람은 롱드 도로에 다다랐다. 산길이 갑작스

럽게 덜컹거리는 데다 노여움까지 더해져 박사는 그만 입을
다물고 말았다. 이륜마차는 열심히 달렸다. 나무들이 빠른
속도로 지나가면서도, 무슨 할 말이라도 있는 듯 그들을 노
려보았다. 사각의 요새를 지나자 곧바로 프랑샤르였다. 그들
은 작고 외딴 여인숙에 말을 묶고 계속 걸어갔다. 계곡은 히
스 덤불, 바위, 자작나무 등이 햇빛을 받아 복잡한 색을 만들
어 냈다. 벌들이 붕붕거리며 꽃을 찾아다니는 소리에 장마리
는 갑자기 졸음이 왔다. 그래서 박사가 이리저리 바삐 돌아
다니며 약초를 모으는 동안 잠시 히스 덤불에 등을 기대고
앉았다.

눈이 감기고 고개가 기울어지고, 무릎에 올려놓은 손에 힘
이 빠지기 시작할 무렵, 갑작스러운 비명 소리에 아이는 벌떡
일어서야 했다. 짧고 기이한 소리였다. 그리고 언제 그런 일
이 있었느냐는 듯 소리는 끊어지고 정적이 돌아왔다. 박사의
비명인지는 모르겠으나 계곡에 다른 사람이 있을 리는 없었
다. 물론 박사여야 했다. 장마리는 열심히 주변을 돌아보았
다. 데프레도 두 개의 뭉우리돌 사이에 서서, 백지장처럼 창
백한 얼굴로 양아들을 찾고 있었다.

「독사, 독사입니까? 물리셨어요?」 장마리가 달려오며 외
쳤다.

박사는 간신히 돌 사이를 빠져나와 아이에게 다가가더니
그의 어깨를 거칠게 잡고 흔들었다.

「찾았어!」 그가 격한 목소리로 외쳤다.

「약초 말입니까?」 장마리가 물었다.

데프레는 거의 기뻐 날뛰다시피 했는데, 바위들도 그 모습
을 주목하고 그대로 흉내 냈다.

「약초! 그래, 약초다. 여기 구근 식물이 하나 있다.」그가 꾸중하듯 말하며 갑자기 오른손을 내밀었다. 지금껏 등 뒤에 감춰 두었던 손이다.

장마리가 본 건 흙으로 덮인 더러운 접시였다.

「이건 접시 아닙니까?」그가 물었다.

「이건 말과 마찬가지. 이놈아, 봐라. 저 바위 사이에서 이끼를 긁어내다가 갈라진 틈을 찾아냈다. 그래서 안을 들여다봤더니, 뭐가 있었는지 알겠느냐, 장마리? 내가 본 건 마당과 정원이 딸린 파리의 집이었어. 다이아몬드로 장식한 아내와 귀족이 된 나를 ㅂㅗㄱㅗ ㄸㅗ 너를 ㅂㅗㅏㅆ다. ㄱ래, 바로 네 미래 말이다. 우린 지금 막 아메리카를 발견한 거야!」그가 점점 흥분해 떠들어 댔다.

「그래서 그게 뭡니까?」소년이 물었다.

「프랑샤르의 보물!」박사가 외쳤다. 그러더니 그는 갈색 밀짚모자를 바닥에 내동댕이치고 인디언처럼 고함을 지르더니 갑자기 장마리한테 달려들어 질식시킬 것처럼 끌어안았다. 두 눈엔 눈물까지 고였다. 마침내는 히스 사이로 달려 내려가며 계곡이 떠나가도록 웃기까지 했다.

소년도 이제 호기심이 동했다. 그래서 박사의 입맞춤 세례에서 벗어나자마자 그는 뭉우리돌 사이로 뛰어 들어가 갈라진 틈에 손을 집어넣고 프랑샤르의 운둔자들이 쓰던 성찬용 포도주 병들, 촛대들, 성반(聖盤)들 등 세월의 흙을 잔뜩 뒤집어쓴 물건들을 하나씩 끄집어냈다. 그중에는 손궤도 있었는데 단단히 잠긴 데다 꽤나 무거웠다.

「와, 신기해라!」그가 외쳤다.

데프레 박사는 어느새 바로 뒤에 서서 아무 말 없이 지켜보

260

고 있었다. 그의 얼굴은 다시 잿빛이 되었고 입술은 파르르 떨렸다. 일종의 야만적 탐욕이 그를 사로잡은 것이다.

「바보 같은 짓이야. 우린 지금 시간을 낭비하고 있다. 여인숙에 돌아가서 저쪽 제방 위로 마차를 몰고 와라. 온 힘을 다해 달려라. 누구와도 얘기하지 말고. 난 여기서 지키고 있으마.」

장마리는 다소 놀랐지만 시키는 대로 했다. 마차를 지시한 장소로 끌고 온 다음 두 사람은 은둔자들의 보물을 조심조심 마부석 아래 짐칸으로 옮겼다. 박사는 보물을 모두 처리한 후에야 기분을 회복했다.

「이 계곡의 수호신께 경의를 바쳐야겠다. 오, 불씨와 어린 염소와 와인 한 단지만 있으면 좋으련만! 지금 당장 제물과 헌주(獻酒)를 올리고 싶구나. 그래, 못 할 이유도 없지. 여기가 프랑샤르 아니더냐. 영국산 에일[10]이 유명한 곳. 1등급은 아니지만 훌륭한 상품이야. 애야, 우리 에일을 마셔야겠다.」

「하지만 건강에 유해하지 않습니까? 게다가 비싸기도 하고.」

「허튼소리! 가자, 여인숙으로!」 박사가 신이 나서 외쳤다.

그러고서 그는 마차에 올라 고개를 가볍게 흔들어 댔다. 너무도 흥겨운 모습이었다. 말이 방향을 돌리고 잠시 후 그들은 여인숙 마당의 말뚝 옆에 다다랐다.

「여기, 탁자 옆에 묶어라. 그래야 물건을 감시할 수 있으니까.」 데프레가 지시했다.

그들은 말을 묶고 정원으로 들어섰다. 박사는 이제 무척 고음의 노래를 부르며 가슴 깊이 뒤울림을 만들어 냈다. 그리고 자리에 앉아서 큰 소리로 탁자를 두드리거나 거친 농담으로 웨이터를 괴롭혔다. 마침내 바스 에일 병이 나왔다. 그

---

10 홉으로 만든 도수 높은 알코올. 현재는 맥주를 지칭하는 말로도 쓰인다.

는 대부분의 현란한 샴페인보다 가스 함유량이 훨씬 더 많은 에일을 긴 잔에 거품 가득 따라 장마리에게 밀어 주었다.

「마셔. 죽 들이켜라.」

「전 마시지 않겠습니다.」 소년이 머뭇거리며 말했다.

「뭐?」 데프레가 버럭 소리를 질렀다.

「불안해서요. 제 위장이 ―」

「마시든지, 아니면 꺼져 버려! 다만 이것 하나는 명심해라. 세상에서 제일 역겨운 인간이 바로 까다로운 놈들이야.」 데프레가 거칠게 몰아붙였다.

완전히 새로운 가르침이었다! 장마리는 난감한 표정으로 앉아 잔을 보았으나 입에 대지는 않았다. 반면에 박사는 잔을 비우고 다시 짜릿한 맥주를 따랐다. 알코올 기운에 어두운 이마도 점점 밝아지고 기분도 들뜨기 시작했다.

이윽고 그가 소년의 까다로운 태도에 양보라도 하듯 조용히 입을 열었다.

「특별한 일이 있을 때, 이 에일은 신들의 감로주가 된다. 자주 마시면야 당연히 나쁘지. 종종 지적했듯, 포도 음료인 와인이야말로 프랑스인의 참음료이니, 네가 이 이국의 흥분제를 거부한다고 나무랄 수만은 없겠지. 넌 와인과 케이크를 조금 먹도록 해라. 병이 비었느냐? 음, 자랑할 만한 일은 아니군. 내 네 잔을 긍휼히 여기마.」

맥주를 다 마시자 박사는 이번엔 시계를 보며 안달을 부리기 시작했다. 장마리는 아직 케이크를 먹는 중이었다.

「이제 가고 싶구나. 맙소사, 왜 이리 먹는 게 느린 거냐?」 하지만 느린 식사는 장수를 위한 특별한 처방이라고 하지 않았던가!

어쨌든 그의 조바심도 끝나고 두 사람은 다시 이륜마차에 올랐다. 데프레는 느긋하게 등을 기대더니 퐁텐블로에 가겠다고 선언했다.

「퐁텐블로에요?」 장마리가 되물었다.

「내가 언제 헛소리하더냐? 어서 몰아!」 박사가 우겼다.

박사는 파라다이스의 오솔길을 노니는 중이었다. 바람, 햇빛, 빛나는 나뭇잎들, 덜컹거리는 마차, 그 모두가 그의 찬란한 명상과 조화를 이루는 듯 보였다. 그는 고개를 뒤로 젖힌 채, 일련의 춘몽을 꾸었다. 에일과 보물이 그의 혈관 속에서 춤을 추었다. 잠시 후 그가 다시 입을 열었다.

「카지미르에게 전보를 쳐야겠다. 카지미르! 지적으로 좀 모자라는 분이다, 장마리. 창조적이지도 시적이지도 못하지만, 그래도 너의 학습에는 부응할 인물이란다. 재산도 엄청난데 모두 노력의 결실이지. 그분이라면 저 장신구들을 잘 처리하도록 도와줄 게다. 물건을 처분하고, 파리의 적당한 집을 찾아주고 정착할 수 있도록 꼼꼼히 챙겨 줄 거야. 친애하는 카지미르! 내 오랜 친구여! 하나 덧붙이자면 보잘것없는 터키 채권에 투자하게 한 것도 그란다. 마호메트 제국에 투자한 것에다 이 중세 교회의 쓰레기들을 더한다면 우리는 돈방석 위에 앉게 될 거야. 돈방석 말이다! 아름다운 숲이여, 잘 있어라! 내 비록 다른 곳으로 떠난다 한들 너를 잊지 않으리니, 그대의 이름을 내 가슴에 새겨 두노라. 성공을 목전에 두니 적잖이 흥분되는구나, 장마리. 그건 타고난 충동이자 자연인의 특징이란다. 나 또한 그 본성을 저버리지는 않으리라. 나는 젊음을 동정처럼 지켜 왔지. 다른 사람이라면 3년 동안 촌놈들처럼 빈둥거리다가 둔해지고 단순해졌겠지만 난 달랐어. 행복한 삶을 찬양하고 삶의 샘을 충실히 지켜 왔으니까. 이제 새로운 부와 삶이 주어진다 해도 열정은 꺾이지 않고, 오히려 지식의 도움으로 한층 더 성숙해질 것이다. 자, 말해 봐라. 내가 모순된 사람 같으냐? 애써 감출 필요 없다. 그래서 괴로운 거냐?」

「예.」 소년이 대답했다.

「봐라, 내 그럴 줄 알았다. 물론 놀랄 일도 아니지. 아직 네 수양이 부족한 탓이니. 인간의 숭고한 임무를 온전히 이해하는 건 아직은 역부족일 게야. 바쁠 것 없으니, 내 한마디만 해 주마. 부족하나마 내게 다시 한 번 기회가 주어진 게야. 오랫동안 명상으로 스스로를 다져 왔으니, 이제 파리로 진출하는 게 나의 보다 숭고한 의무인 게야. 내 과학적 지식과 유려한 말솜씨를 이 나라가 필요로 하고 있으니, 지나친 겸손은 오히려 덫이 되고 말 거다. 죄가 하나의 철학적 표현이라면, 나는 그런 식의 겸손을 죄악이라고 불러야 할 거야. 사내는 모름지기 탁월한 능력을 부정해서는 안 된다. 그건 곧 의무를 방기하는 것을 의미하니까. 난 올라서야 해. 인생의 전장에서 달아날 수는 없어.」

박사의 독선은 이런 식으로 계속 이어졌다. 그는 이율배반의 이음새마다 언어의 윤활유를 엄청나게 발라 대고 있었다. 소년은 달리는 말을 노려보며 조용히 듣고 있었지만 마음은 펄펄 끓고 있었다. 박사의 말은 부질없는 말장난에 불과했다. 그 어떠한 웅변으로도 장마리의 신념을 꺾을 수는 없었다. 그래서 그는 동정, 두려움, 분노, 절망에 휩싸인 채 퐁텐블로를 향해 말을 몰았다.

마을에서도 장마리는 마부석에 앉아 보물을 지켜야 했다.

박사는 술과 기분에 들뜬 채 카페를 들락거리며, 수비대 장교들과 악수를 하고 독주와 즐거운 옛 추억을 섞어 마셨다. 여기저기 가게도 뒤지더니, 값비싼 과일과 거북이 살, 아내한테 선물할 훌륭한 비단옷 한 벌, 자기가 쓸 화려한 지팡이, 그리고 소년에게 줄 새로운 유행의 케피 모자 등을 안고 돌아왔다. 전신국으로 가서는 전보를 부쳤고, 세 시간 후 내일 방문하겠다는 답신을 받았다. 그리고 점차 그는 최상의 기분이라는 1등급 향기로 퐁텐블로를 가득 채웠다.

다시 출발했을 때는 해가 많이 저물어 가고 있었다. 숲의 그림자가 큰길 위로 길게 늘어졌다. 흰색의 성벽 안에서 하루 종일 달구어졌음에도, 저녁 무렵이 되자 짜릿한 나무 향기가 향처럼 일어나 시원하게 코를 자극해 주었다. 아련한 음악과도 같은 냄새였다. 중간쯤 다다랐을 때 황금색의 마지막 햇빛이 키 큰 떡갈나무 왼쪽으로 넘어가고, 숲을 빠져나올 때쯤엔 들판은 벌써 은은한 잿빛 속에 잠겨 들었다. 뿌연 포플러 나무들 너머로 크고 창백한 달이 휘영청 떠올랐다.

박사는 노래 불렀다. 박사는 휘파람을 불었다. 박사는 떠들어 댔다. 그는 숲과 전쟁과 이슬의 침착(沈着) 현상에 대해 얘기하고 침이 마르도록 파리를 찬양했으며, 정치 무대의 영광에 대해 엄청난 과장을 늘어놓았다. 모든 것이 바뀌고 있었다. 하루가 저물면서 옛 존재의 흔적은 소멸하고, 내일 아침엔 해와 함께 새로운 운명이 도래할 것이다.

「이런 늘쩍지근한 생활은 이제 그만!」 그가 외쳤다. 아나스타지는 여전히 아름답기 때문에 더 이상 묻혀 지낼 것이 아니라 사교계에서 빛을 발해야 하며, 장마리 또한 세상에 나가 천하를 호령해야 했다. 모든 길이 성공과 부와 명예와 사후의 명성으로 활짝 열려 있었다. 「오, 그런데 절대 떠들고 다니면 안 된다. 물론 과묵한 아이라는 건 안다. 너한테서 특히 눈여겨본 특성이니까. 과묵. 침묵은 곧 금이라고도 하잖아! 이건 중요한 문제야. 절대 밖으로 새어 나가면 안 된다! 카지미르 외에는 아무도 믿어서도 안 돼. 저 그릇들도 아마 영국에 가서 처분해야 할 거다.」

「하지만 우리 것도 아닌데요?」 소년은 울고 싶은 심정이었다. 그가 입을 연 것도 그때가 처음이었다.

「주인이 없다는 점에서, 저건 우리 거라 볼 수 있지. 물론 나라에서 소유권을 주장할 수도 있겠지. 예를 들어, 그 보물이 도난당한 거라면, 우린 반환을 요구할 수 없을 게다. 권리를 주장할 수도 없고 경찰과 얘기하는 것도 불가능해. 법이란 게 다 도둑놈 심보니까. 하지만 그런 건 아직 해결 못 한 불의의 단면일 뿐이니, 결국 열정적이고 활동적이며 철학적인 의원이 앞으로 바로잡으면 될 일이다.」

장마리는 데프레 부인을 믿기로 했다. 그래서 부롱의 바스락거리는 포플러 나무 사이를 달리면서는, 이를 악물고 기도를 해보았다. 그들이 도착하는 대로, 부인은 자신의 성격에 따라 이 끔찍한 악몽을 해결해 줄 것이다.

그레스에 들어서자 개들이 짖기 시작했다. 마을의 개들이 모두 마차의 보물 냄새를 맡은 것만 같았다. 반면에 거리엔 아무도 보이지 않았고, 세 명의 풍경화가만이 탕타용 여인숙 문 앞에서 빈둥거리고 있었다. 장마리가 녹색 대문을 열고 말과 마차를 들이자마자 데프레 부인이 손전등을 들고 부엌 문간에 나타났다. 아직 달이 높지 않아 정원 안이 어둡기 때문이었다.

「대문 닫아, 장마리! 아나스타지, 알린은 어디 있지?」 박사가 마차에서 뒤뚱거리고 뛰어내리며 소리쳤다.

「몽트로에 사는 부모님한테 갔댔어요.」 부인이 대답했다.

「잘됐어! 자, 어서 이리 와보오. 큰 소리로 얘기하고 싶지는 않으니까. 여보, 우린 부자가 됐소!」 박사가 들뜬 목소리로 소리쳤다.

「부자라니요?」 부인이 되물었다.

「프랑샤르의 보물을 찾았소! 자, 여기 그 최초의 결실이오. 파인애플 하나와 내 아리따운 부인의 드레스! 잘 맞을 거요. 남편이자 연인의 취향을 믿어요! 자 나를 안아 줘야지, 여보. 이 끔찍한 생활도 끝났소. 이제 날개를 활짝 펼친 나비가 되는 거야. 내일 카지미르가 집에 오고 일주일 후면 우린 다시 파리로 돌아갈 거요. 마침내 불행이 끝난 거라고! 당신도 다이아몬드 반지를 낄 수 있소. 장마리, 마부석에서 물건을 꺼내 하나씩 거실로 옮겨라. 우리, 식탁에서 만찬을 벌입시다. 여보, 어서 이 거북이 살을 요리하구려. 오랜만에 입맛을 돋우어 봅시다. 우리의 보잘것없는 일상에 기름질을 치는 거요. 난 지하실에 내려가 당신이 좋아하는 보졸레 한 병을 가져오겠소. 보졸레로 시작해 에르미타주[11]로 끝내는 거요. 아직 세 병이 남아 있거든. 소중한 순간엔 소중한 와인이 최고지!」

「하지만 여보, 정신이 하나도 없군요. 도대체 무슨 일이기에?」 그녀가 외쳤다.

「거북이 요리, 여보, 어서!」 박사가 소리치며 손전등을 든 아내를 부엌으로 밀고 들어갔다.

장마리는 망연자실했다. 좀 더 즉각적인 반대가 있을 줄

11 프랑스 남부 포도주의 일종.

알았건만, 기대와는 전혀 다른 장면이었다. 마지막 희망이 꺼져 가고 있었다.

박사는 다소 비틀거리며 사방을 돌아다녔다. 이따금 어깨로 벽을 들이받기도 했다. 오랜만에 압생트를 마셨기 때문일 텐데, 그땐 이미 박사도 이것이 잘못된 선택이었음을 깨닫고 있었다. 특별한 날의 폭음을 후회해서가 아니라 오래전 각오를 다진 일이 있었기 때문이다. 다시 나쁜 습관의 노예가 될 수는 없었다. 그는 지하실에서 와인을 들고 나온 뒤, 아직 세월의 때가 덕지덕지 붙은 예기들을 일부는 백옥같이 흰 테이블보에, 일부는 찬장에 가지런히 올려놓았다. 그는 부엌을 드나들며 아나스타지에게 베르무트를 열심히 따라 주고 미래의 가능성으로 들뜨게 만들었으며, 새로운 재산의 값어치를 부풀려 나갔다. 그러자 저녁 식사를 하기 전, 부인의 신념 또한 남편의 열정에 녹아 버리고 말았고, 어느새 그녀 특유의 조바심이 실종되는가 싶더니, 그녀도 함께 그레스의 삶을 헐뜯기 시작했다. 그리고 수프를 마시는 그녀의 눈은 미래의 다이아몬드처럼 반짝거렸다.

식사하는 동안 그녀와 박사는 꿈 같은 계획을 수도 없이 세우고 무너뜨렸으며, 서로를 바라보며 고개를 젓거나 끄덕이며 맹세를 했다. 박사의 정치적 야망과 인기 있는 부인의 응접실을 생각하자, 두 얼굴은 미소로 가득했고 눈에선 불꽃이 튀었다.

「하지만 당신이 공산주의자가 되는 건 싫어요.」 아나스타지가 외쳤다.

「난 뼛속까지 중도 좌파라오.」 박사가 말했다.

「가슈타인 부인이 우리를 사람들에게 소개하겠지만, 우린 그들한테 완전히 잊힌 사람들이란 걸 알게 될 거예요.」

「절대로 그렇지 않소. 아름다움과 재능은 흔적을 남기는 법이라오.」

「제대로 옷 입는 방법도 잊었어요.」 그녀가 한숨을 내쉬었다.

「여보, 미안하구려. 못난 놈을 만나 고생이 많았소.」 그가 한탄했다.

「하지만 성공했잖아요. 당신이 인정과 존경을 받고 모든 신문에 이름이 실리면 더없이 기쁜 일이 될 거예요. 어디 천국이 따로 있나요?」 그녀가 외쳤다.

「일주일에 한 번, 딱 한 번쯤은 바카라[12]를 즐겨도 되겠지?」 그가 은밀히 운율까지 맞춰 가며 물었다.

「일주일에 한 번만이죠?」 그녀가 손가락으로 남편을 위협하며 되물었다.

「내 정치적 명예를 걸고 맹세하리다.」 그가 소리쳤다.

「내가 남편 버릇만 망친다니까.」 그녀가 투덜대며 손을 내밀었다.

그가 그 손에 입맞춤 세례를 퍼부었다.

장마리는 어두운 마당으로 빠져나갔다. 달은 그레스 위에 높이 걸려 있었다. 그는 정원 끝으로 내려가 잔교 위에 앉았다. 강은 은빛 소용돌이와 함께 느리고 단조로운 노랫소리를 내며 흘러가고 있었다. 희미한 안개 막이 반대편 포플러 숲 사이를 퍼져 나가고 갈대들은 조용히 고개를 끄덕였다. 이렇게 어두운 강물을 바라보며 앉아 차분하게 생각에 잠기는 것도 수백 번은 넘었다. 어쩌면 오늘 밤이 마지막이 될 것이다. 이제 이 익숙한 촌락과 신록들, 활발한 이 농촌 지대와 맑고

12 카드 게임의 일종.

조용한 강을 떠나 대도시로 가야 한다. 친애하는 여주인은 야한 옷을 입고 살롱들을 누빌 것이며, 친절하고 수다스러운 한량 주인은 떠들썩한 하원 의원이 될 것이다. 그리고 둘 다 장마리와 자신들의 선한 자아들을 영원히 잊으리라. 그도 자신의 결함을 알고 있었다. 그는 혼란스러운 도시 생활에 대해 지나치게 걱정할 것도 없고 이제는 아이가 아니라 하인이 되어야 한다는 사실도 알고 있었다. 그는 악에 대한 박사의 예언들을 믿기 시작했다. 그는 두 사람의 변화를 볼 수 있었다. 이번만은 그의 관대한 의심도 소용이 없었다. 압생트가 시작한 것을 에르미타주가 마무리 지었다는 것 정도는 소년도 감지했음에 틀림없다. 오늘이 시작이라면 마지막은 어떻게 되는 거지? 〈필요하다면 마차를 뒤집어라.〉 그는 박사의 비유를 떠올려 보았다. 그는 쾌적한 밤의 풍경을 돌아보며, 건초 냄새 가득한 밤공기를 깊이 들이마셨다. 「필요하다면 마차를 뒤집어라.」 그는 조용히 되뇌었다. 그런 다음 자리에서 일어나 집으로 돌아갔다.

6
두 개의 범죄 수사

다음 날 아침 박사의 집에서 기이한 비명 소리가 들렸다. 침대에 들기 전, 박사는 귀중품을 거실 벽장에 넣고 잠갔다. 그런데 평소처럼 새벽 4시에 일어났건만 벽장문은 깨져 있고 문제의 귀중품들은 사라진 것이 아닌가! 부인과 장마리가 옷도 제대로 입지 못한 채 불려 나왔다. 박사는 길길이 날뛰며 하늘을 향해 목격자를 찾아 복수해 줄 것을 호소했다. 그가 맨발로 방 안을 서성거리다 돌아설 때마다 잠옷 자락이 펄럭였다.

「없어졌어. 보물이 사라졌어. 미래가 날아가고 다시 거지 꼴이야! 이놈, 넌 뭔가 알고 있지? 이실직고해라, 당장! 넌 알고 있어. 모두 어디에 둔 거냐?」 그는 소년의 팔을 잡고 손가방처럼 흔들었다. 그 바람에 소년의 변명은 알아들을 수 없을 정도로 흔들렸다. 박사는 문득 자신의 폭력이 역겨운지 그의 손을 놓았다. 그는 울고 있는 아나스타지를 가만히 바라보다가 한결 부드러운 목소리로 말했다.

「아나스타지, 진정해요. 울지 말고. 당신이 천민들처럼 감정에 굴복하는 건 안 될 말이오. 이…… 이 하찮은 사건은 잊어버립시다. 장마리, 가서 작은 약상자를 가져와라. 아무래도 설사기가 있겠다.」

그는 가족 모두에게 약을 돌리고 자신이 제일 먼저 두 배의 양을 복용했다. 아나스타지는 천성적으로 약을 싫어하는데다 지금껏 한 번도 아파 본 적이 없었다. 그녀는 펑펑 울면서 약을 조금 홀짝거리다가 진저리를 치고 말았으나, 남편한테 폭언과 욕설을 듣고 나자 할 수 없이 남은 약을 목구멍으로 넘겼다. 장마리는 꾹 참고 자기 몫을 처리했다.

「아이한테는 양을 적게 했소. 아직 어려서 감정의 영향을 덜 받을 테니까. 아무튼 이제 우려되는 질병에는 대비했으니 상황을 추론해 봅시다.」 박사가 지적했다.

「너무 추워요.」 아나스타지가 징징거렸다.

「춥다고! 나를 뜨겁게 만들어 주신 하느님께 감사해야겠군. 이봐요, 부인, 이런 충격엔 개구리라도 식은땀을 흘리고 말 거요. 추우면 들어가 쉬고, 대신 내 바지나 던져 주구려. 그래도 다리는 서늘하니까.」

「오, 싫어요! 당신하고 함께 있겠어요!」 아나스타지가 항변했다.

「이런, 이렇게 헌신적인 부인을 힘들게 할 수야 없지. 내, 당신 숄을 가져다주리다.」 박사는 이렇게 말하곤 2층으로 올라가, 자신도 옷을 껴입고 덜덜 떠는 아나스타지를 위해 옷가지를 한 아름 들고 돌아왔다. 「자, 범죄를 수사하기 전에 내 추론부터 시작하지. 아나스타지, 뭐 도움이 될 만한 얘기 없소?」

부인은 아무것도 아는 게 없었다.

「장마리 너도?」

「모릅니다.」 소년이 차분하게 대답했다.

「좋아. 그럼, 관심을 물리적 증거로 돌려 보자. 난 타고난 수사관이라 예리한 눈과 논리 정연한 정신 상태를 지니고 있지. 우선, 문이 부서져 있는 것으로 보아 폭력을 이용했다고 볼 수 있어. 이왕 말이 나왔으니 하는 말인데, 저 자물쇠는 아주 비싼 물건이야. 물론 이건 고글라 씨한테 해야 할 말이지만. 하여튼 두 번째로, 여기에는 도구가 사용됐고, 그 도구는 바로 우리 집 부엌칼이야. 그것도 최고급을 선택한 것으로 보아, 범인은 아무 준비도 해오지 않은 듯 보이는군. 세 번째, 프랑샤르 접시와 촛대 말고는 아무것도 건드리지 않았다. 우리 집 은 식기는 안중에도 없었다는 얘긴데, 아주 교활하고 비상한 놈이야. 법적 문제를 피하려는 것으로 보아 법에 대해서도 능통한 자겠군. 이런 사실들로 추론해 볼 때, 범인 중에 명망가가 끼어 있는 것 같다. 어차피 강도니까 겉만 번드르르한 놈이겠지만. 우리가 프랑샤르를 발굴할 때 아무래도 어떤 불가사의한 인물의 감시가 있었던 거 같아. 그런데 놈은 완벽한 기술과 인내심으로 하루 종일 우리를 미행하기까지 한 거야. 보통의 인물이나 우발적 범인이라면 절대 그 두 가지를 완벽하게 갖출 수 없지. 우리 이웃 중에 분명 최고의 지능을 가진 전직 도둑이 있다는 애기겠군.」

「맙소사! 앙리, 당신이 어떻게 그걸!」 아나스타지가 겁에 질려 외쳤다.

「여보, 이런 게 추리라는 거요. 내 추론에 문제가 있다면 지적해 다오, 장마리. 설마, 벙어리는 아니겠지? 아니, 말하지 않는 게 좋겠다. 괜히 내 결론을 트집 잡기 위해 엉뚱한 소리나 할 테니. 우린 이제 막 악당들의 구성원에 대해 대충 윤곽을 그려 냈다. 물론 범인은 둘 이상이라는 게 내 심증이야.

자, 이제 이 방에서 더 이상 나올 건 없으니 관심을 마당과 정원으로 돌려 보자. 장마리, 내 추론 단계를 정확히 따라오리라 믿겠다. 네게도 중요한 교육이 될 테니까. 자, 우선 문으로 가보자. 마당엔 발자국이 없어. 불행히도 포장이 되어 있으니 당연한 노릇이겠지. 이런 사소한 일로 치밀한 추론의 운명이 갈리다니! 이봐, 뭔가 보이는 게 있느냐? 우린 지금 현장에 와 있는 거야. 네 눈에도 보이겠지만, 범인들은 담을 타 넘었다.」박사가 조금 물러나며 녹색의 대문을 가리켰다.

실제로 여기저기 녹색 페인트가 긁히고 벗겨져 있었으며, 널빤지 한 곳엔 징 박힌 구두 자국까지 나 있었다. 하지만 발이 미끄러지는 바람에 구두 사이즈나 징의 모양은 알 수가 없었다.

「절도 과정 전체가 한 단계씩 재구성되었다. 하지만 과학적인 추론은 여기까지가 한계로군.」박사가 결론을 내렸다.

「멋있어요! 정말 수사관 같네요, 앙리. 그런 재능이 있는 줄 몰랐어요.」그의 아내가 탄성을 질렀다.

「여보, 과학적 문제 해결력의 소유자들은 자질구레한 능력들도 겸비하고 있기 마련이오. 그런 사람들은 출판업자나 장군일 수도, 혹은 수사관일 수도 있는 거요. 하지만 그래 봤자 자신의 탁월한 재능을 지엽적으로 활용한 데 불과하지. 어쨌거나 하던 걸 마저 해도 괜찮겠소? 그 범죄자들을 잡아야 하니까. 비록 확신까지야 불가능하겠지만, 그자들이 음모를 꾸미고 있는 집을 지적해 보일 수도 있다오. 하지만 아무래도 이 정도에서 만족해야 할 것 같소. 법의 정의를 기대할 수 없는 마당에 더 이상 뭘 할 수 있겠소? 자, 어쨌든 다음 단계로 진행하리다. 범행의 개요를 완성하기 위해서 나한테는 숲 속을 돌아다닌 자, 충분한 교육을 받은 자, 그리고 도덕 따위는 우습게 여기는 자가 있어야 해. 그리고 이 세 가지 필수 조건은 모두 탕타용의 숙박객들을 가리키고 있다. 그들은 화가야. 따라서 얼마든지 숲 속을 어슬렁거릴 수 있지. 화가이기 때문에 어느 정도는 교육을 받았을 테고. 그리고 마찬가지로 화가이기 때문에 부도덕할 가능성이 크다는 거야. 그건 두 가지 방식으로 증명할 수 있다. 첫째, 그림은 단순히 눈을 자극하는 예술이라 도덕성을 연마할 필요가 없고, 둘째, 그림은 다른 예술 양식과 마찬가지로 상상력이라는 위험한 속성을 간직하고 있거든. 상상력이 발달한 사람은 절대 도덕적일 수 없어. 문학적 한계를 뛰어넘어, 지극히 혼란스러운 빛으로 인생을 보기 때문이지. 절대 법의 잣대에 만족할 수가 없는 자들이라고!」

「하지만 당신은 늘 그 사람들한텐 상상력이 없다고 했잖아요. 난 그렇게 알아들었는데?」 부인이 의아해했다.

「여보, 그들 나름의 비천한 일에 몰두할 때면 그들도 상상력을 발휘한다오. 그것도 매우 기상천외한 상상력이지. 게다가 당신 수준에 딱 들어맞는 논리를 대자면 바로 이거요. 그들 대부분이 영국인과 미국인이라는 거. 그런데 어찌 다른 곳에서 도둑을 찾을 수 있겠소? 그러니 부엌에 가서 당신 커피를 가져오구려. 이미 보물은 사라져 버렸으니 더 이상 굶주릴 이유가 없지 않소. 나는 백포도주로 허기를 때울 생각이오. 오늘은 몹시 들뜨고 갈증도 심하군그래. 아마도 추론의 충격 때문이겠지. 하지만 당신도 보다시피, 난 의연하게 감정을 추슬렀다오.」

박사는 이제 감탄할 만한 유머를 발휘하기도 했다. 그는 느긋하게 정자에 앉아 정량 이상의 백포도주를 마시고, 빵과 치즈를 조금 뜯어 먹었다. 식욕은 전혀 없었다. 그는 식사 도중에도 명상에 몰두했는데, 그중 3분의 1이 사라진 보물을 좇는 것이었다면 다른 3분의 2는 자신의 수사 능력을 되짚어 보느라 바쁜 것이었다.

11시쯤 카지미르가 도착했다. 그는 시간을 아끼기 위해 첫 기차를 타고 퐁텐블로로 와서 곧바로 마차를 달린 뒤 지금 막 그것을 탕타용 여인숙에 묶어 두었다. 그는 시계를 보며 한 시간 반밖에 시간이 없다고 했다. 대단한 사업가였다. 말투도 단호했고 살짝 인상을 쓴 표정도 무척이나 지적으로 보였다. 여자한테도 감정을 아끼는 성격이라, 친동생인 아나스 타지한테도 가볍게 영국 가족식의 입맞춤만 하고 곧바로 먹을 것을 요구했다.

「내가 식사하는 동안 얘기를 해주게나. 오늘 먹을 만한 게 있느냐, 스타지?」

동생은 그렇다고 대답했다. 셋은 정자의 식탁에 앉았다. 장마리는 먹으면서 기다렸고 박사는 현란한 말솜씨로 지금까지의 상황을 재설명했다. 카지미르는 얘기를 듣고 나자 웃음부터 터뜨렸다.

「운이 좋군, 처남. 자네가 파리에 왔다면 3개월 내에 전 재산을 마작에 날렸을 걸세. 그러곤 지난번처럼 쪼르르 내게 달려왔겠지. 하지만 경고하건대, 스타지가 울고 자네가 아무리 합리화한다 해도, 두 번은 통하지 않아. 두 번째 파산은 치명적이 될 걸세. 내가 그렇게 말하지 않았더냐, 스타지? 응? 아직도 모르겠어?」

박사는 움찔하며 장마리에게로 시선을 돌렸다. 소년은 냉담한 표정이었다.

「어쨌거나 참으로 철없는 인생들이야. 그건 그렇고, 자네가 그 물건들의 가치를 어떻게 알 수 있었나? 어쩌면 아무 쓸모 없는 쓰레기들이었을지도 모른다고.」카지미르가 지적했다.

「죄송합니다만 형님, 형님은 여전히 지혜로운 분이시긴 합니다만 오늘은 형님답지 않게 신중하지 못하시군요. 그 문제에 관한 한 저도 아는 바가 적지 않답니다.」

「언제는 자네가 모르는 게 있었던가?」카지미르가 오만하게 잔을 들며 고개를 끄덕여 보였다.

「최소한 그 문제는 연구를 해봤습니다. 그 점은 기꺼이 믿으셔도 좋습니다. 아무튼 제 예상대로라면 우리의 재산도 최소 두 배는 되었을 겁니다.」그리고 그는 보물의 종류를 설명했다.

「어련하겠나! 나야 자네를 믿지. 하지만 보물의 가치는 봐야 아는 법이라네.」카지미르가 빈정댔다.

「형님, 그 가치는……」하지만 박사는 말을 삼키고 대신 자신의 손끝에 입을 맞추었다.

「자네 평가는 필요 없네. 원래 장밋빛 견해로 넘쳐 나는 친구 아냐? 아무튼 그래도 이 도난 사건은 기이하군그래. 물론 강도단과 풍경화가들에 대한 자네의 허튼 수사는 못 들은 걸로 하겠네. 내가 보기에 다 헛소리야. 어젯밤에 집에 누가 있었지?」

「우리뿐이었죠.」박사가 대답했다.

「저 젊은 친구도?」카지미르가 장마리를 향해 고개를 젖히며 물었다.

「예.」박사가 고개를 끄덕였다.

「그래, 옳은 질문인지는 모르겠다만, 도대체 누군가?」카지미르가 물었다.

「장마리. 아들과 마구간지기의 역할을 하고 있죠. 처음엔 마구간지기로 들어왔지만 우리 애정 덕분에 빠른 속도로 교양을 쌓아 가고 있답니다. 우리 생활에 커다란 위안이 되는 아이죠.」

「하! 그래, 그럼 자네들과 함께 살기 전에는 어떤 친구였지?」

「장마리는 아주 특별한 삶을 살았답니다. 그의 경험은 인격 함양에 아주 쓸모가 있죠. 제가 아들을 위한 교육을 선택해야 할 처지였다면 그런 경험을 원했을 겁니다. 어릿광대와 도둑으로 인생을 시작해서 사회로 내보낸 뒤 철학자들과 교분을 맺게 해주는 거죠. 그럼 인간의 모든 삶을 경험했다고 할 수 있을 테니까요.」

「도둑?」카지미르가 되물었다. 뭔가 이상하다는 눈치였다.

박사는 자기 혀를 깨물고만 싶었다. 그는 앞으로의 상황을 예견하고 단단히 방어 태세를 취했다.

「도둑질을 했었느냐?」카지미르가 갑자기 장마리를 돌아보며 물었다. 그는 목에 건 외알 안경을 처음으로 한쪽 눈에 대기까지 했다.

「예, 선생님.」소년이 크게 얼굴을 붉히며 대답했다.

카지미르가 입술을 삐쭉 내밀며 다른 사람들을 보고는 의미심장하게 고개를 끄덕였다.

「응? 어떻게 된 일이지?」그가 물었다.

「장마리의 말은 사실입니다.」박사가 가슴을 내밀며 대답했다.

「단 한 번도 거짓말을 한 적이 없어요. 아주 착한 아이죠.」

아나스타지가 덧붙였다.

「거짓말을 하지 않았다고? 이상해, 아주 이상해. 그래, 젊은 친구, 내 몇 마디 묻겠다. 너도 보물에 대해 알고 있느냐?」 그가 장마리에게 물었다.

「함께 집으로 운반한걸요.」 박사가 끼어들었다.

「데프레, 자네한테 물은 게 아니니 입 다물게. 이 마구간지기 소년에게서 직접 대답을 듣고 싶어. 자네가 무죄를 확신한다면 아이가 직접 대답할 수 있게 놔두게나.」 그가 곧바로 외알 안경을 장마리에게 들이댔다. 「그래, 넌 그 보물을 얼마든지 훔칠 수 있다는 걸 알았지? 고발당할 위험이 없다는 것도 알았고? 자, 어서 대답해라. 알았느냐, 몰랐느냐?」

「알았습니다.」 장마리의 대답은 처참할 정도로 작았다. 그의 얼굴빛이 불 밝힌 등대처럼 붉으락푸르락했다. 더욱이 불안하게 양손을 비틀고 숨을 몰아쉬는 게 딱 범인의 모습이었다.

「보물이 어디에 있는지도 알았고?」 카지미르가 물었다.

「예.」 장마리가 답했다.

「전에 도둑이었다고 했는데, 지금은 아니라는 사실을 어떻게 믿지? 내 얼굴 봐라! 두 눈 똑바로 뜨고 대답해!」 카지미르가 다그쳤다.

하지만 대답 대신 장마리는 큰 소리로 울부짖으며 정자에서 달아나 버렸다. 아나스타지는 오빠를 향해 먼저 한마디 내던지고는 곧바로 불쌍한 장마리를 쫓아갔다.

「오빠 야만인이에요!」

「형님, 도대체 무슨 자격으로 ―」

「데프레, 제발, 세상 물정 좀 알게나. 자넨 내 일을 미루고 자네 일을 봐달라며 전보를 보냈네. 그래서 여기 와서 무슨 일이냐고 물으니, 자네 말이 〈도둑놈을 찾아 달라〉였네. 그래서 찾은 거야. 저기, 도둑이 있잖나? 자네 마음엔 안 들지 몰라도, 그렇다고 화낼 자격은 없네.」

「물론 인정합니다. 형님의 잘못된 열정에도 감사드립니다. 하지만 형님의 전제는 너무나 어처구니없어서 ─」

이번에도 카지미르는 데프레의 말을 끊고 나왔다.

「이봐, 범인이 자네야? 아니면 스타지인가?」

「당연히 둘 다 아니죠.」 박사가 대답했다.

「그럼 저놈이 범인 맞아. 그러니 그 얘기는 그만두자고.」 처남이 선언하고 대신 시가 케이스를 내밀었다.

「아니, 그만둘 수 없습니다. 만일 저 아이가 와서 자기가 범인이라고 고백해도 전 믿지 않을 겁니다. 행여 믿는다 해도 아이가 피치 못할 사정 때문에 어쩔 수 없이 저지른 일이라 여기겠습니다. 저 애를 믿으니까요.」

「그래그래. 근데 자네 불 있나? 이제 가봐야겠어. 그건 그렇고, 자네 터키 채권 팔 생각은 없나? 늘 말하지만 큰돈이 될 거야. 단도직입적으로 말해서 내가 내려온 것도 사실은 그 때문이라네. 내 편지에 도대체 대꾸 하나 없으니……. 못된 인간 같으니라고.」

「형님, 형님의 사업 수완을 부인한 적은 없습니다만, 분명 한계는 느끼고 있습니다.」 박사가 아무렇지도 않게 대꾸했다.

「이런, 그렇다면 나도 찬사를 마다하지 않겠네. 자네의 한계는 분별력이 빵점이라는 거야.」

「그래도 차이는 있습니다. 형님은 시종일관 자신의 판단을 과신하시는 분입니다. 저도 마찬가지입니다만, 전 비판적이고 열린 눈을 지녔죠. 어떤 쪽이 분별력이 부족하겠습니까?

판단은 형님께서 하시죠.」

「오, 이런 망할 놈 같으니! 터키 채권하고 마구간지기 도둑놈이나 신경 써! 네 멋대로 생각하다가 뒈져도 상관없지만, 나를 해부할 생각은 하지 말라고! 그런 건 용납 못 하니까. 가겠네. 더 있어 봐야 좋은 꼴 보긴 힘들 테니. 스타지와 저 음흉한 도둑놈한테는 대신 인사 전하도록. 잘 있게나.」

카지미르는 그렇게 떠나고, 그날 밤 박사는 아나스타지 앞에서 처남의 성격을 난도질했다.

「오직 하나뿐이오, 여보. 당신 남편과 평생 교분을 이어 가면서 그가 배운 건 딱 하나뿐이란 말이오. 해부라는 단어. 그 단어가 똥 더미 같은 어휘 속에서도 보석처럼 빛나는구려. 하지만 그나마 당신 오빠는 개념을 잘못 쓰고 있소. 당신도 알다시피, 일종의 조롱으로 쓰고 있잖소? 그건 말싸움을 위한 일종의 궤변이란 말이오. 오 불쌍한 분! 장마리를 향한 무례에 대해서는 용서하기로 했소. 마음은 좋은 분이신데 삶이 그렇게 만든 거니까. 돈을 다루는 사람은 결국 타락한 사람 아니겠소!」

장마리와의 화해 과정은 다소 느리게 진행되었다. 처음에는 그도 가족을 떠나겠다며 펑펑 눈물을 터뜨렸다. 결국 아나스타지가 그와 단둘이 방 안에서 밀담을 나누더니, 마침내 밖으로 나와 남편을 찾았다. 그녀는 눈물을 흘리며 방에서의 일을 보고했다.

「처음엔 아무 말도 듣지 않으려 했어요. 상상해 봐요! 그 애가 집을 나가다니! 도대체 그 보물이 무슨 짓을 한 거죠? 끔찍한 보물, 이게 다 그것들 때문이에요! 아이가 얼마나 울었는지 몰라요. 간신히 집에 있기로 했지만, 다시는 이 문제

281

를 거론하지 말아 달래요. 치욕스러운 의심은 물론 절도에 대해서 일언반구도 해선 안 돼요. 그걸 약속하지 않으면 저 불쌍하고 박정한 아이는 기어이 떠나고 말 거예요.」

「설마 그 약속에 나까지 포함되는 건 아니겠지?」박사가 물었다.

「우리 둘 다예요.」아나스타지가 확인해 주었다.

「여보, 당신이 뭔가 오해한 듯한데, 나는 아닐 거요. 나한테 야 아무 조건 없이 와야 당연한 것 아니겠소?」데프레가 항변 했다.

「앙리, 맞아요. 당신도 분명 포함돼요.」그녀가 주장했다.

「고통스럽군. 아주 고통스러운 상황이야. 아나스타지, 도 저히 상처받지 않은 척할 수가 없구려. 그것도 아주 혹독한 상처요.」박사는 정말로 어두운 표정이었다.

「그러실 거예요. 하지만 당신도 저 아이의 절망을 보았다 면! 우리가 봐주고, 우리 감정을 누그러뜨려야 해요.」

「당신도 알다시피, 난 자기희생을 거부하는 사람이 아니 오.」박사가 다소 굳은 표정으로 대답했다.

「그럼 가서 당신도 동의했다고 얘기해도 되는 거죠? 당신 의 숭고한 본성과도 어울리잖아요.」그녀가 외쳤다.

당연한 얘기다. 물론 그의 숭고한 본성과 정확히 일치했 다! 그 생각을 하자 기분도 좋아지고 기운도 솟았다. 그가 당 당하게 말했다.

「가요. 가서 그 문제는 묻겠다 전하구려. 그뿐 아니라, 아 예 머릿속에서 지워 버릴 것이오. 그 정도는 내 의지로 얼마 든지 가능하니까. 자, 이제 완전히 잊었소.」

잠시 후, 여전히 퉁퉁 부은 눈에 크게 상처받은 모습으로 장마리가 나타나 아무 일도 없었다는 듯 자기 일을 해나갔다. 그날 저녁 식탁에 앉은 가족 중 불행한 사람은 오직 그 혼자뿐이었다. 박사는 빛이 날 정도로 기분이 좋아져, 보물의 장송곡까지 불렀다.

「아주 즐거운 일화였어. 우리야 한 푼도 손해 본 게 없지. 아니, 오히려 엄청난 이익을 본 거야. 우린 철학을 실험해 보았고, 최고의 진미이자 건강식인 거북이 살도 남아 있으니까. 그뿐인가? 나한테는 지팡이가 생겼고 아나스타지는 새 드레스를 얻었고 장마리는 멋진 케피 모자를 손에 넣었잖아? 게다가 어젯밤에는 에르미타주도 마셨어. 그 환희가 아직 훤히 기억나는군. 에르미타주는 전적으로 아껴야 할 판이었는데, 여러모로 잘된 거야. 이러면 어떨까? 환영 같은 보물 덕분에 한 병을 마실 수 있었잖아? 그럼 두 번째는 사라진 보물을 애도하는 데 쓰자고. 그리고 마지막 병은 장마리의 결혼식 날 아침을 위해 남겨 두겠어.」

7
데프레 저택의 붕괴

　박사의 집에 대해서는 한 번도 묘사한 적이 없는데, 지금이야말로 그 태만을 만회할 절호의 기회겠다. 저택 그 자체가 이 이야기에서 큰 비중을 차지하고 있고, 그것의 일부가 곧 무너져 내릴 참이니까 말이다. 이 2층집은 은은한 노란색 벽에, 이끼로 잔뜩 덮인 고풍의 적갈색 타일이 깔렸고, 박사의 영지 한 귀퉁이에 위치해 한쪽 벽이 도로에 면해 있었다. 또한 공간이 널찍하고 통풍이 잘됐으나 무척 불편하기도 했다. 여기저기 커다란 서까래들에는 조잡한 기호와 무늬들이 새겨 있고 계단 난간에도 촌스러운 덩굴무늬가 있었다. 거실 지붕을 받치고 있는 튼튼한 통나무 기둥의 어두운 면에도 기이한 기호들이 새겨 있었는데, 박사는 그것이 룬 문자라고 했다. 그는 저택과 그 소유주들의 역사를 훑어 그 문자들을 남긴 스칸디나비아 학자를 찾아내고 말았다. 마룻바닥, 문들, 그리고 서까래들이 다들 다양한 각을 이뤘고, 방들도 모두 기울기가 달랐다. 탑과 마찬가지로 박공지붕 역시 정원 쪽으로 기울어져 전 주인 중 하나가 거대한 버팀목으로 받쳐 둔 터였다. 요컨대 붕괴의 징후가 적잖은 건물이라는 얘기다. 사실 쥐들도 버리고 떠난 집이었다. 하지만 여전히 밝기는 했다. 유리창은 잘 닦여 반짝거렸고 페인트는 벗겨진 데 하나 없이 깨끗했으며 놋쇠 장식들은 번쩍번쩍 빛을 발했다. 심지어 버팀목조차 타고 오르는 꽃들로 멋지게 장식된 터였다. 정원 한 모퉁이 따뜻한 햇살 속에 유복하고 여유로운 노인이 앉아 있을 듯한 분위기는 돈 많은 사람들이 살기에 적합한 집으로 보이게 만들었다. 가난하거나 게으른 주인을 만났었다면, 건물은 벌써 오래전에 붕괴되고 말았을 것이다. 사실 가족들 모두 그 집을 사랑했다. 그리고 박사는 마을이 약탈당한 뒤 벽을 재건한 유대인 상인부터 룬 문자를 새긴 신비의 조각가를 거쳐 터무니없는 가격으로 박사에게 집을 팔아넘긴 치졸하고 약삭빠른 시골뜨기까지, 옛 주인들의 성격과 가상의 이야기들을 그려 내며 많은 영감을 얻는 듯 보였다. 건물의 위험 신호 같은 것은 생각해 본 적도 없었다. 4백 년을 버텨 왔는데 조금 더 견디지 못할 이유가 어디 있겠는가.

사실, 보물을 찾고 잃어버린 그해 겨울, 데프레 부부는 다른 종류의 근심이 생겼다. 그것도 무척 심각한 걱정이었다. 장마리가 끝내 이상해지고 만 것이다. 우선 행동이 거의 발작적으로 변했다. 갑자기 데프레 부부를 기쁘게 하려고 애를 쓰는 바람에 말도 더 많아지고 빨라졌다. 박사의 강의를 들을 때도 혼신을 다해 경청했지만, 그러다가도 갑자기 우울해지고 고민과 침묵에 빠져드는 바람에 두 사람 모두 안타깝기가 이를 데 없었다.

「침묵이라. 아나스타지, 당신은 침묵의 이유를 알 거요. 저 애가 속 시원히 마음을 털어놓았더라면, 보물에 대한 약간의 실망이나 카지미르의 무례함은 오래전에 잊었을 거요. 그런데 지금 그 앙금들이 질병처럼 그를 갉아먹고 있소. 살이 빠지고 식욕도 거의 잃은 듯하구려. 계속 엄격하게 식사와 운동을 관리하고 있고 강력한 강장제를 처방하고는 있지만 별 소용은 없는 듯하오.」

「약을 너무 남용하는 건 아닐까요?」 부인이 몸을 부르르 떨며 물었다.

「남용? 내가 약을 남용한다고? 아나스타지, 당신 미쳤소?」 박사가 기가 막혀 소리쳤다.

시간이 흐르면서 아이의 건강도 조금씩 나빠졌다. 박사는 춥고 사나운 날씨 탓을 했다. 그는 부룡의 의사를 부르기도 했는데, 그에게 호감이 생기는 바람에 그의 능력을 찬양하고 급기야 자신이 직접 치료를 받기도 했다. 특별히 질환이 있는 것 같지는 않았다. 그와 장마리는 서로 다른 시간에 약을 복용했다. 박사는 정확한 복용을 위해 손에 시계까지 들고 기다리곤 했다. 「규칙적인 게 제일 중요해.」 그는 이렇게 말하며 1회분을 조제한 뒤 그 효능에 대해 일장연설을 늘어놓았다. 비록 소년에게는 전혀 차도가 없었다 하더라도 박사는 전혀 나빠지지 않았다.

가이 폭스 데이[13]에 소년은 더욱 침울했다. 폭풍이라도 몰아칠 듯 험악한 날씨였다. 머리 위로 거대한 먹구름들이 빠른 속도로 흘러가며 갈퀴 같은 햇살로 마을을 긁고 지나갔다. 이윽고 빛과 어둠이 엇갈리더니 비가 흩뿌리기 시작했다. 바람 소리도 거세지다가 끝내는 울부짖는 소리로 바뀌었다. 목초지의 나무들이 서로 몸을 비비며 마지막 이파리들을 먼지

13 16세기 화약 음모 사건의 주범 가이 폭스Guy Fawkes의 체포를 기념하는 축제.

처럼 털어 냈다.

　박사는 소년과 함께 앉아 연구에 몰두했다. 증명해야 할 가설이 하나 있었기 때문이다. 그는 시계와 기압계를 앞에 내려놓고 돌풍이 인간의 맥박에 미치는 영향을 기록하는 중이었다. 「진정한 자연 철학가에게는 모든 자연 현상이 장난감이지.」 그때 편지 한 통이 배달되었는데, 때마침 돌풍이 다시 몰아치는 바람에 그는 편지를 주머니에 구겨 넣고 장마리에게 신호를 보냈다. 그러고는 둘이 경쟁이라도 하듯 맥박을 재기 시작했다.

　저녁나절, 바람은 폭풍우로 변했다. 정말로 대포를 퍼붓듯, 바람은 사방에서 마을을 공격했다. 집들이 흔들리며 비명을 지르는가 하면 한참 타고 있던 석탄이 바닥을 휩쓸며 굴러다녔다. 밤의 소음과 위협에 사람들은 잠을 이루지 못한 채 창백한 얼굴로 앉아 바깥의 동태를 살폈다.

　데프레의 가족이 잠자리에 든 것도 12시가 지나서였다. 새벽 1시 30분, 폭풍우가 고비를 넘긴 시간, 박사는 악몽에 시달리다 깨어 일어나 앉았다. 아직도 소음이 귀를 울렸으나 소리의 근원이 현실 세계인지 악몽의 세계인지는 분명하지 않았다. 다시 강풍이 이어지고 건물 전체가 끔찍한 소음을 토해 냈다. 다시 소리가 잦아들면서는 이번엔 머리 위 다락으로 타일이 폭포처럼 쏟아지는 소리가 들려왔다. 그가 아나스타지를 강제로 일으켜 세웠다.

　「달아나요! 정원으로! 집이 무너지고 있어!」 그가 옷가지 몇 개를 양손으로 움켜쥐며 소리쳤다.

　두 번 지시할 필요도 없었다. 그녀는 어느새 계단 아래로 달려가고 있었다. 언젠가 이런 일이 있을 거라고 확신하고 있었기 때문이다. 그동안 박사는 부러진 정강이뼈도 아랑곳 않고, 무언극이라도 하듯 집 안을 마구 헤집고 다녔다. 그는 큰 소리로 장마리를 깨우고, 알린을 처녀의 깊은 잠에서 끌어내 그녀의 손을 잡고 계단을 구르다시피 뛰어 정원으로 빠져나갔다. 소녀는 비몽사몽간에 허둥지둥 그를 쫓아왔다.

피난민들은 약속이라도 한 듯 정자 안으로 모였다. 그 순간 달빛이 번쩍하더니, 대충 걸쳐 입은 옷을 넝마처럼 휘날리며 선 네 사람을 처량하게 비춰 주었다. 사실 폭풍을 견디기엔 턱없이 부족한 의복들이었다. 그 굴욕적인 광경에 아나스타지는 잠옷을 여미고 큰 소리로 울기 시작했다. 박사가 달래 주기 위해 달려갔지만 그녀는 팔꿈치로 그마저 밀어냈다. 그녀에게는 모든 존재가 구경꾼이었고 어둠에도 눈이 달려 있었다.

또다시 섬광과 격렬한 돌풍이 들이닥쳤다. 집은 기초부터 흔들리고 있었다. 그리고 다시 빛이 꺼지더니, 폭풍 소리보다 더 커다란 굉음이 건물의 붕괴를 알려 왔다. 정원은 한동안 쏟아지는 타일과 벽돌 조각으로 진동했다. 파편 하나가 날아와 박사의 귀를 찢고 하나는 알린의 맨발 위에 떨어졌다. 그녀의 섬뜩한 비명 소리가 어둠을 찢었다.

그때쯤 마을 전체가 놀라 창마다 불빛이 들어왔다. 사람들이 부르는 소리에 박사는 큰 소리로 대답했으나, 그의 태연한 목소리가 알린의 비명과 폭풍 소리를 이길 수는 없었다. 게다가 그들을 도우러 사람들이 올 거라는 예상에 아나스타지는 더 심한 공포감에 사로잡히고 말았다.

「앙리, 사람들이 올 거예요!」 그녀가 남편의 귀에 대고 외쳤다.

「그럴 거요.」그가 대답했다.

「안 돼! 차라리 죽어 버릴 거예요!」그녀가 울부짖었다.

「여보, 진정해요. 그런데 내가 준 옷들은 다 어찌 된 거요?」박사가 꾸중하듯 물었다.

「오, 모르겠어요. 어디로 날아간 모양인데…… 다 어디 갔지?」그녀가 훌쩍거렸다.

데프레가 어둠 속을 더듬거리며 투덜댔다.

「기가 막히는군. 내 회색 벨벳 바지를 줄 테니 그거라도 입어요. 그럼 대충 가릴 수 있겠지.」

「그거라도 줘요!」그녀가 발작적으로 소리쳤다. 하지만 옷을 손에 든 순간 마음이 바뀌고 말았다. 그녀는 한동안 가만히 서 있다가 옷을 남편에게 돌려주었다. 「알린한테나 줘요! 불쌍한 것 같으니.」

「허튼소리! 알린은 지금 상황이 어떤지도 모르오. 두려움에 정신이 하나도 없으니까. 더군다나 저 아이는 평민이잖소. 하지만 가정주부인 당신의 이런 노출은 심히 근심스럽구려. 내 우려와 당신의 특별한 정숙함이 요구하는 해결책은 하나뿐이오. 어서 바지를 입어요.」그가 바지를 다시 내밀었다.

「싫어요! 당신은 이해 못 해요.」그녀가 엄숙하게 대꾸했다.

구조대가 접근했지만 길을 따라 들어오는 건 불가능했다. 대문이 돌 조각으로 막힌 데다 건물이 요동치는 것으로 보아 대붕괴의 위험이 남아 있기 때문이었다. 그런데 박사가 있는 정원과 오른쪽 정원 사이에 아주 기가 막힌 장치가 있었다. 바로 공동 담벼락이었다. 데프레 쪽의 문은 다행히 잠겨 있지 않아, 그 아치형 문을 통해 턱수염의 얼굴과 손전등을 든 손이 어두운 폭풍의 세계로 들어왔다. 아나스타지는 어둠 속에 자신의 비통함을 숨기고 있었다. 요동치는 사과나무 가지들 사이로 수많은 불빛이 흔들리며 잔디밭을 밝혔고, 이내 번들 거리는 얼굴이 환히 드러났다. 그러자 아나스타지는 침략자 로부터 더 멀리 떨어져 웅크리고 앉았다.

「여기야! 다들 무사합니까?」 사내가 소리쳤다. 알린이 비 명을 지르며 그에게로 달려가 곧바로 머리를 숙인 채 문을 빠져나갔다.

「자, 아나스타지, 어서, 당신 차례요.」 박사가 말했다.

「싫어요!」 그녀가 외쳤다.

「노출 때문에 우리 모두를 죽일 작정이오?」 데프레 박사가 소리쳤다.

「당신이 가요! 오, 어서 가버려! 난 여기 남을 테니까. 하나 도 안 추우니 신경 꺼요.」

박사가 저주를 퍼부으며 그녀의 어깨를 잡아챘다.

「그만해요! 옷 입을 테니까!」 그녀가 비명을 질렀다. 그녀 는 다시 한 번 혐오스러운 바지를 손에 들었으나, 이번에도 반감이 수치심을 누르고 말았다. 그녀가 몸을 부르르 떨다가 어둠 속으로 바지를 내던지며 외쳤다.「싫어!」

다음 순간 박사가 그녀를 벽 쪽으로 돌려세웠다. 사내는 그곳에 있었다. 물론 손전등도 있었다. 아나스타지는 두 눈 을 질끈 감았다. 당장이라도 죽을 사람 같았다. 어떻게 아치 문을 통과했는지는 모르겠지만, 일단 반대편으로 넘어가자 이웃집 여자가 그녀를 맞아 포근한 담요로 감싸 주었다.

두 여인을 위한 침대도 준비되었고, 박사와 장마리가 입을 다양한 크기의 옷들도 있었다. 그 후 밤새도록 아내가 히스 테리의 경계를 오가며 꾸벅꾸벅 조는 동안, 박사는 불 옆에 앉아 이웃 사람들과 얘기를 나누었다. 그는 신이 나서 붕괴의 원인을 설명했고 사람들은 감탄하며 귀를 기울였다. 지난 몇 년간 붕괴는 점점 임박해 오고 있었다. 연이어 징후들이 나타나고 이음새는 벌어졌으며 회벽이 갈라지고 낡은 벽들도 안쪽으로 휘었었다. 3주 전에는 지하실 문의 접합부에까지 문제가 생겨 열고 닫기 힘들었었다. 그가 데운 포도주를 마시며 고개를 저었다.

「지하실이라……. 그러고 보니 내 고급 와인들이 생각나는군. 다행히 신의 도움으로 에르미타주는 거의 끝 무렵이었소. 단 한 병. 잃어 봐야 단 한 병뿐이라지만, 슬프게도 장마리의 결혼식을 위해 남겨 둔 거라오. 흠, 이제 좀 더 많이 저장해 둬야겠소. 삶의 활력소가 될 터이니. 하지만 나이가 나이니만큼 아무래도 위대한 집필 작업은 포기해야겠군. 모두가 저 무너진 지붕 밑에 깔려 버렸으니 말이야. 내 이름은 잊히겠지만 그래도 마음은 차분하다오. 아니 오히려 유쾌하오. 아무리 당신네 신부님이라 해도 나 같을 수 있겠소?」

날이 밝자마자, 무리는 난롯가를 벗어나 거리로 몰려 나갔다. 바람은 잦아들었으나 아직 구름은 위협적으로 들끓었다. 공기도 성엣장처럼 시리기만 했다. 사람들은 비 내리는 새벽 거리에 서서 가슴과 손을 문질러 추위를 달래야 했다. 집은 완전히 붕괴되어, 벽은 모두 바깥에, 지붕은 안쪽에 쌓여 있었다. 물론 지금은 쓰레기 더미에 불과했다. 여기저기 버려진 서까래가 보였다. 사람들은 보초를 한 명 세워 폐허가 된 재산을 지키게 한 후, 아침 식사를 위해 탕타용 여인숙으로 자리를 옮겼다. 돈은 박사가 내기로 했다. 술병이 몇 순배 돌았다. 그리고 그들이 자리를 뜨기도 전에 눈이 내리기 시작했다.

눈은 사흘 내내 쉬지도 않고 내렸다. 폐허는 방수포로 덮고 보초를 세워 둔 터라 아무도 건드리지 못했다. 데프레 가족은 그동안 탕타용 여인숙에 숙소를 정했다. 아나스타지는 탕타용 부인의 도움으로 잡다한 진미들을 만들며 시간을 보내거나, 난롯가에 앉아 멍하니 상념에 빠졌다. 그녀는 집의 붕괴가 가져온 충격을 놀랍도록 잘 이겨 냈는데, 두 번째 충격이 첫 번째를 밀어낸 덕분이었다. 그녀는 머릿속으로 집요하게 바지와의 전쟁을 벌여야 했던 것이다. 잘한 걸까? 아니면 잘못한 걸까? 그녀는 자신의 굳은 지조를 찬양하다가도, 이내 무의미하고 처절한 참회로 당시의 처신을 회고했다. 평생 그렇게 버거운 판단을 요했던 일이 한 번도 없었기 때문이다. 그동안 박사는 현재의 상황을 크게 기꺼워했다. 여름 숙객 둘이 아직 떠나지 못하고 남아 있었는데 둘 다 돈이 떨어진 영국인이었다. 다행히 그중 하나가 프랑스어를 유창하게 구사하는 데다 유머가 풍부하고 머리도 비상해, 박사는 그에게 시간당 수고비까지 주며 논쟁을 벌이고 사고의 폭을 넓혀 갔다. 두 사람은 수많은 술잔을 비우고 수많은 주제를 논했다.

세 번째 날, 박사가 아내를 불러 앉혔다.

「아나스타지, 제발 당신 남편과 장마리를 본받아요. 저 아이를 고친 건 내 강장제가 아니라 바로 홍분이었소. 이젠 기꺼이 보초도 서지 않소? 그리고 날 봐요. 난 이집트인들과 친구가 되었는데, 장담컨대 내 파라오는 매우 좋은 벗이라오. 그런데 당신 혼자만 우울해하고 있소. 집 때문에? 아니면 새 드레스 때문에? 그런 게 어디 『약전』에 비할 수 있겠소? 수년간의 노고가 이 암울한 마을의 돌과 나뭇가지 속에 묻혔단 말이오. 눈이 내리면, 난 망토에서 눈을 털어 내오. 내 본을 따르시오. 집을 다시 지으려면 수입이 줄기야 하겠지만 대신 절제, 인내, 철학이 화롯가에 모이게 될 것이오. 그동안 탕타용 부부가 잘 대해 줄 거요. 당신의 도움이 더해진다면, 식사도 먹을 만할 것이오. 다만 와인이 형편없기는 한데, 뭐, 그것도 오늘 몇 병을 구해 볼 참이오. 내 파라오 친구가 괜찮은 와인을 보면 크게 기뻐할 거라오. 그래, 그에게 맛에 대한 감식력이 있는지 알아봐야겠군. 그 친구한테 그런 게 있다면 정말 완벽한데 말이오.」

「앙리, 당신은 남자라 내 기분을 이해 못 해요. 그렇게 공개적인 창피를 쉽게 떨쳐 낼 여자는 없답니다.」 그녀가 고개를 저으며 말했다.

그 말에 박사가 참지 못하고 키득키득 웃었다.

「미안하오, 여보. 철학자의 지성으로 보면 너무도 사소한 일이었기 때문이오. 당신은 무척 매력적으로 보였소.」

「앙리!」 그녀가 비명을 질렀다.

「알았소, 더 이상 말하지 않으리다. 하지만 분명한 건, 당신이 적절한 때에 옷 입는 걸 동의했어야 했다는 거요. 그리고 내 바지! 덕분에 내 바지도 눈 속에 묻혔잖소. 내가 제일 아끼는 바지인데!」 그런 다음 그는 장마리를 찾아 달아났다.

두 시간 후 소년이 돌아왔다. 한쪽 겨드랑이엔 삽이 들려 있고 다른 쪽엔 흠뻑 젖은 헝겊 뭉치가 보였다.

박사는 슬픈 표정을 지으며 두 손으로 뭉치를 받아 들었다.

「그렇게 멋진 바지였건만 이젠 그마저 과거로구나. 어디에도 쓸모가 없는……. 잠깐 주머니에 뭔가 있군.」 그가 종잇조각을 끄집어냈다. 「편지야! 아, 이제 기억난다. 돌풍이 휘몰아치던 날 맥박 연구를 할 때 받은 편지였어. 다행히 아직 읽을 수는 있겠군. 오, 카지미르야! 내가 그에게 인내를 가르쳤지. 카지미르의 편지라……. 잡다하고 소심하고 어리석기까지 한 편지!」

그가 조심스럽게 젖은 편지를 펼쳤다. 그리고 편지를 읽어 내려가는 동안 그의 이마엔 구름이 깔리기 시작했다.

「세상에!」 그가 감전이라도 된 듯 펄쩍 뛰었다.

그는 편지를 불 속에 던져 넣고 모자를 집어 든 다음 곧바로 돌아섰다.

「10분! 서두르면 탈 수 있을 거야. 기차야 항상 연착이니까! 난 파리에 가오! 전보 치리다!」

「앙리! 무슨 일이에요?」 그의 아내가 외쳤다.

「터키 채권!」 박사가 달려 나가며 소리쳤다. 아나스타지와 장마리는 젖은 바지를 들고는 멍하니 서로를 바라보기만 했다. 데프레는 파리에 갔다. 지난 7년 동안에 두 번째 방문이었다. 그에겐 낡은 구두와 떠서 만든 외투, 검정 상의, 촌스러운 나이트캡, 그리고 주머니의 20프랑이 전부였다. 집의 붕괴는 부차적인 문제였다. 어쩌면 세상이 무너지고 그의 가문이 최악의 곤경에 빠질지도 몰랐다.

8
철학의 대가

다음 날 아침 박사가 유령 같은 모습으로 돌아왔다. 카지미르도 함께였다. 아나스타지와 소년은 난롯가에 함께 앉아 있었다. 데프레는 싸구려 기성복 차림이었는데 들어오자마자 손을 젓더니 가까운 의자에 털썩 주저앉았다. 부인이 곧바로 오빠를 돌아보았다.

「무슨 일이죠?」 그녀가 물었다.

「글쎄, 여태껏 내가 뭐라고 했냐? 드디어 때가 온 거야. 채권이 폭락했다. 그러니 단단히 각오해라. 어떻게든 이겨 내야지. 게다가 집도 무너졌다며? 맙소사, 엎친 데 덮친 격이군그래.」

「그러니까…… 파산한 건가요?」

박사가 그녀에게 두 팔을 뻗었다.

「파산이오. 당신, 못된 남편 때문에 쫄딱 망한 거야!」

카지미르는 외알 안경을 통해 두 사람의 포옹을 지켜본 후 장마리를 돌아보았다.

「들었지? 저들은 망했다. 더 이상 수입도 없고, 집도 먹거리도 없어. 아무래도 너도 짐을 싸는 게 좋을 게야. 놀이는 다 끝났으니까.」 그가 의미심장하게 고개를 끄덕여 보였다.

그때 박사가 벌떡 일어났다.

「안 돼! 장마리, 내가 가난하다는 이유로 떠나겠다면 말리지는 않으마. 나한테 남은 돈이 있다면 어떻게든 네 몫의 1백 프랑을 챙겨 주겠다. 하지만 네가 남겠다면……」그가 잠시 흐느껴 울었다. 「형님께서 내게 일자리를 주셨다. 점원 일인데, 보수는 보잘것없지만 우리 셋이 먹고 살 정도는 될 거야. 재산을 잃은 것도 통탄할 일인데 아들까지 잃어야겠느냐?」

장마리는 아무 말 없이 한참을 울기만 했다.

「사내놈이 우는 건 질색이야. 보아하니 이놈은 늘 징징거리는구나. 당장 여기서 나가라. 네 주인들과 할 얘기가 있으니까. 가정사는 내가 떠난 다음에 해결해. 어서!」카지미르는 손수 문을 열어 주었다.

장마리는 마치 도둑질하다 들킨 사람처럼 슬금슬금 밖으로 나갔다.

12시경 장마리를 뺀 나머지 사람들이 식탁에 모여 앉았다.

「봤냐? 달아난 거야. 재빨리 상황을 파악한 거지.」카지미르가 이죽거렸다.

「솔직히 모르겠습니다. 아이의 부재를 변명할 생각은 없습니다. 정말로 슬픈 건, 그 애한테 정이 부족하다는 사실입니다.」

「싹수가 없는 거야. 정이야 애초부터 없었지. 이런, 데프레, 자네가 똑똑하긴 하네만 세상에서 가장 잘 속는 위인이기도 해. 인간의 본성과 삶에 대한 무지는 상상을 초월한단 말일세. 자네는 이교도 터키 놈들한테 속고, 떠돌이 아이한테 속고, 어중이떠중이한테 모두 속고 있어. 아무래도 자네 상상력이 문제인 게야. 차라리 나처럼 아예 없는 게 낫지.」

「죄송합니다, 형님.」데프레는 여전히 옹색한 말투였지만 상황을 인식하고는 어느 정도 정신을 회복했다. 「그런데 형님도 상업적인 상상력은 대단한 분이십니다. 저한테는 그런 게 부족해서 이런 일이 계속 생기는 모양입니다. 아무래도 제 약점이겠죠. 재정가들은 상업적 상상력으로 투자의 미래를 예견하고, 집의 붕괴에 주목하는데 —」

「저런, 그렇다면 자네의 꼬마 마구간지기도 자기 몫의 상상력은 갖고 있었나 보군.」 카지미르가 그의 말을 가로챘다.

결국 박사도 입을 다물고 식사를 이어 가야 했다. 식사는 별 위안도 못 되는 카지미르의 훈계에 맞춰 끝이 났다. 그는 두 젊은 영국인 화가의 인사에도 고개를 돌려 무시하고는 혼자 잘났다는 듯 훈계를 이어 갔는데, 말 한마디 한마디가 데프레의 자존심을 가혹하게 찢어발기는 것이었다. 커피가 끝날 때쯤엔 불쌍한 박사도 냅킨처럼 흐느적거리고 말았다.

「가자. 가서 폐허를 봐야지.」 카지미르가 말했다.

그들은 어슬렁어슬렁 거리로 나섰다. 저택의 붕괴는 마치 앞니가 빠진 것처럼 마을의 풍광을 완전히 바꿔 놓았다. 시야는 탁 트이고 눈 덮인 전원이 넓게 펼쳐졌다. 하지만 그 때문에 폐허는 더욱 왜소해 보였다. 그것은 마치 문 열린 방 같았다. 녹색 대문 옆의 초병은 추위에 시뻘게졌으면서도 박사와 그의 돈 많은 친척을 반갑게 맞이했다.

카지미르는 폐허 더미를 둘러보고 방수포의 품질도 가늠해 보았다.

「흠, 지하실이 성했으면 좋겠군. 그렇다면 처남, 내 와인 값은 후하게 쳐주겠네.」

「내일 파볼 생각입니다. 더 이상 눈에 대한 공포는 없으니까요.」 초병의 대답이었다.

「이보게, 일은 돈부터 받고 하는 거야.」 카지미르가 훈계하듯 초병을 나무랐다.

박사가 움찔하더니, 무례한 처남을 탕타용 여인숙으로 끌고 가기 시작했다. 여인숙 사람들은 이미 그의 파멸을 알고 있기 때문에, 차라리 그곳에 엿듣는 사람이 없을 것 같았다.

「이런! 저기 꼬마 마구간지기가 짐을 챙겨 달아나는군. 아니, 이런, 짐을 여인숙으로 가져가고 있잖아!」

박사도 눈 덮인 거리를 건너는 장마리를 보았다. 아이는 커다란 광주리를 들고 허덕대며 여인숙 안으로 들어가는 중이었다.

박사가 우뚝 걸음을 멈췄다. 문득 이유 모를 희망이 샘솟았다.

「뭘 갖고 있는 거죠? 가서 봐야겠어요.」 그가 걸음을 재촉했다.

「물론 짐 보따리지, 뭐겠어? 떠나려는 거지. 그게 다 상업적 상상력 덕분이야.」

「그 애한테 그렇게 큰 짐이 있는 건 본 적이 없어요.」 박사가 말했다.

「앞으로도 영원히 보지 못하겠지. 우리가 빼앗으면 모를까. 어쨌거나 검사는 해봐야겠지?」

「그럴 수는 없습니다.」 데프레가 외쳤다. 그는 흐느끼고 있었다. 그가 촉촉한 눈으로 카지미르를 노려보고는 여인숙을 향해 달리기 시작했다.

「도대체 저 친구한테 어떤 악마가 씐 거야?」 카지미르가 중얼거렸다. 그리고 그도 갑자기 호기심이 생겨 박사를 쫓아

걸음을 재촉했다.

광주리는 너무 무겁고 커다란 데 반해 장마리 자신은 너무 작고 심히 지쳐 있어서, 2층 데프레의 방까지 그것을 옮기는 일이 보통 힘든 게 아니었다. 그가 아나스타지 앞에 짐을 내려놓는데 박사가 들어오고 곧바로 사업가가 뒤를 이었다. 소년과 광주리는 둘 다 몰골이 말이 아니었다. 하나는 아셰르 길목의 어느 동굴 지하에 넉 달을 묻혀 있었기 때문이고, 다른 하나는 있는 힘을 다해 8킬로미터 거리를 왕복했기 때문이다. 게다가 그 절반은 엄청난 크기의 짐까지 운반해야 했다.

「장마리!」 박사가 외쳤다. 히스테릭하다고 하기엔 너무도 청순한 목소리였다. 「그게…… 그거지? 오, 아들아, 내 아들아!」 그가 광주리 위에 앉아 어린 아이처럼 흐느꼈다.

「이제 파리에 가지 않을 거죠?」 장마리가 멋쩍은 목소리로 물었다.

데프레가 젖은 얼굴을 들었다.

「카지미르 형님! 저 아이가 보이십니까? 저 천사 아이가? 저 아인 도둑입니다. 주인 자격도 없는 한 인간한테서 보물을 훔쳐 갔으니까요. 그리고 그 주인이 힘들고 초라해졌을 때 다시 돌려줍니다. 형님, 이게 바로 제 가르침의 결실이랍니다. 그리고 이 순간은 제 일생의 보상이죠.」

「내가 졌네.」 카지미르가 말했다.

무의식과 광기의 탐험가,
로버트 루이스 스티븐슨

로버트 루이스 스티븐슨Robert Louis Stevenson은 1850년 11월 13일, 스코틀랜드 에든버러에서 태어났다. 명문가의 독자인 그는 만성적인 질환으로 어린 시절 내내 침대에 누워 지냈다. 그동안 간호사 앨리슨 커닝엄Alison Cunningham이 『천로역정 The Pilgrim's Progress』, 「구약 성서」 등을 읽어 주었는데, 종교적인 동시에 낭만적인 기질은 그 기간에 굳어진 것으로 보인다. 1867년 그는 에든버러 대학에 들어가 과학도로서의 삶을 시작했다. 원래는 아버지의 뒤를 이어 공학자가 될 참이었으나, 그는 뿌리부터 철저한 낭만주의자였다. 그는 공학 공부를 하는 틈틈이 프랑스 문학, 스코틀랜드, 그리고 다윈과 스펜서 등의 작품을 연구했으며, 결국 작가가 되고 싶다는 고백으로 아버지를 화나게 만들기도 했다.

그의 사상과 철학을 이해하기 위해, 우리는 또한 에든버러 자체를 이해할 필요가 있다. 당시 두 개의 에든버러가 있었다는 건 잘 알려진 사실이다. 하나는 부유하고 전통적이며 매우 종교적인 뉴타운이고, 또 다른 하나는 보다 자유분방한 에든버러로서, 매음굴, 어두운 인물들, 은밀한 거래들로 가득한 지역이다. 도시의 이 극명한 대비는 스티븐슨에게 깊은 인상을 남겼을 뿐 아니라, 후에 「지킬 박사와 하이드 씨」의 중심 테마를 제공하기도 한다.

여행 및 항해는 또 다른 상상력의 원천이라 하겠다. 선천적으로 몸이 약한 그는 건강을 회복하기 위해 여행을 자주 다녔다. 『보물섬Treasure Island』을 비롯해 항해와 모험 관련 작품이 많은 것도 그 덕분이다. 운명적인 여인 패니 오즈번 Fanny Van de Grift Osbourne 또한 여행 중에 만났다. 오즈번은 11세 연상의 미국인 유부녀였으나, 스티븐슨은 그녀를 진심으로 사랑했으며, 결국 1879년, 가족의 반대를 무릅쓰고 샌프란시스코에서 바로 전해에 이혼한 연인과 결혼에 성공하였다. 결핵으로 요양하던 중, 최초의 장편소설 『보물섬』을 쓴 것 또한 의붓아들 로이드 오즈번을 기쁘게 해주기 위해서 였다니, 그의 사랑을 짐작할 만하다.

1888년 6월, 그는 부인과 의붓아들, 그리고 과부가 된 어머니와 함께 6년간 남태평양을 여행하던 중 사모아의 아피아 근처에 정착했다. 그리고 원주민들과 동화해 살아가다가 1894년 12월 3일 발작으로 세상을 떠났으며, 추장들은 그의 덕을 기려 바에아 산 정상에 안장했다.

샌드라 길버트와 수전 거버의 페미니즘 이론서인 『다락방의 광녀The Madwoman in the Attic』(1979)엔 우리가 즐겨 읽던 동화 「백설 공주」를 아주 특별하게 재해석해 놓은 장이 있다(「여왕의 거울」). 〈선악의 대결 구도와 권선징악〉을 다룬 단순하고 가벼운 이야기 속엔, 흑/백의 이분법을 통한 인종적 편견 및 편협한 가부장적 이데올로기는 물론, 당시로서는 상상도 못 했던, 또 다른 엄청난 이야기가 숨겨져 있었다. 두 여성학자가 바라본 「백설 공주」는 가부장적 이데올로기가 어떤 식으로 여성들에게 내재되며 그로 인해 여성 스스로 어떻게 남성 중심 사회에 예속되는지를 적나라하게 보여 주는 일종의 문화적 〈교과서〉였다. 여성들은 남성 중심의 세계관과 가치 기준에 자신을 비춰 보는 부차적 존재로 드러나며(〈거울아, 거울아, 누가 제일 예쁘니?〉), 그 속에서 백설 공주와 여왕은 예속의 강화를 통한 안정과 그와 반대로 예속을 벗고 독립된 개체로 서고자 하는 갈망을 각각 대변한다. 여왕은 자신에게 내재된 남성 순종적 자아, 즉 〈백설 공주〉를 제거하고자 한다. 이때 여왕이 공주에게 선물한 빗, 레이스, 사과는 상징적인데, 남성에게 예쁘게 보이려는 여성의 내면을 대변하거나(빗과 레이스), 아니면 여성을 지배하기 위한 남성의 궁극적 무기인 성(性)에 대한 굴복을 뜻하기 때문이다(사과). 결국 백설 공주는 선물을 모두 받아들임으로써 자신의 굴종적 성격을 강화한다.

우리가 눈여겨볼 것은, 공주가 여왕에 의해 위기에 처할 때마다 남성들의 도움을 받는데(왕, 나무꾼, 일곱 난장이 그리고 왕자), 그 횟수가 잦아질수록 공주, 도망자, 식모, 시체 등으로 변하며 인격체로서의 기능을 상실하고, 남성들은 최종적으로 그렇게 철저히 〈죽은〉 공주를 선택한다는 사실이다. 물론 남성 중심 사회에 저항해 백설 공주의 자아를 지키려 했던 여왕은 남성 이데올로기에 의해 철저히 배제된다. 결국 문화 텍스트로서의 「백설 공주」는, 기존의 사회 시스템을 부인하고 그 외부에서 독립적 자아를 추구하는 여성을 〈마녀〉라는 이름으로 배제하고 매장하며, 또 그 의도를 분명히 하는 식으로 여성들을 위협하고 교육하여, 이른바 남성 중심 사회를 끊임없이 재생산해 내고자 하는 가부장적 지침서라는 얘기다.

사실 번역가로서 호러, 스릴러 소설을 선호하는 이유도, 20여 년 전에 읽은 이 한 권의 책과 무관하지 않다. 샌드라 길버트와 수전 거버는 더 나아가, 19세기 후반의 〈고딕 소설〉, 예를 들어 메리 셸리의 『프랑켄슈타인*Frankenstein*』, 에밀리 브론테의 『폭풍의 언덕*Wuthering Heights*』, 샬럿 브론테의 『제인 에어*Jane Eyre*』 등을 그런 식으로 해체, 분석해 나가는데, 그 과정에서 〈고딕 소설〉에 대한 매력에 푹 빠지고 만 것이다.

고딕 소설이란 중세 분위기를 통해 신비와 공포를 드러내는 유럽 낭만주의 소설로, 영국에서는 1790년 호레이스 월폴의 『오트란토 성*The Castle of Otranto*』을 그 기원으로 여기고 있다. 비록 외딴곳에 떨어져 있는 고대 성, 지하의 미로 및 토굴 등 전통적 고딕 요소들이 결여되어 있지만(그리고 이 중편 소설이 〈고딕적〉 전통에 의존하고 있다는 아내의 비난에, 원고를 찢어 버리고 처음부터 다시 써야 했다는 스티븐슨의 주장에도 불구하고), 「지킬 박사와 하이드 씨」는 분명 고딕 소설의 전통에 속하며, 그것도 리바이어던으로서의 사회, 문화적 폭력과 자아의 분열을 테마로 한 「백설 공주」와 같은 범주라 할 것이다.

……날이 갈수록, 나는 도덕적 의식과 지적 의식 양면으로 부단히 진실에 접근해 나갔다. 그 진리의 일부를 깨달은 탓에 이렇게 끔찍한 파멸의 늪에 빠지고 만 것이다. 바로 인간이 하나가 아니라 둘이라는 사실이었다. 내가 둘이라고

하는 까닭은 내 지식 수준이 그 한계를 넘어서지 못했기 때문이다. 다른 사람들은 내 견해에 동조하거나 아니면 그 선에서 한 발짝 더 나아갈 것이다. 어쨌든 나는 인간이 궁극적으로 다면적이며 이율배반적인 별개의 인자들이 모여 이루어진 구성체라는 가설을 감히 내놓고자 한다…… (82면)

고딕 중편 소설 「지킬 박사와 하이드 씨」의 두 주인공 지킬 박사와 에드워드 하이드 씨의 관계를 해석하는 방법은 다양하다. 프로이트식으로 말한다면, 하이드는 성공한 중산층 신사인 지킬의 억압된 자아에 해당한다. 이 경우 성실하고 도덕적인 지킬은 하이드라는 〈마스크〉를 쓰고, 맨얼굴로 감히 일견조차 못 했던 이드의 세계를 탐색하고 나서는 것으로 해석된다. 또는 아버지와 아들의 관계로 읽을 수도 있다. 자상한 아버지 지킬은 방종한 아들을 무조건 옹호하고 심지어 모든 재산을 물려주려고 하다가 사회적, 도덕적 비난의 대상이 되는데, 이런 식의 해석은 스티븐슨이 당시(빅토리아 시대) 만연했던 장자 상속의 풍토를 비판하고 있다고 보는 관점이다. 아니면 『프랑켄슈타인』의 〈몬스터〉나, 『제인 에어』의 〈다락방의 광녀〉처럼, 하이드 씨 역시 지킬 박사의 〈억압된 분노〉이며, 자신을 잘못된 규범으로 예속해 버린 사회 전반에 대해 무조건적, 무차별적 복수를 획책하는 것으로 해석할 수도 있다.

또한 「지킬 박사와 하이드 씨」는 「백설 공주」의 남성적 버전으로 읽을 수도 있을 것이다(그림 형제가 백설 공주 이야기를 모아 출간한 게 1857년이니 그 후 스티븐슨이 「지킬 박사와 하이드 씨」를 집필하면서 「백설 공주」를 염두에 두었을 가능성은 얼마든지 있다). 지킬 박사와 하이드 씨를 백설 공주와 여왕으로 대체하는 게 하나도 어색하지 않으며, 또한 지킬 박사가, 두 여성 피해자처럼 자기 모습을 자주 거울에 비춰 보면서 스스로를 반사회적 악마로 규정하는 과정도 눈여겨볼 만하다. 사실 이 지면을 통해 희대의 걸작「지킬 박사와 하이드 씨」의 심오한 해석을 시도하는 것은 가능하지 않겠으나, 주류 사회의 관점을 벗어나 그동안 관습적으로 억압되고 잠재되어 있던 여백을 읽어 내려는 시도는 얼마든지 가능하다. 예를 들어, 하이드 씨의 관점도 있지 않겠는가.

「지킬 박사와 하이드 씨」는 가장 많이 영화로 각색된 소설 중 하나로도 유명하다. 1908년 오티스 터너Otis Turner 감독의 무성 영화를 필두로, 영화와 텔레비전 통틀어 imdb.com에서 검색되는 작품만도 마흔 개에 가까울 정도인데, 여기에 마이클 리처드슨의「마스크」(1996), 데이비드 프라이스의「지킬 박사와 미스 하이드」(1995), 폴 버호벤의「할로우 맨」(2000) 등 각종 개작과 패러디를 더할 경우 그 수는 가히 헤아리기 어려울 정도이다. 또한「헬보이」,「판의 미로」등으로 잘 알려진 기예르모 델 토로 감독이 차기 연출작으로「지킬 박사와 하이드 씨」를 준비 중이라 하니, 로버트 스티븐슨이 던져 놓은 문제의식의 여파가 얼마나 강렬한지를 충분히 알 수 있다.

「메리 맨」은 한 외딴섬에 난파선의 잔해들이 밀려들면서 발생한 한 가정의 비극을 다루고 있다. 독실한 기독교도인 고든 다너웨이는 배의 난파에 직간접적으로 연관을 맺고 그로 인해 끊임없이 신의 보복을 두려워한다. 이 경우 흑인 선원은 메리 맨의 화신이자, 고든 자신의 양심의 목소리로 기능한다. 「메리 맨」은 「지킬 박사와 하이드 씨」의 광기에 대한 재해석으로 볼 수 있는데, 고든의 초자아 역시 지킬의 무의식적 본능, 즉 이드만큼이나 절대적이고 폭력적이기 때문이다. 여름 방학을 이용해 아저씨의 집을 찾아온 화자 찰리는 잠수의 상징을 통해 양심의 목소리를 깨달음으로써 도덕적 황폐화를 피하게 된다.

「마크하임」은 여러 면에서 「지킬 박사와 하이드 씨」와 닮았다. 마크하임은 골동품상 주인을 살해하고, 시계 소리 또는 거울에 비친 자신의 모습에 화들짝 놀랄 정도로 양심의 가책에 괴로워한다. 그리고 그로써 뒤이어 찾아온 이방인 악마는, 「메리 맨」의 메리 맨처럼 양심 회복의 가늠자 역할을 하게 된다. 악마가 정말로 악마인지, 아니면 마크하임 자신의 추한 본성, 즉 하이드 씨인지는 불분명하나, 그의 유혹을 통해 자신의 본질을 깨닫는 것만큼은 분명하다. 이 작품은 「지킬 박사와 하이드 씨」, 「메리 맨」과 더불어 양심의 가책을 통해 〈질서의 회복〉을 꾀한다는 점에서 사회적 보수주의자로서의 저자의 성향을 엿볼 수 있다.

「목이 돌아간 재닛」은 여러모로 흥미로운 단편이다. 작품 전반을 흐르는 음산한 분위기도 그렇고, 다른 작품들과 달리 특별히 도덕적 측면을 강조하지 않는 것도 매력적이다. 비록 작품의 절정에서 술리스 목사가 하느님의 권력을 빌려 악마 재닛을 몰아내기는 하지만, 전체적으로 그 비중이 미미한 데다 스코틀랜드 노인의 내레이션이 지방색을 더해 주어, 종교적 색채보다는 지방적 현실성이 더 강하게 느껴졌다. 정통 호러의 특성을 고루 갖춘 수작.

「프랑샤르의 보물」은 나머지 단편들과는 전반적으로 다른 분위기의 작품이다. 이 글엔 고딕적인 요소도, 초현실적인 분위기도 배제되어 있다. 이야기는 우연히 보물을 찾아낸 어느 시골 의사의 가족을 중심으로 전개된다. 전원의 삶과 파리의 쾌락 사이에서 갈등하는 의사를, 양아들이 감춰 두었던 보물을 되돌려줌으로써 구원해 준다는 다소 전통적이고 도덕적인 구조이나, 당시 프랑스의 전원 생활에 대한 생생한 묘사와 독특한 캐릭터들이 무척이나 매력적으로 그려져 있다.

고전의 번역은 여러모로 고된 작업이다. 표현 방식이 매우 다른 데다 당시 사회상에 대한 사료의 검색 및 참고도 민만찮은 노동이기 때문이다. 특히 스티븐슨의 문체가 다소 화려하고 관념적인 데다 「메리 맨」, 「목이 돌아간 재닛」이 거의, 또는 부분적으로 스코틀랜드 방언으로 쓰여 있어, 작업 시간과 노력은 물론, 안타까움도 평소보다 훨씬 더해진 듯싶다. 덕분에 여기저기 도움을 주신 분들도 적지 않다. 그분들께는 간단하게나마 진심으로 감사드리고 싶다. 그럼에도 불구하고 고전은 나 같은 소설 번역가에겐 고마운 선물이 아닐 수 없다. 늘 미진했던 경력에 점 하나를 보태는 기분이니 말이다. 그래서인가 보다. 후기까지 마감하는 지금, 그 어느 때보다 느긋하고 행복한 기분을 느끼는 이유는…….

조영학

로버트 루이스 스티븐슨 연보

1850년 출생 11월 13일 스코틀랜드의 에든버러 하워드 플레이스 8번지에서 등대 기술자인 아버지 토머스 스티븐슨과 어머니 마거릿 이사벨라 스티븐슨 사이에서 태어남. 엄격하고 완고한 장로교의 집안 분위기 아래 병약한 어린 시절을 보냄.

1866년 16세 『펜트랜드의 반란: 1666년 역사의 한 장*The Pentland Rising: A Page of History*, 1666』이라는 책을 자비로 출판함.

1867년 17세 11월 가업을 잇기 바라는 부모의 뜻에 따라 공학을 전공하기 위해 에든버러 대학에 입학. 방학마다 친구들과 프랑스로 여행을 다님. 이 시기의 여행이 이후 그의 작품에 큰 영향을 미침.

1871년 21세 4월 아버지에게 기술자가 아닌 작가로 살겠노라고 편지를 보냄. 동시에 생계유지를 위해 변호사가 되기로 하고 법률 공부를 시작함.

1873년 23세 11월 폐결핵으로 건강이 나빠져 프랑스의 망통으로 휴양을 떠남. 이곳에 머물며 글을 쓰고 그림을 그림.

1874년 24세 4월 휴양지에서 돌아옴.

1875년 25세 7월 변호사 시험을 통과함.

1876년 26세 9월 프랑스 그레로 카누 여행을 떠남. 이곳에서 장차 아내가 될 패니 오즈번을 처음 만남. 당시 두 아이의 어머니였던 패니 오즈번은 남편과 별거 중이었음.

1877년 27세   연초에 스티븐슨은 다시 패니 오즈번을 방문하고, 둘은 연인으로 발전함. 단편 「하룻밤의 잠자리A Lodging for the Night」, 「옛 노래An Old Song」, 「러더퍼드 가문의 교훈적인 편지Edifying Letters of the Rutherford Family」 집필.

1878년 28세   8월 패니가 미국 샌프란시스코의 자기 집으로 돌아감. 여행 에세이집 『내륙 여행An Inland Voyage』 출간. 단편 「아라비안나이트, 그 이후Later-day Arabian Nights」, 「신의 섭리와 기타Providence and the Guitar」 집필.

1879년 29세   여행 에세이집 『당나귀와 떠난 여행Travels with a Donkey in the Cévennes』 출간. 8월 패니 오즈번을 방문하기 위해 미국행 배를 타고 뉴욕으로 감. 뉴욕에서 샌프란시스코로 가는 기차 여행 도중, 몬테레이에서 건강이 악화되어 사경을 헤맴. 12월 샌프란시스코로 계속 여행을 할 수 있을 정도로 건강을 회복함. 하지만 그해 겨울이 끝날 무렵 다시 건강이 심각하게 안 좋아짐. 전남편과 이혼한 패니 오즈번이 스티븐슨의 침상에서 간호를 함.

1880년 30세   에세이집 『대륙 횡단Across the Plains』 출간. 단편 「모래 언덕 위의 별장The Pavilion on the Links」과 여행 에세이 『아마추어 이주민The Amateur Emigrant』 집필(발표 시기는 1895년). 5월 패니 오즈번과 결혼하여 함께 스코틀랜드로 귀국함.

1882년 32세   단편집 『신아라비안나이트New Arabian Nights』 출간. 단편 「거짓말 같은 이야기The Story of a Lie」와 「메리 맨The Merry Men」 집필.

1883년 33세   여행 에세이집 『실버라도의 정착민들The Silverado Squatters』 출간. 의붓아들을 위해 해적들과 함께 감춰진 보물을 찾는 모험담인 『보물섬Treasure Island』 집필, 출간. 원제는 〈바다의 요리사〉였으나 편집자의 뜻에 따라 제목을 바꿈. 최초로 상업적 성공을 함. 장미 전쟁 동안 벌어진 로맨스를 다룬 『검은 화살: 장미 두 송이의 이야기 *The Black Arrow: A Tale of the Two Roses*』 출간.

1884년 ^{34세} 단편 「시체 도둑The Body Snatcher」 집필.

1885년 ^{35세} 가상의 독일 왕국에서 벌어지는 액션 로맨스물 『오토 왕 자*Prince Otto*』 출간. 아내 패니 스티븐슨과 공저로 『신아라비안나이 트: 속편*More New Arabian Nights: The Dynamiter*』 출간. 단편 「마크 하임Markheim」 집필.

1886년 ^{36세} 재능 있고 점잖은 의사와 정신병자 괴물의 삶을 오가는 이중인격자의 이야기 「지킬 박사와 하이드 씨Strange Case of Dr. Jekyll and Mr. Hyde」 완성, 동명의 단편집 출간. 소년 데이비드 발포 의 모험을 그린 역사 소설 『납치*Kidnapped*』 출간.

1887년 ^{37세} 아버지 토머스 스티븐슨 별세. 단편 「물레방앗간의 윌 Will O' the Mill」, 「목이 돌아간 재닛Thrawn Janet」, 「올라야Olalla」, 「프랑샤르의 보물The Treasure of Franchard」 집필. 단편들을 묶어 『메리 맨과 단편들*The Merry Men and Other Tales and Fables*』 출간. 미국으로 이주하여 뉴욕의 요양원에 들어감.

1888년 ^{38세} 가족과 함께 남태평양 여행을 시작함.

1889년 ^{39세} 스코틀랜드와 미국, 인도를 배경으로 복수담을 그린 『밸런트래 경*The Master of Ballantrae*』 출간. 의붓아들인 로이드 오즈 번과 공저로 코믹 소설인 『잘못된 상자*The Wrong Box*』 출간.

1890년 ^{40세} 사모아의 섬을 구입하여 정착함. 이해와 포용력으로 원 주민들의 신뢰를 얻음.

1891년 ^{41세} 단편 「병 속의 악마The Bottle Imp」 집필.

1892년 ^{42세} 로이드 오즈번과 공저로 코믹 모험물 『약탈자*The Wrecker*』 출간.

1893년 ^{43세} 『납치』의 후속편인 『캐트리오나*Catriona*』 출간. 단편 「목

소리 섬The Isle of Voices」 집필. 단편집 『남섬의 이야기들*South Sea Tales*』 출간.

1894년 ^{44세} 심각한 우울증에 시달리며 자신의 재능이 고갈되었다고 생각함. 로이드 오즈번과 공저로 『썰물*The Ebb-Tide*』 출간. 12월 3일 사모아 섬의 자택에서 사망. 그를 숭배하던 사모아 섬의 추장 40명이 바에아 산 정상까지 길을 내어 그를 추모하는 묘비를 세움.

1896년 미완성 유작인 『허미스턴의 둑*Weir of Hermiston*』 출간. 미완성 유작인 『생 이브: 잉글랜드에서 프랑스인 죄수가 겪는 모험담*St. Ives: Being the Adventures of a French Prisoner in England*』 출간.

열린책들 세계문학 **174** 지킬 박사와 하이드 씨

옮긴이 조영학 한양대학교 영어영문학과 박사 과정을 수료했다. 현재 추리, 스릴러, 호러 등 장르 문학 전문 번역가로 활동하고 있다. 옮긴 책으로 아서 코넌 도일의 『바스커빌가의 개』, 리처드 매드슨의 『나는 전설이다』, 로버트 해리스의 『임페리움』, 엘리자베스 코스토바의 『히스토리언』(전3권), 버나드 콘웰의 『윈터 킹』, 기예르모 델 토로와 척 호건의 『스트레인』, 비카스 스와루프의 『6인의 용의자』, 스티븐 킹의 『듀마 키』와 『스티븐 킹 단편선』 등 50여 종의 소설이 있다.

지은이 로버트 루이스 스티븐슨 **옮긴이** 조영학 **발행인** 홍예빈·홍유진
발행처 주식회사 열린책들 **주소** 경기도 파주시 문발로 253 파주출판도시
전화 031-955-4000 **팩스** 031-955-4004 **홈페이지** www.openbooks.co.kr
Copyright (C) 주식회사 열린책들, 2011, *Printed in Korea.*
ISBN 978-89-329-1174-8 04840 **ISBN** 978-89-329-1499-2 (세트)
발행일 2011년 5월 30일 세계문학판 1쇄 2022년 6월 1일 세계문학판 11쇄

이 도서의 국립중앙도서관 출판예정도서목록(CIP)은 서지정보유통지원시스템 홈페이지(http://seoji.nl.go.kr)와 국가자료공동목록시스템(http://www.nl.go.kr/kolisnet)에서 이용하실 수 있습니다.(CIP제어번호:CIP2011002061)

열린책들 세계문학
Open Books World Literature

각 권 8,800~15,800원